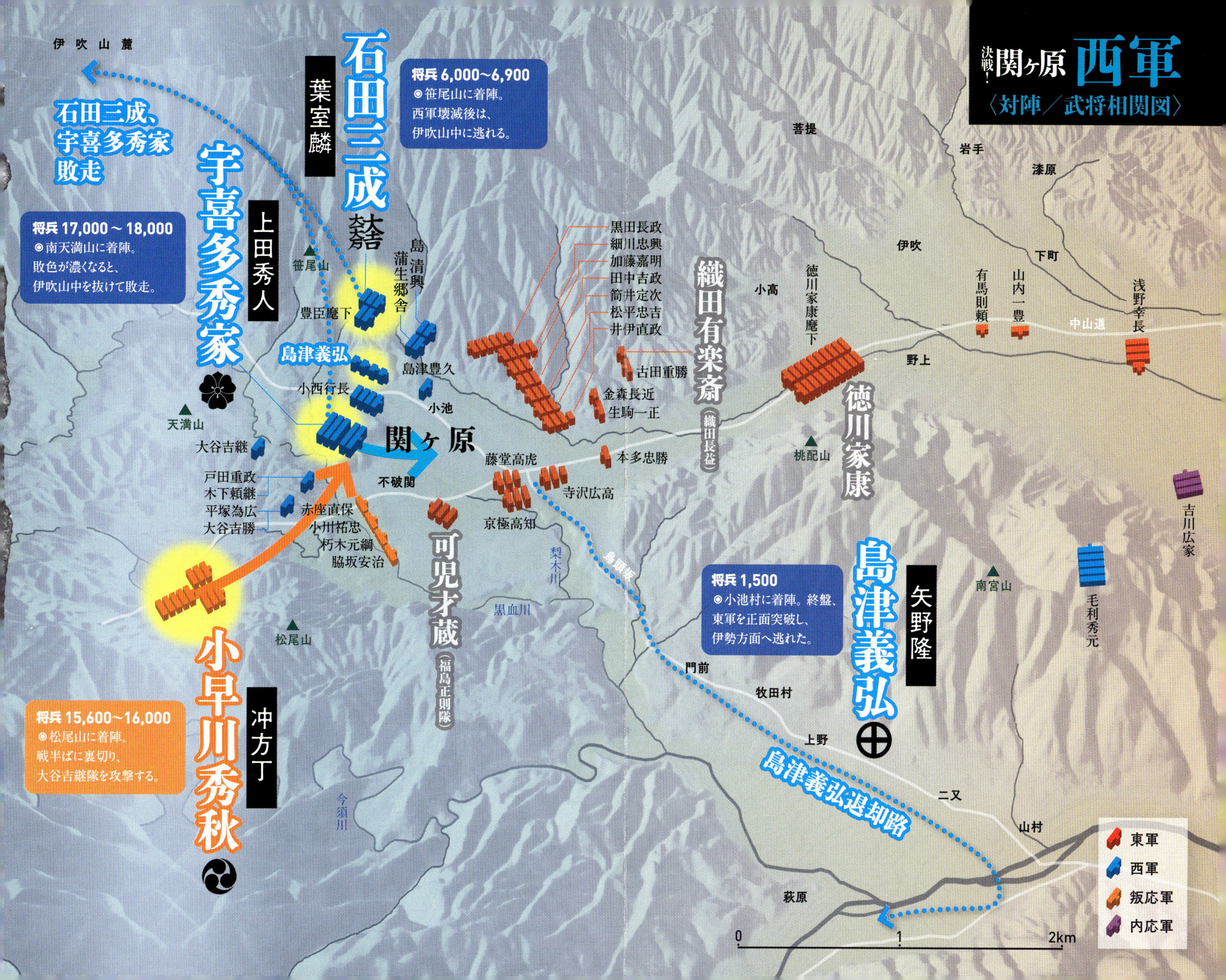

決戦！関ヶ原 西軍
〈対陣／武将相関図〉
伊吹山麓
石田三成、宇喜多秀家敗走
石田三成
葉室麟
将兵 6,000〜6,900
◎笹尾山に着陣。西軍壊滅後は、伊吹山中に逃れる。
宇喜多秀家
上田秀人
将兵 17,000〜18,000
◎南天満山に着陣。敗色が濃くなると、伊吹山中を抜けて敗走。
笹尾山
豊臣麾下
島清興
蒲生郷舎
島津義弘
島津豊久
小西行長
小池
天満山
大谷吉継
関ヶ原
不破関
戸田重政
木下頼継
平塚為広
大谷吉勝
赤座直保
小川祐忠
朽木元綱
脇坂安治
可児才蔵
（福島正則隊）
藤堂高虎
京極高知
寺沢広高
本多忠勝
金森長近
生駒一正
古田重勝
黒田長政
細川忠興
加藤嘉明
田中吉政
筒井定次
松平忠吉
井伊直政
織田有楽斎
（織田長益）
小高
菩提
岩手
漆原
伊吹
下町
徳川家康麾下
有馬則頼
山内一豊
浅野幸長
中山道
野上
徳川家康
桃配山
吉川広家
南宮山
毛利秀元
島津義弘
矢野隆
将兵 1,500
◎小池村に着陣。終盤、東軍を正面突破し、伊勢方面へ逃れた。
烏頭坂
梨木川
黒血川
門前
牧田村
上野
二又
山村
荻原
島津義弘退却路
松尾山
小早川秀秋
冲方丁
将兵 15,600〜16,000
◎松尾山に着陣。戦半ばに裏切り、大谷吉継隊を攻撃する。
今須川
東軍
西軍
叛応軍
内応軍
0
1
2km

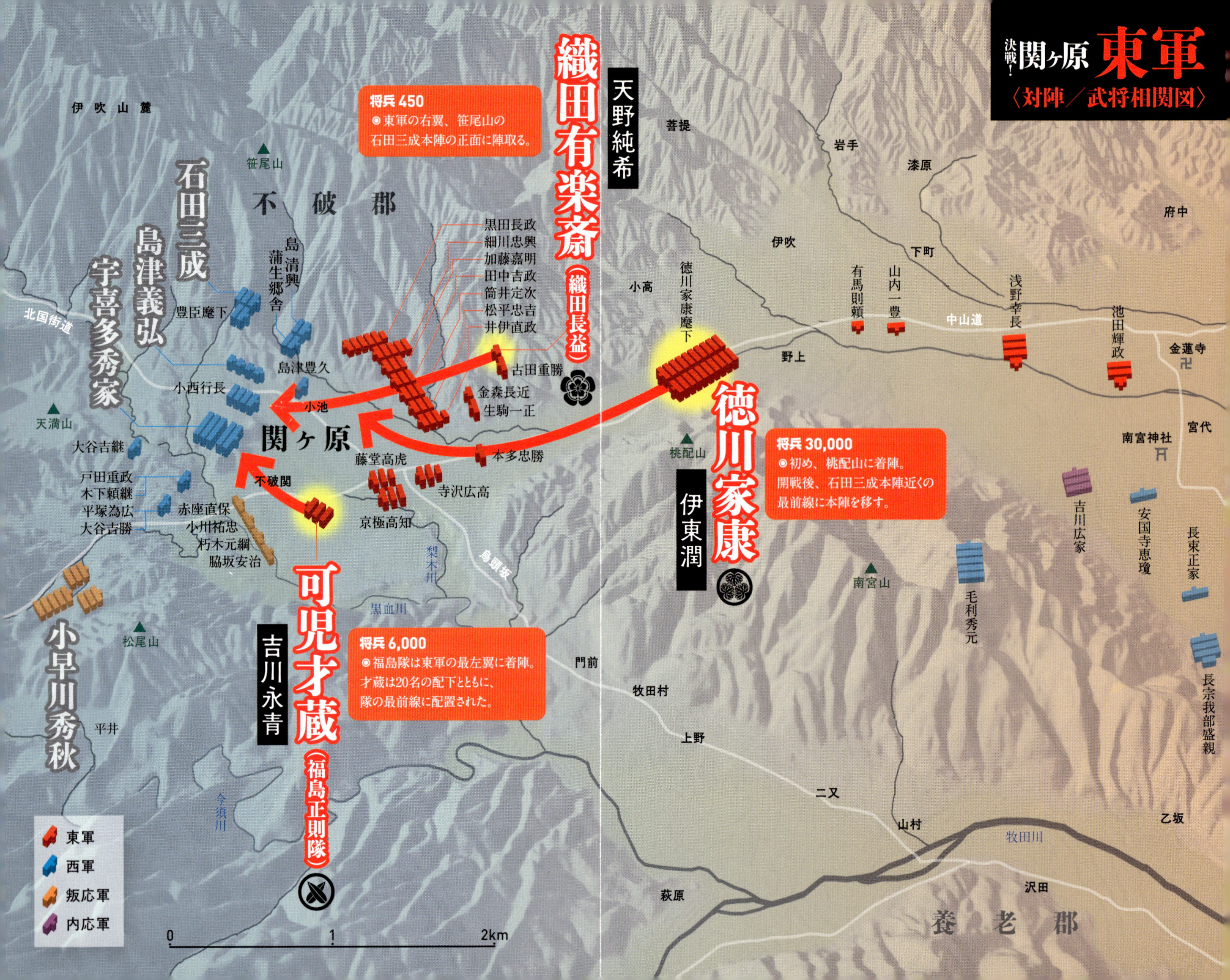

決戦！関ヶ原 東軍
〈対陣／武将相関図〉
織田有楽斎（織田長益）
天野純希
将兵 450
◉東軍の右翼、笹尾山の石田三成本陣の正面に陣取る。
徳川家康
伊東潤
将兵 30,000
◉初め、桃配山に着陣。開戦後、石田三成本陣近くの最前線に本陣を移す。
可児才蔵（福島正則隊）
吉川永青
将兵 6,000
◉福島隊は東軍の最左翼に着陣。才蔵は20名の配下とともに、隊の最前線に配置された。
伊吹山麓
笹尾山
不破郡
石田三成
島津義弘
宇喜多秀家
島清興
蒲生郷舎
豊臣麾下
北国街道
島津豊久
小西行長
天満山
大谷吉継
関ヶ原
小池
黒田長政
細川忠興
加藤嘉明
田中吉政
筒井定次
松平忠吉
井伊直政
古田重勝
金森長近
生駒一正
本多忠勝
藤堂高虎
寺沢広高
京極高知
不破関
戸田重政
木下頼継
平塚為広
大谷吉勝
赤座直保
小川祐忠
朽木元綱
脇坂安治
小早川秀秋
松尾山
平井
黒血川
梨木川
烏頭坂
今須川
菩提
岩手
漆原
伊吹
小高
徳川家康麾下
有馬則頼
山内一豊
下町
府中
中山道
浅野幸長
池田輝政
野上
金蓮寺
桃配山
南宮神社
宮代
吉川広家
安国寺恵瓊
長束正家
毛利秀元
南宮山
長宗我部盛親
門前
牧田村
上野
二又
山村
乙坂
牧田川
荻原
沢田
養老郡
東軍
西軍
叛応軍
内応軍
0
1
2km

目次

装幀　坂野公一＋吉田友美（welle design）

地図　ジェイ・マップ

決戦！関ヶ原

人を致して

伊東潤

一

「何だと」

その客の名を聞いた時、家康《いえやす》は聞き違いかと思った。

小姓が出してきた薬湯《やくとう》を喫《きっ》し、頭をはっきりさせると、来客の名を告げてきた本多佐渡守正信《ほんださどのかみまさのぶ》に確かめた。

「それは真《まこと》か」

「いかにも。かの御仁《ごじん》であらせられます」

正信は、この世のすべてを知悉《ちしつ》しているがごときしたり顔を上下させた。

「で、どこにいる」

「内々のことと申すので、小書院に待たせてあります」

「会おう」

すでに寝に就いていた家康は、衾《ふすま》をはね上げると立ち上がった。

前後左右から小姓が取り付き、瞬《またた》く間に寝衣《しんい》がはぎ取られると、小袖《こそで》に着替えさせられていく。

――かの男が、わしに何の用があるというのだ。

渡り廊を歩きつつ、家康は、あれやこれやと考えをめぐらせた。


「失礼いたす」

家康と正信が入室すると、男は挨拶のつもりなのか、正信以上のしたり顔をわずかに傾けた。

――此奴《こやつ》。

その金柑頭《きんかんあたま》を見ていると、虫唾《むしず》が走る。

しかし、その頭から溢れ出る知恵が豊臣《とよとみ》家を支えてきたのは、まごう方なき事実であり、その頭なくして豊臣家が立ち行かなくなるのも自明である。

男の二間ほど斜め後方には、一人の武士が端座《たんざ》していた。腰に差しているのは脇差一本だが、その姿勢には寸分の隙《すき》もない。

「これほどの夜分にご面談をお許しいただき、恐縮至極《しごく》」

男が両拳を畳につき、金柑頭を少し下げた。それは正二位内大臣の徳川《とくがわ》家康に対して、礼を尽くしているとは言い難い。

「われら政務を執《と》る者にとっては、昼も夜もありませぬ」

「さすが豊臣家の執政。お顔色もよいようで何よりでござる」

――悪くならいでか。

確かに秀吉《ひでよし》が死に、前田利家《まえだとしいえ》が死にかけている現状を思えば、顔色が悪くなるはずがない。しかし家康とて今年で五十八になり、残された時間は、さほど多くはない。

秀吉という漬物石がなくなり、家康は生まれて初めて自由になった。しかしそのために、五十七年もの歳月を費やしていた。

――わしは時を無駄にできぬ。

にもかかわらず眼前の男は、家康の足に枷《かせ》をはめようとしている。

――もう、漬物樽の中には戻らぬぞ。

しかし男の様子は、居丈高《いたけだか》に家康の非を唱えるいつもと違う。

――何かある。

家康は、先を急ぎたくなった。

「して、何用ですかな」

「はい」と言うや、石田三成《いしだみつなり》は威儀を正した。それに合わせるように、背後の男も背筋を伸ばす。

――島左近《しまさこん》か。

どのような弱兵でも、この男に采配を執らせると、人変わりしたかのように強くなる。

それが戦《いくさ》というものの不思議であることを、家康ほど知る者はいない。

「さて、関白《かんぱく》殿下ご健在のみぎりより、それがしと武功の者どもとの間に疎隔《そかく》が生じ、豊臣家中が混乱しておるのは、ご存じの通り」

「ほう」

家康は、さも知らなかったかのように目を見開いた。せめてもの皮肉である。

武功の者どもとは、加藤清正《かとうきよまさ》、浅野幸長《あさのよしなが》、福島正則《ふくしままさのり》、細川忠興《ほそかわただおき》、黒田長政《くろだながまさ》ら武断派と総称される豊臣家大名たちのことである。

「豊臣家のことを考えず、一時の感情に流されるかの者らには、ほとほと手を焼いております」

――よく言うわ。

元を正せば朝鮮出兵時、安全圏に身を置きながら秀吉に讒言《ざんげん》を繰り返し、武断派諸将を窮地《きゅうち》に陥《おとし》れたのは三成である。加藤清正に至っては、切腹寸前まで追い込まれた。

武断派諸将が怒るのも無理はないと、家康は思っていた。

むろん三成には三成の正義があり、出兵に積極的な武断派諸将を糾弾《きゅうだん》することにより、相対的に自らの発言力を強め、迅速《じんそく》に日本軍を撤退させようとしたのだろう。

しかし味方を貶《おとし》めるような輩《やから》を、家康は同じ武人とは思いたくなかった。

「かの者らは、豊臣家にとって百害あって一利なし」

「ほほう」

「これまでは加賀大納言《かがだいなごん》（前田利家）の威徳により、かの者らも大人しくしておりましたが、大納言が、かような有様となられては――」

三成が、さも無念そうに唇を噛んだ。

仮想敵に対し、こうした感情の動きを見せてしまうところが、三成の弱さである。

「大納言のご容体は、それほどお悪いのか」

家康は、いかにも心配そうに問うたが、そんなことくらい事前に調べはついている。

家康は前田屋敷にも多くの手の者を入れており、おそらく利家の病状は、三成よりも詳しいはずである。しかしこの場は、利家の病状を三成の口から言わせることが大事なのだ。

「事ここに至れば、嘘偽りは申しますまい。大納言のお命は、残すところ半月かそこらかと」

「それほどとは――」

家康がため息をつくと、三成が敵意の籠《こも》った視線を向けてきた。

すべての状況が家康有利に働いている現状に、三成が歯噛みしているのは明らかである。

「真に無念ながら、もはや手の打ちようはありませぬ」

――よし、よし。

すでに把握していることとはいえ、あらためて三成からそれを言われると、喜びが込み上げてくる。

そんな心中をおくびにも出さず、家康は威儀を正すと問うた。

「つまり大納言がご遠行なされば、武功の者らを抑える者がいなくなると仰《おお》せか」

「いかにも」

「となると、ご来訪の主旨は、それがしに、かの者らを抑えてほしいということですな」

「いいえ」

三成の目が光る。

「では、何をお望みか」

「内府のお力を借り、かの者らを除くほかないと考えております」

「除く――、と」

予想もしなかった三成の言葉に、家康は面食らった。

「しかし石田殿、いくらなんでも――」

「それは重々、承知の上。それでも豊臣家のため、また徳川家のためにも、やらねばなりませぬ」

「徳川家のためと仰せか」

「はい。そう申しました」

「どういうことですかな」

いつの間にか、話の主導権は三成に握られてしまっている。

「かの者らを除けるのなら、豊臣家の天下、そっくりお渡ししても構いませぬ」

「えっ」

家康と正信が、呆気《あっけ》に取られて顔を見合わせる。

「公儀としての豊臣家を手じまいしても構わぬと仰せか」

「はい。むろん豊臣家の存続と、秀頼《ひでより》様の地位保全、また、その所領と権益を寸分たりとも削らぬことをお約束いただきます」

――そういうことか。

あらためて家康は、三成の頭のよさに感嘆させられた。

秀吉の死と同時に、公儀としての豊臣家は実権を失いつつあり、家康をはじめとした諸大名は、自領内に新たに城を築き、道路を造り、また大名どうしが勝手に婚姻関係を結ぶなど、群雄割拠の状態に戻り始めている。このままいけば、豊臣家の存続さえ危うくなる。

こうした状況を憂慮した三成は、政権を家康に譲り渡すことで、豊臣家の安泰を図ろうというのである。

「この条件をのんでいただけるなら、内府が政権の中心に座り、思い通りの政治を行っても構いませぬ。なんならこの治部《じぶ》、内府の手足となりましょう」

「いや、これは参った」

懐《ふところ》から懐紙を取り出した家康は、額の汗をぬぐった。

ちらりと背後の正信を見やると、その顔に「罠」と書いてある。

――どのみち、生きていれば罠などいくらでもある。罠に近づかずして獲物は手にできぬ。どこかで博打を打たねば、天下など取れぬのだ。

家康は一歩、踏み込んでみた。

「しかし、武功の者どもを除くと言っても、かの者らは徒党を組んでおりますぞ。われら大老《たいろう》と奉行が連名で改易《かいえき》を申し渡したところで、聞く耳を持たぬはず」

「そんなめんどうなことは、いたしませぬ」

三成の口端《くちは》に笑みが浮かんだ。あの人を小馬鹿にしたような笑みである。

「と、仰せになると」

「かの者らを、一網打尽《いちもうだじん》にしてしまう所存」

「一網打尽と――」

「いかにも。戦場に引きずり出し、一気に屠《ほふ》ります」

「いやはや、恐れ入りましたな」

家康が含み笑いを漏らした。

——この素人《しろうと》め。

戦を知らぬ者ほど、戦で物事を決したがる。その逆に、戦の怖さを知る者が戦に踏み切るのは、ほかに手がない時だけである。

家康の心中を察したのか、三成が付け加えた。

「この治部、だてに豊臣家の奉行を務めてはおりませぬ」

その顔には、自信が溢れている。

「分かりました。方策をお聞きしましょう」

今度は、家康が威儀を正した。

話を聞き終わり、三成と島左近を別室で待たせた家康は、正信と密談に及んだ。

「どう思う」

すっかり眠気の吹き飛んだ家康が問う。

「いかにも希代の英才の頭から出たもの。隙一つありませぬ」

「佐渡もそう思うか」

「はい。ただ——」

今年で六十二になる正信が、その垂れた頬《ほお》に笑みを浮かべた。

「雲一つなき月夜ほど、用心して歩かねばなりませぬ」

「まあな」

二人は忍び笑いを漏らした。

「静けさに包まれている野っ原でも、見えぬところで狐と狸が、互いをだまさんと駆け引きをしております」

「いかさま、な」

「互いに獲物を分け合うと言いつつも、隙あらば独り占めしたいのは、獣も人も同じ」

ひとしきり笑った後、家康は真顔で問うた。

「この話、乗らぬがよいか」

「いえいえ、乗らぬことには何も始まりませぬ」

「やはりな」

――こちらは隙を見せず、相手の隙を突く、ということだな。

家康が膝を打った。

「乗るか」

「乗らいでか」

正信が垂れた頰を震わせる。

再び三成の許に現れた家康は、策に乗る約束をした。

この瞬間、不倶戴天の敵どうしが手を組むことになった。

二

密談から、おおよそ半月後の慶長《けいちょう》四年(一五九九)閏《うるう》三月三日、大老の一人である前田利家が、六十一年の生涯を閉じた。

この間、家康は三成に提案された通り、女婿《むすめむこ》の池田輝政《いけだてるまさ》を呼び出し、利家の死と同時に加藤や福島を焚《た》き付け、三成を襲撃するよう示唆《しさ》した。

むろんすべてを話さず、三成を失脚させるための方途として襲うのだと、輝政には言い含めている。

輝政に否はなく、「義父上《ちちうえ》の仰せのままに」と言うと、すぐに行動に移った。

輝政は加藤清正、浅野幸長、福島正則、細川忠興、黒田長政、加藤嘉明《よしあき》ら武断派の傍輩《ほうばい》と語らい、利家逝去《せいきょ》の夜、大坂城内の石田屋敷を襲い、三成を捕らえることにした。

しかし彼らが石田屋敷に押し寄せた時、すでに三成は伏見《ふしみ》に落ちた後だった。

三成は伏見城内にある治部少丸《じぶしょうまる》に身を隠すや、家康に無事を伝えてきた。

やがて、家康の許に七将がやってきた。

三成の隠れている場所が治部少丸と分かったものの、いかに七将とて、伏見城を攻めるわけにはいかない。

そこで家康に面談を請《こ》うや、大老筆頭の権限で、三成を捕らえてくれと息巻いた。

七将は家康と三成の険悪な関係を知っており、当然、家康も同意するものと思っていた。しかし家康は、三成に奉行職を辞任させ、本拠の佐和山《さわやま》に隠退させるという条件で、七将に矛《ほこ》を収めさせようとした。

しかし七将は収まらず、「それならば、われら今から治部少丸に攻め込み、三成の首を獲る」と騒ぎ出した。

やれやれと思いつつ家康が、「豊臣家の奉行である三成に、かような横暴を働くと仰せなら、この家康がお相手いたす」と脅《おど》すと、七将は慌てふためき「さようなつもりはありませぬ」と申し開き、すごすごと大坂に戻っていった。

十日、家康は護衛に次男の結城秀康《ゆうきひでやす》を付け、三成を佐和山まで送り届けると、十三日、伏見城西ノ丸に入る。

ここまでは、三成と打ち合わせた通りである。

続いて家康は、どこかの鴨《かも》に謀反《むほん》の疑いをかけ、七将を率いて出征せねばならない。

「誰にするか」と伏見城で頭を悩ませていると、三成から「前田利家の跡を継いだ利長《としなが》が、よろしいのでは」という打診が入ってきた。

利長は領国が加賀ということもあり、畿内から近すぎず遠すぎず、出征するには手頃である。

――勢子《せこ》が獲物を追い立てる距離は、短いに越したことはない。

家康は、それを鹿狩りから学んだ。

九月七日、伏見城を出発した家康は、大坂に赴き、石田三成の旧邸に入ると、大坂城に登城して秀頼に拝謁《はいえつ》した。

この時、五十八歳の家康に対し、秀頼はわずか七歳である。

その後、家康は何のかのと理由を付けて大坂城に居座り、二十七日に西ノ丸に移ると、そのまま腰を落ち着けた。

これは秀吉の遺言に背くことだが、毛利輝元《もうりてるもと》、宇喜多秀家《うきたひでいえ》、上杉景勝《うえすぎかげかつ》、そして前田利長ら大老職にある者は、そろって国元に帰っており、誰も文句を付ける者はいない。むろん、これも三成の根回しによる。

十月二日、奉行の浅野長政《ながまさ》と秀頼側近の大野治長《おおのはるなが》が、家康の謀殺を企てているという噂を口実に、伏見から兵を呼び寄せた家康は、翌三日、大坂在陣諸将を集めると、「加賀中納言《ちゅうなごん》に謀反の疑いあり」として、北陸への遠征を表明した。

しかし利長は、実母の芳春院《ほうしゅんいん》を人質に差し出して平身低頭してきたので、これを許さざるを得なくなる。さらに三成の示唆により、細川忠興にも難癖を付けるが、こちらも八方陳弁し、家康に服従を誓ってきた。

家康は豊臣大名たちのふがいなさにあきれたが、年が明けて慶長五年、佐和山の三成から「会《あい》津《づ》中納言を挑発したらいかが」という具申《ぐしん》があった。

会津中納言とは、会津百二十万石の主・上杉景勝のことである。

三成としては、己に近い景勝を使いたくないはずだが、背に腹は代えられない。しかも狙いは景勝ではないので、後から埋め合わせできると考えたのだろう。

前年の慶長四年七月に帰国した景勝は、領内に新たな城を築き、浪人を召し抱え、道路網を整備するなど、謀反の疑いをかけるには事欠かない。

こうした上杉家の動きを、越後の堀直政《ほりなおまさ》が「謀反の兆しあり」と訴えてきており、また上杉家外様家臣の藤田信吉《ふじたのぶよし》も、出奔した上、家康に「景勝謀反」を伝えてきている。

家康は、三成が書いて寄越した景勝の「非違八箇条」を、祐筆に清書させて景勝に送り付け、誓詞《せいし》の提出と景勝本人の上洛を促した。

案に相違せず、この挑発に上杉家の執政・直江兼続《なおえかねつぐ》が乗ってきた。兼続は気位が高く、自分より賢い者はいないと思い込んでいるので、釣り上げるのに、これほど容易な魚はいない。

兼続は、その返書で「非違八箇条」を一つひとつ論破し、「内府様、ないしは江戸中納言様（家康三男の秀忠《ひでただ》）ご下向の折は準備万端整えて待っている」という挑発的な言葉で締めくくった。これが「直江状」である。

五月三日、この書状を読んだ家康は、諸将の前で激怒したふりをし、ただちに会津征伐の陣触れを発した。

これに驚いたのは、何も知らない豊臣家中である。

前田玄以《げんい》、増田長盛《ましたながもり》、長束正家《なつかまさいえ》の三奉行や、堀尾吉晴《ほりおよしはる》、中村一氏《なかむらかずうじ》、生駒親正《いこまちかまさ》の三中老も、懸命に家康をなだめたが、家康は聞く耳を持たない。

六月二日、会津征伐の大軍議を開いた家康は、諸将の軍役と配置を決定、十五日には、秀頼から軍資金と兵糧を贈られたことで、出征の大義名分もできた。

十六日に伏見城に入った家康は、徳川家の畿内の本拠である伏見城の守備を、鳥居《とりい》彦右衛門《ひこえもん》元忠《もとただ》や松平又八郎家忠《まつだいらまたはちろういえただ》率いる千八百余の兵に託すと、十八日、会津に向けて出陣する。

東海道を下った家康は七月二日、秀忠に迎えられて江戸城に入ると、参陣諸将を集めて「軍法十五箇条」を通達、自らの会津出陣を二十一日とした。

出陣を明後日に控えた十九日、家康の許に「三成挙兵」の一報が届いた。

――遂に賽《さい》が振られたな。

三成が、家康の罪科を十三箇条にわたってあげつらった「内府ちがひの条々」に目を通しながら、家康はにやりとした。

「殿」

襖《ふすま》を隔てて本多正信の嗄《しゃが》れ声が聞こえた。

「入れ」

「失礼します」

正信が、這《は》いつくばるようにして入ってきた。

鷹匠《たかじょう》上がりのこの老人は、家康の家臣になるのが遅かったためか、家康に対して常に慇懃《いんぎん》に接する。それが主を主とも思わず、何事にも遠慮のなかった酒井忠次《さかいただつぐ》らと異なる点である。

「その顔からすると、よい話ではなさそうだな」

「はい。面倒なことになりました」

「またか」と思いつつ、家康が先を促《うなが》した。

「構わぬから話せ」

「実は毛利ですが――」

かつて一向宗徒だったこの老人は、不安になると、指に絡ませた数珠《じゅず》をじゃらじゃらさせながら話す癖がある。

「まさか、毛利めが来るのか」

「はい。どうやら七将を手ぬかりなく討つべく、三成が安国寺恵瓊《あんこくじえけい》を動かしたらしく、この十七日、安芸《あき》中納言自ら大坂城に入った模様」

安芸中納言とは、毛利家の当主・輝元のことである。

「それを誰が知らせてきた」

「増田長盛――」

長盛は三成に極めて近い立場だが、謀略の全容を知らされていないらしく、怖くなって二股掛けてきたのだ。

「厄介《やっかい》なことになったな」

脳裏に一瞬、不安がよぎる。

家康としては、三成、宇喜多秀家、小西行長《こにしゆきなが》、大谷吉継《おおたによしつぐ》らと、福島ら武断派諸将を戦わせ、双方に相応の損害を負わせ、その傷から立ち直らぬうちに、有無を言わさず天下の覇権を握るつもりでいた。しかし毛利が出てくるとなると、事はそれだけで済まない。

「民部《みんぶ》に命じ、輝元を大坂城から出さぬようにいたせ」

民部とは、民部少輔《しょうゆう》の官職にある吉川広家《きっかわひろいえ》のことである。毛利一族の一翼を担《にな》う広家は親徳川派だが、家中政治では、親石田派の安国寺恵瓊に後れを取っている。

「輝元が出なければ、秀頼も出まい。とにかく輝元を出さぬことだ」

「民部には『何とかせい』と言っておりますが、いかんせん安芸中納言の大坂入りを止められなかった民部です。果たして城から出さぬようにできるかどうか」

「それもそうだな」

しばし考えた後、家康が言った。

「それなら増田に、いかなる手を使っても、輝元を城から出さぬよう命じろ」

家康が爪を噛みつつ言った。

「増田に、それができるとは思えませぬが――」

「やらせるしかあるまい！」

「ははっ」

家康の怒声に正信がたじろぐ。

「毛利が出てくれば、長宗我部《ちょうそかべ》（盛親《もりちか》）、鍋島《なべしま》（勝茂《かつしげ》）、立花《たちばな》（宗茂《むねしげ》）らも本気で戦うぞ」

「仰せの通りで」

正信の数珠の音が苛立ちを募らせる。

毛利の強さや大きさを知る西国大名たちが、勝ち馬に乗ろうとするのは当然である。

家康の脳裏に、七将を破った勢いで徳川勢に襲い掛かる敵の姿が浮かんだ。

――三成め、事がうまく運べば、当然、そうするだろうな。

家康と三成は、手を組んでいると言いながらも、有利な方が、いつ手を放すとも限らない微妙な関係にある。

――これまでわしは、後手にばかり回ってきた。

家康の脳裏に、武田信玄《たけだしんげん》との一連の戦いでしてやられてきたことや、小牧長久手《こまきながくて》の戦いで秀吉の政治手腕の前に敗れ去ったことが、次々と思い出された。

――人を致して人に致されず、か。

これは孫子《そんし》の教えの一つで、「人を思うように動かし、人の思惑通りには動かない」という意である。

信玄には、これでもかと言うほど痛い目に遭《あ》わされ、信長には、家臣同然の扱いを受け、秀吉には、負けてもいないのに詫《わ》びを入れさせられた。その時、大坂城の青畳に擦り付けた額の感触を、家康は今でも覚えている。

——思えば、他人に致されてばかりの生涯だったな。

信玄、信長、秀吉、そして石田三成が、己よりも頭がいいことは間違いない。しかし今度ばかりは、致されてしまえば、すべてを失うことになる。

——もう、わしは致されぬぞ。

そのためには、三成の上を行く手札を用意せねばならない。

家康の脳裏に、一人の男の顔が浮かんだ。

「金吾《きんご》はどうする」

小早川秀秋《こばやかわひであき》は左衛門督《さえもんのかみ》の官職にあり、その唐名が金吾であるため、それが通称になっていた。

「しかと、擦り寄ってきております」

正信が、農家の好々爺《こうこうや》のような顔で言った。

家康は、すでに秀秋の筆頭家老・平岡頼勝《ひらおかよりかつ》の弟の資重《すけしげ》を人質として受け入れていた。平岡兄弟は以前から秋波を送ってきており、「何かあれば、小早川家二万の精兵を内府の馬前に並べまする」とまで言ってきていた。

元を正せば平岡頼勝と資重の兄弟は、秀吉の甥である秀秋が小早川家に養子入りした際、稲葉《いなば》正成《まさなり》と共に小早川家に入った秀秋の付け家老である。小早川家や、その寄親である毛利家に対する忠誠心など毛ほどもない。

——いずれにせよ、平岡や稲葉は信じられても、金吾は分からぬ。

虚《うつ》けのような小僧を手札に使わねばならないこと自体、三成に致されていることになるのではないかと、家康は思った。

「本当に金吾は大丈夫か。彼奴は優柔不断を絵に描いたような男だ」

「分かっております。それゆえ誰か気の利いた者を目付として送り込むほかありませぬ」

――金吾を使うほか、治部の裏切りに備える手札はない。当面は頻繁に使いを出し、その真意を確かめつつ、事を進めるしかあるまい。

七将の大半を屠りたい三成としては、自陣営の強化にいそしむのは当然である。しかし家康としては、七将が一方的にやられるのも困る。

――刺し違えるくらいでないとな。

だいいち、蛮勇《ばんゆう》を誇る福島正則でさえ、死を覚悟の突撃をするとは思えない。つまり福島らに、「この戦は勝てる」と思わせねばならないのだ。

「最も困るのは、双方、にらみ合ったまま動かぬことだ」

「仰せの通りで」

「まずは、市松《いちまつ》（福島正則）を勝てる気にさせねばならぬ」

そのためには、様々な手を打つ必要がある。

「内府ちがひの条々」が書かれた巻物を放ると、家康は言った。

「佐渡よ、ここからが知恵の絞りどころだ」

「はい。この年で、これほどの楽しみができるとは思いもよりませなんだ」

正信が再び平伏した。その禿げ上がった頭頂を見つめつつ、家康は、この計画の主導権をいかに握るかを考えていた。

三

七月二十一日、会津に向かった家康だが、二十三日、下総古河《しもうさこが》まで来たところで、三成ら西軍が、伏見城を囲んだという一報を受けた。

ここまでは、事前に打ち合わせた通りである。

三成挙兵の噂は、すでに諸将にも届いているに違いなく、秘密にしておく必要はない。

家康は諸将を集めて三成挙兵を通達すると、ひとまず下野小山《しもつけおやま》に向かうよう命じた。

諸将は「すぐに伏見城に後詰を」と色めき立ったが、家康は籠城戦にならないことを知っていた。

――治部の開城勧告に従い、素直に城を開くはずだ。

伏見城の留守を託した城将は、側近の鳥居元忠である。元忠は、頑固者ぞろいの三河武士の中でも輪をかけて頑固で、納得しないと梃子《てこ》でも動かない。

事態がややこしくなるので、江戸に連れてきてしまえばよかったのだが、元々、伏見城の留守居役《るすい》を申し付けていたため、無理に連れてこようとすれば、また一悶着《ひともんちゃく》ある。

それが面倒で置いてきたのだが、伏見城が囲まれたら即座に降伏開城するよう、副将格の松平家忠に申し付けてきたので、安心である。

すでに元忠は齢《よわい》六十二を数え、かつての鋭気も失せつつあり、家忠が「主命に候《そうろう》」と言えば従うに違いない。念のため、「城を囲まれたら降伏せよ」という自筆書状を家忠に託してきたので、さすがの元忠も、勝手なことはしないはずである。

それでも安心できない家康は、四月二十七日、大坂にやってきた島津義弘《しまづよしひろ》に使者を送り、万が一の仲介役を依頼した。

すなわち元忠が「降伏などせぬ」と言い張ったら、「それでは、お味方するので入城させてほしい」と言ってもらう。むろんそれは方便で、元忠を説得するために城に入るのである。

ところが小山に向かう途次、家康の駕籠《かご》横に本多正信が駆け付けてきた。

「殿、よろしいか」

正信は、すでに数珠をじゃらつかせている。

「よろしいも何もない。早く申せ」

「十九日、伏見城攻めが始まったようです」

「何だと。治部め、話が違うではないか！」

「お静かに」

正信がたしなめる。

「実は、治部めは十八日、安芸中納言の名で開城勧告を行っているのです」

「ということは――」

「彦右衛門が、それを拒絶し――」

「何だと。又八はどうした」

又八とは松平家忠のことである。

「それが——」

正信が言いよどんだ。

「どうしたというのだ」

家康が駕籠の御簾《みす》を上げた。

「裏切り者として彦右衛門に殺されました」

「何だと」

「それゆえ、殿の書状を彦右衛門に見せる暇もなかったはず」

家康は暗澹《あんたん》たる気分になった。

——やはり、彦右衛門を残してきたのは間違いだったか。

「島津は——、島津はどうした」

「彦右衛門が、頑として城に入れませなんだ」

「何ということだ」

これにより、死ななくてもよい多くの家臣の命が失われる。

「治部めは城攻めを中止し、降伏開城させようと、いまだに画策しておるようですが、城攻め総大将の備前《びぜん》中納言が聞かぬようで」

備前中納言とは宇喜多秀家のことである。

「頑固者どもめ」

「殿、もう伏見城は、あきらめねばなりませぬ」

家康は舌打ちした。徳川の兵が一人でも死ぬくらいなら、こんな策に乗らない方がよかったのだ。しかしすでに賽は振られており、今更、後には引けない。

東軍と違い、西軍は傘下《さんか》武将たちが、石田三成の命を必ずしも奉じるとは限らない。それを踏まえていなかったのは、家康の誤算である。

しかし家康とて、幼馴染《おさななじみ》の鳥居元忠一人、思いのままに動かせないのだ。

――このままでは、わしも治部も周りの馬鹿どもに致されて、共倒れするだけだ。

家康は薄くなった頭を抱えた。


二十四日、小山城に入った家康は、翌日、参陣諸将を集めて軍議を催《もよお》した。

その席での家康の一言に、諸将は動揺する。

「おのおの方の妻子は、大坂に人質に取られておるので、さぞや心配でござろう。さすれば速やかにこの陣を払い、治部や備前中納言に味方しようと苦しからず。わが領内においては、行軍の心配はご無用。心置きなく上坂《じょうはん》なされよ」

家康の言葉が本気かどうか推し測るように、諸将が左右の傍輩と顔を見合わせる中、福島正則が立ち上がった。

「余人は知らぬが、拙者は、妻子の命を捨てても内府殿にお味方仕《つかまつ》る。治部めは『秀頼様の御為』と申しているらしいが、秀頼様は幼く、何もご存じないはず。そこに付け込むなど、治部めが君側の奸《かん》である証《あかし》ぞ」

これで流れが決まった。

諸将はこぞって、家康に「お味方仕る」と言い募った。

むろん家康は、黒田長政を使って事前に根回しを行い、正則にこの言葉を言わせていた。

さらに山内一豊《やまのうちかずとよ》が、自らの居城である遠江《とおとうみ》国の掛川《かけがわ》城を家康に献上すると申し出ると、東海道に城を持つ諸将もこれに倣《なら》い、東軍の意気は天を衝《つ》くばかりとなった。

続いて軍議に移り、すぐに畿内に取って返して逆賊三成を討つことで一致した。

家康は、次男の結城秀康率いる二万の兵を宇都宮《うつのみや》城に配し、さらに伊達政宗《だてまさむね》と最上義光《もがみよしあき》に上杉方を牽制《けんせい》させるなどして、万が一の上杉勢南下に備えさせると、江戸城に戻ることにした。

その前日の深夜、小山城内で、家康は正信と額を突き合わせるようにして語らっていた。

「伏見城が落ちたか」

「はい。八月一日に落城し、彦右衛門以下、大半の将士が討ち死にいたしました」

「半月も粘ったのは見事だったな」

「なあに、治部が力攻めしなかったからでござろう」

家康がぎろりとにらむと、正信は「これは失礼」と言って、短い首を引っ込めた。

「さて、ここからどうする」

「まずは、福島らを上方に向かわせねばなりますまい」

「そうだな。わしが行かずとも彼奴らは行くか」

「すでに池田殿に根回しし、明日にも先手を出陣させるようにいたしました」

池田輝政の部隊を出陣させれば、福島正則らも、負けじと続くはずである。

「市松は何と言っておる」

「己の手で治部の首をむしり取るとか」

正信が含み笑いを漏らした。

この老人は、これまでの生涯で一度として槍働きをしたことがないためか、その劣等感の裏返しとして、猪武者を軽蔑している。

「それならよい。で、治部は何か申してきているか」

「はい」

正信が、いかにもうれしそうに島左近が送ってきた書状を渡した。

「ははあ」

「濃州関ヶ原《のうしゅうせきがはら》に馳せ向かう、とな」

「治部は関ヶ原に陣を築き、市松らを誘い込むつもりのようです」

関ヶ原は、中山道《なかせんどう》、北国街道《ほっこく》、伊勢街道が交錯する四通八達の要地だが、東西一里、南北半里ほどの狭隘地《きょうあいち》でもあり、北に伊吹《いぶき》山系、南に鈴鹿《すずか》山脈と、周囲が山で囲まれているため、決戦となれば、双方後に引かぬ白兵戦が展開されるのは必至である。

——いわゆる死地だな。

死地とは敵を誘い込み、打撃を与える作戦上の要地のことを言う。

「その前に、市松らに立ちはだかる者はおらぬのか」

「岐阜《ぎふ》中納言くらいかと——」

岐阜中納言とは、織田信長の嫡孫の秀信《ひでのぶ》のことである。秀信は、美濃《みの》岐阜十三万石の領主として岐阜城を本拠としている。今回の出征には「行く」と言いながら従わず、三成の誘いに応じて西軍に付いていた。

「あの小僧は城に籠るだろう。さすれば、われらは岐阜城を攻めねばならぬ。天下の要害と謳われた岐阜城を落とすのは容易でないぞ」

「いえいえ、そこは治部のこと。抜かりはありませぬ。すでに手を回し、市松らと野戦で雌雄《しゆう》を決せさせると申しております」

正信は、詳細についての書状を島左近と頻繁に取り交わしている。

「つまり、織田勢によって市松らに痛手を負わせておき――」

「関ヶ原で壊滅させようというのが、謡本《ようほん》の筋書きでしょう」

――さすがは治部。

三成は信長の嫡孫を捨て駒として使い、福島らに傷を負わせた上、関ヶ原という死地を一つの城に見立て、誘い込もうというのである。

「島左近によると、治部らは北国街道の通る笹尾山《ささおやま》と天満山《てんまやま》の間を遮断する塁線を、すでに築いており、殿には、福島らを関ヶ原に追い込んでほしいとのこと」

「関ヶ原に猪どもを追い込む勢子の役割を担うのが、わしというわけか」

「そうなりますな」

「双方が正面からぶつかれば、われらも火の粉を浴びる」

西軍が福島らを圧倒してしまえば、後方にいる徳川勢も敗走する福島らに巻き込まれ、大きな痛手をこうむることになる。

「それゆえ藤古川《ふじこがわ》南岸に大谷、平塚《ひらつか》、脇坂《わきさか》らを配し、側面から福島らを攻撃するとのこと」

「治部は、福島らの敗走が、われらに波及せぬよう配慮してくれているというわけか」

「御意。しかも背後の南宮山《なんぐうさん》と栗原山《くりはらやま》には、毛利・長宗我部両勢が陣を布《し》き、福島らが死地に入れば、蓋《ふた》を閉めるという寸法」

こちらの毛利勢は、輝元率いる主力部隊ではなく、輝元の養子の秀元《ひでもと》を総大将に奉じ、吉川広家と安国寺恵瓊がそれを支える別働隊のことである。

「釜ゆでのようなものだな」

「ははは、それは面白き喩《たと》えですな」

正信が声を上げて笑ったが、すでに家康は別のことを考えていた。

「治部は、軍略でも侮《あなど》れぬ」

「御意」

家康が苦い顔をしたので、正信も真顔になった。

人には得手不得手がある。しかし頭のいい人間は、何をやらせてもそつなくこなす。

――しかし最後の一歩で物を言うのは、これまでの場数よ。

家康は、それを幾多《いくた》の挫折《ざせつ》から学んでいた。

「治部の思惑通りに進めば、どちらが勝っても、こちらに損はないな」

「仰せの通り」

家康は三成の作った死地の外で、豊臣家中が殺し合うのを見物するだけである。

「面白くなってきたな」

「実に」

二人が忍び笑いを漏らした時である。

長廊を大股で歩く音が聞こえると、「父上に会いたい」という声が聞こえた。

「秀忠か」

「そのようで」

続いて「父上、火急の用あり、まかり越しました」という声が聞こえた。

やれやれと思いつつも、家康は入れざるを得ない。

「失礼します」

襖を開けて秀忠が入ってきた。

「かような時間に何用だ」

「伏見の城が落ちたと聞きました」

「ああ、わしも今、聞いた」

「よろしいのですか」

「よろしいことはあるまい」

「それでは、すぐさま兵を発し、大坂方を懲《こ》らしめるべし」

「中納言様」

正信が口を挟んだ。

今年で二十二になる秀忠は、すでに中納言の地位に就いており、諸将の間では、江戸中納言という通称で呼ばれていた。

「明日にも、池田や福島の先手が小山を出る段取りになっております。それゆえ、ご心配には及びませぬ」

「何と」

正信を一瞥《いちべつ》すると、秀忠が家康に向き直った。

「われらの西の拠点である伏見城を奪われただけでなく、父上股肱《ここう》の老臣どもを殺されたにもかかわらず、われらではなく豊臣家の者を遣《つか》わすと仰せか」

「ああ、そのつもりだ」

「それでは徳川家の名折れ。ここは、われらの手で治部のそっ首を落とし、鳥居や松平の墓前に供すべきではありませぬか」

松平家忠は、公には討ち死にしたことになっている。

──わしも、まだまだ楽隠居はできぬな。

秀忠の熱弁を聞きながら、家康は心中、ため息をついた。

「中納言殿、天下の執政たる者、私怨《しえん》は捨てねばならぬ」

「しかし、それでは武士の一分が立ちませぬ」

「分かっておる。わが家の面目をつぶした者には、それなりの代償を払わせる」

「それでは、すぐにでも──」

「まあ、急《せ》くな。まずは、同じ豊臣家中の者どもに咬《か》み合いをさせておけばよい」

「それは一理ありますが──」

しかし秀忠は収まらない。

「彼奴らは同じ豊臣家中。市松らが治部と語らい、馬首をそろえて、われらに向かってくるやもしれませぬ」

「そんなことはない。彼奴らは仇敵《きゅうてき》同士だ」

「それでは上方に変事があった際、すぐにでも出馬できるようにいたしておきますが、それでよろしいか」

「分かった。そうしてくれ」

一礼すると、秀忠が下がっていった。

その威勢のよい足音が遠ざかるのを確かめた家康は、ようやく口を開いた。

「どうにも困ったものだな」

「長らく柔弱《にゅうじゃく》と言われてきた中納言様です。ここにきて武張《ぶば》った態度を取りたがるので、周りの者どもも迷惑しております」

秀忠は温和な性格で、武人というより吏僚《りりょう》向きである。周囲の皆が、そう評価していることに気づいた秀忠は、無理に武辺者ぶるところがあり、家康も持て余していた。

「このままでは、秀忠が市松らと先陣争いをすることになる」

「いかにも」

「江戸に残すか」

「それは聞き入れますまい」

家康が上方に向かい、秀忠に留守居を託そうとすれば、必ず秀忠は「それがしが行きます」と言い張るに違いない。それを押さえ付けてしまえば、これまで築いてきた秀忠の権威が吹き飛び、周囲は「やはり徳川家は家康殿次第」ということにもなりかねない。

「それでは、こうしましょう」

正信が膝を叩いた。

「それがしが、中納言様と共に中山道を行きます」

「それは妙案だな」

「その途次にある小城でも攻めながら、ゆるりと西に向かいます」

正信が口端に笑みを浮かべた。

「城を落とせ」と喚《わめ》く秀忠と、わざと城攻めを遅らせる己の姿が、すでに正信の脳裏には浮かんでいるに違いない。

「さすれば秀忠は、決戦の場に間に合わぬな」

「いかにも。しかし、犬どもの咬み合いが終わった頃には間に合わせます」

「つまり、それにより、わしの身は安泰というわけか」

「仰せの通り」

二人は忍び笑いを漏らした。

四

八月五日に江戸に戻って以来、家康は直筆書状ばかり書いていた。

それ以外、何もしなかったと言ってもよい。

内容は情勢を把握するための質問と、それに答えてくれたお礼、また傘下諸将への指示である。その数は、実に百六十余通に上った。通常の年の四倍にも上る書状を、わずか二十六日間で書いたことになる。

それは、三成が何か策謀をめぐらしているのではないかという疑念から発していた。しかし差し当たり、三成は与党を増やす工作以外、家康を不安にさせるようなことはやっていない。いかに優秀な三成とて、与党を増やすことばかりに躍起《やっき》になり、家康の最も嫌がることが何なのかまでは、考えが至らないのだ。

――小さき犬をいくらかき集めたところで、高が知れておる。それよりも安芸中納言という大犬の首根っこを摑《つか》み、戦場に引きずり出すことが肝要なのだ。しかし治部は、場数を踏んでいないがゆえに、それに気づいておらぬ。

家康は一人、ほくそ笑んだ。

六日から八日の間に順次、江戸を出発した福島正則、池田輝政、黒田長政、加藤嘉明、藤堂高虎《とうどうたかとら》、浅野幸長、山内一豊ら東軍諸将は、十三日、清洲《きよす》城に入った。

その総勢は三万五千余である。

一方、伏見城を落とした西軍は、伊勢《いせ》、近江《おうみ》、丹波《たんば》の三方面に軍を分かち、それぞれ伊勢安濃津《あのつ》城、近江大津《おおつ》城、丹後田辺《たんごたなべ》城を攻めるかたわら、石田三成、小西行長、島津義弘ら主力勢二万余は大垣《おおがき》城に入った。

三成としては、安濃津城の富田信高《とみたのぶたか》、大津城の京極高次《きょうごくたかつぐ》、田辺城の細川幽斎《ゆうさい》といった七将同然の反三成派諸将を、決戦の前に叩いておこうというのである。

これにより東軍は清洲城、西軍は大垣城を拠点とし、対峙する態勢に入る。

家康は依然として江戸を動かず、名代として井伊直政《いいなおまさ》を派遣し、その命に従うように諸将に伝えさせた。ところが、家康が出馬しないと知った正則は、「自分たちを捨て石にするつもりか」と怒り狂った。

そうした状況を知らされた家康は、急ぎ村越茂助《むらこしもすけ》を使者として派遣、茂助に「おのおのの手出しなく候ゆえ御出馬なく候」、つまり「諸将が敵城に掛からないから、（家康は表裏を疑い）出陣しないのだ」と伝えさせた。

これに対して正則は、「仰せご尤も」と言うや、茂助が着いた十九日のうちに、近隣の敵方三城（高須《たかす》・駒野《こまの》・津屋《つや》）を攻略して見せた。

翌二十日、福島らは、大垣城の前衛の位置にある岐阜城攻撃に向かった。まず、その支城である犬山《いぬやま》・竹《たけ》ヶ鼻《はな》両城を落とすと、二十二日、木曾川《きそがわ》河畔の米野《こめの》で、城を出撃してきた織田軍を破り、その勢いで岐阜城下まで迫り、翌二十三日、これを攻め落とした。

織田軍が城を出て、野戦で勝負を決しようとしたのが敗因である。むろんこれは、大垣城にいる三成から、「敵の渡河途中を襲え」という指示があったからである。

しかし織田軍のあまりの不甲斐なさに、福島らが手痛い打撃を受けたとは言い難い。それは、双方の均衡を保っておきたい家康にとっては朗報である。

岐阜城陥落の一報を聞いた家康は、九月一日、三万二千の兵を率い、江戸城を後にした。

これより少し前の八月二十四日、宇都宮に残っていた秀忠は、三万八千の兵を率いて中山道を西に向かっていた。本多正信も秀忠に随伴している。

秀忠軍に敵対するのは信州上田《しんしゅううえだ》城に籠る真田昌幸《さなだまさゆき》くらいで、九月十日前後には、美濃辺りに着くという目論見《もくろみ》は、難なく果たせそうに思えた。

しかしその後、秀忠は真田昌幸に翻弄《ほんろう》されて上田城を落とせず、攻略をあきらめて木曾川まで来たところで豪雨に見舞われ、川が増水して渡河できず、大幅に遅れることになる。

結局、正信が遅延工作を行わずとも、秀忠は決戦の場に間に合わなかった。

一方、三成は三成で弱り切っていた。

戦機が熟してきているにもかかわらず、秀頼と毛利輝元に出馬を促しても、大坂城を動かないのだ。

せめて輝元だけでも関ヶ原に出張ってもらわないことには、勝利は覚束《おぼつか》ず、福島らに圧倒されることにもなりかねない。

それでも九月二日、大谷吉継が敦賀《つるが》から関ヶ原に到着、毛利輝元が着陣する予定の松尾山《まつおやま》山頂から北の山腹にかけての防御力を強化し始めた。

堅固な城を築くことにより、輝元の安全が図られていることを証明し、輝元を呼び込もうという苦肉の策である。

三日には、宇喜多勢八千が伊勢《いせ》での戦闘を切り上げ、大垣城に入った。

これにより大垣城にいる西軍は、三万近くに膨れ上がる。

また七日、輝元養子の秀元率いる毛利勢、長宗我部勢、長束正家勢が総勢三万の軍勢を率い、関ヶ原東南の南宮山と栗原山に布陣した。

これで西軍の陣容は整い、後は福島らを関ヶ原まで誘引するだけである。

一日に江戸を出た家康は、東海道を駆け上り、八日には遠江の白須賀《しらすか》に達していた。

その日のことである。小早川秀秋の使者が来たという知らせが入った。

——ようやく来たか。待たせおって。

「会おう」

家康が駕籠から下りると、秀秋の筆頭家老・平岡頼勝の弟の資重が地に這《は》いつくばっていた。兄同様に痩《や》せぎすなので、蟷螂《とうろう》が踏ん張っているように見える。

資重は、すでに家康の許に人質として預けられており、小早川家から使者が来ると、共に拝謁するのが常だった。

小早川勢は伏見城攻めに加わった後、鈴鹿峠を越えて関地蔵《せきじぞう》に至り、伊勢方面の西軍に加わろうとしたが、そこで考えを改め、近江国に戻って高宮《たかみや》に滞陣していた。この動きだけ見ても、秀秋が迷っているのは明らかである。

資重の横には、使者として派遣されてきた菅気清兵衛《かんけせいべえ》が平伏している。

「これは菅気殿。お久しぶりだな」

「はっ、申し訳ありません」

「謝らんでもいい。敵味方に分かれたのだ。久しぶりなのは当たり前ではないか」

家康が笑いながら周囲を見回したので、家臣たちも追従笑いを漏らした。

「いや、われらは敵になったわけではありませぬ」

「何だ、そなたは敵方ではないのか」

家康がわざと驚いて見せると、周囲がどっと沸く。

清兵衛の言葉を資重が引き取った。

「その誤解を解くべく、菅気がこちらに参りました」

「ほう。誤解とな」

ようやく家康が床几《しょうぎ》に腰を下ろした。

同時に小姓が取り付き、額や頬の汗を拭き、大団扇《おおうちわ》で風を起こす。

九月に入り、秋の風が吹き始めたとはいえ、東海道には南から海風が吹き付け、いまだに暑い。しかもここ数日、雨が続いたので、大気は湿気を含んでいる。

「わが兄は、一度たりとも徳川内府に歯向かおうなどと思ったことはありませぬ。ただご公儀の命に応じて大坂まで出てみると、治部をはじめとした奉行どもが『秀頼様の御為』と称し、わが主の金吾中納言を無理やり西軍に引き入れたのです。何のことか分からずにいると、内府様を討つなどという話になり、驚いた兄は、菅気を差し遣わした次第でございます」

「ははあ、そういうことでしたか」

小姓の差し出す冷水を飲み干した家康は、人のよさそうな笑みを浮かべた。

資重の面に安堵の色が広がる。

「しかし、ちとおかしな話を聞きましたぞ」

「えっ、おかしな話――」

「うむ。聞いたところによると、伏見城攻めでは、金吾殿に随分なお働きがあったとか」

「あっ、いや、お待ちを」

資重の顔が青ざめる。

「率先して城に攻め入り、鳥居彦右衛門の首を獲ったのも小早川家の家臣とか」

「いや、それは――」

「近頃、とんと耳が悪くなりましてな。それがしの聞き違いならよいようなものの、もしそうだとしたら、どこぞで堂々と、お手合わせいただかねばなりませぬな」

「いや、お待ち下さい。それには理由《わけ》があります」

今度は、清兵衛が必死の形相で陳弁する。

清兵衛によると、参陣当初から表裏を疑われていた秀秋は、毛利や宇喜多らに追い立てられるようにして伏見城に至った。しかも三成から「本心をご披瀝《ひれき》いただきたい」と言われ、致し方なく城攻めの陣頭に立ったという。

――治部め、金吾の戦意が低いと見誤ったな。

三成としては、戦意の低い小早川勢を先頭に押し立てれば、なんのかのと言い募り、城攻めを遅らせると読んだのだ。そうこうしているうちに和談をまとめ、城を開かせてしまえばよいと思ったに違いない。

――しかし、かような臆病者に、そのような腹芸は通じない。

「追い詰められたわれらは、それでも伏見城を攻めるのは心苦しく、主の実父である木下家定殿《きのしたいえさだ》を遣わして入城を申し出ましたが、それを鳥居殿は峻拒なされ――」

清兵衛は涙声になっていた。

思い余った秀秋と幕僚が、陣中にいた木下家定を使者に送ったのは事実である。小早川勢は先手だったので、この時点で元忠が小早川勢を城に入れようとすれば、無理な話ではなかった。しかし元忠も百戦錬磨の将である。島津に対してと同様、秀秋の真意を疑うのは当然である。

「あの場で城を攻めぬなどと申せば、われらは西軍に取り囲まれ、城を落とす前に主の首が落とされていたはず」

「ははは」

その様を想像し、家康は失笑を漏らした。

――此奴らは脅しに弱いのだ。尻をつつかれれば常の者なら反発する。しかし性根が据わっていない者どもは、脅されれば震え上がって言う通りにする。

「いずれにせよ――」

家康の声音が厳しさを帯びる。

「小早川勢が、わが股肱の重臣や兵を殺したのは、紛れもない事実。もしも金吾殿が、わが傘下に入りたいなら、それがしの言う通りにしてもらわねばなりませぬ」

その言葉に光明を見出した資重が、すがり付くように言った。

「何なりとお申し付け下さい」

「まずは――」

家康が、その巨眼で資重をにらみ付ける。

「西軍から離反せず、そのまま行を共にしていただきたい」

「はっ、はい」

「ゆめゆめ、全軍でこちらの陣に駆け込んでくるようなことは、いたさぬように」

「仰せの通りにいたします。で、その後、われらは、どのようにいたせばよろしいでしょう」

——そこよ。

小早川勢という手札を、いかに有効に使うかが、家康の身の安全を図ると同時に、三成の隙を突く上では重要である。

「それは、これから考えます」

「えっ、これからと仰せか」

「うむ。いずれにせよ、われらの命じるままに動いていただく」

「ははっ」

家康が、三河の野良人《のらびと》丸出しの、どすの利いた声で言った。

「ここからは、しっかりと小僧を抑えてもらわねばなりませぬぞ」

「小僧と——」

二人が顔を見合わせる。

「金吾のことでござるよ」

家康が苛立つように言うと、資重がすぐに応じた。

「小早川勢は、わが兄と稲葉殿が取り仕切っており、小僧、いや金吾中納言のご意向は一切、通りませせぬ」

「それで結構」

家康が立ち上がったので、小休止が終わったと察した周囲の者たちが、一斉に動き出した。

再び駕籠に乗ろうとした家康は、その動きを止めると資重に言った。

「軍配は、そなたの兄が執るように」

平岡頼勝の相役である稲葉正成も親徳川派だが、頼勝よりも十一も若いため、頼勝が軍配を執ることに異存はないはずである。

「分かりました」

資重が、再び蟷螂のように這いつくばった。


駕籠に乗った家康は、しばらく行くと左右の者に「江雪《こうせつ》を呼ぶように」と伝えた。

かつて、北条《ほうじょう》家の諜報戦を一手に引き受けていた板部岡《いたべおか》江雪斎は、北条家滅亡後、秀吉の御《お》伽衆《とぎしゅう》の一人となったが、ずっと親徳川派であり、豊臣家の情報を家康に流していた。

「江雪、まかり越しました」

江雪は、あらかじめ家康に呼ばれるのが分かっていたかのように、すぐに現れた。

「金吾を頼む」

「分かりました」

話は、それで十分である。

江雪は馬を飛ばして小早川陣に入り、秀秋の目付役となる。

これにより家康は、いざという場合の布石を打った。

しかし秀秋という石を、どこに打つかまでは考えていない。

家康は九月九日に岡崎《おかざき》、十日に熱田《あつた》、十一日に清洲に着いて二泊すると十三日には岐阜に向かった。

五

この日の夜、家康は、岐阜城の一室に本多忠勝《ただかつ》と井伊直政を呼び出した。

「それは真で――」

四十歳になる直政が絶句すると、五十三歳になる忠勝が、苦虫を嚙み潰したような顔をした。

「殿、芸達者でない者が細かい芸をしようとすると、墓穴を掘りますぞ」

「そなたも、小平次《こへいじ》（酒井忠次）や作左《さくざ》（本多重次《しげつぐ》）に似てきたな」

家康に遠慮なく物を言ってきた二人は、すでに鬼籍に入っている。

「かような者がおらねば、殿は増長し、己が他人に秀でていると思い込みます。この平八が気に入らなければ、切腹なり追放なり、お申し付け下さい。その時は、どのみち徳川家も最後。それがしは、当家の滅亡を見たくはありませぬ。それゆえ、ぜひとも切腹をお申し付け下さい」

「もうよい」

家康が顔の前で手を振った。

――わしは、かような者どもに尻を叩かれるようにして働かされてきた。いつになれば、かような者が、わしの周りからいなくなるのか。

しかし、そうした者を置かなかった織田信長や豊臣秀吉が、やがて自己肥大化を起こし、他人の言を一切、聞かなくなったのを、家康はよく知っていた。

――それゆえ右府《うふ》様は家臣の惟任《これとう》（明智光秀《あけちみつひで》）に討たれ、秀吉は誇大妄想を抱いて朝鮮に出兵した。

忠勝は、今は亡き酒井忠次や本多重次から、家康の首根っこを押さえておくよう言い含められているに違いない。

直政が膝をにじった。

「さすれば殿は、狼どもを罠に追い込み、猟犬どもと戦わせ、高みの見物をするわけですな」

「ああ、そのつもりだ」

忠勝が皮肉交じりに言った。

「戦が思惑通りに行かぬことは、もうご存じでありましょう。実は狼と猟犬は通じており、そろって反転し、狸を襲うことも考えられます」

「それはありえん」

「いや、そうとも限りませぬぞ。大坂から秀頼を引っ張り出されれば、それは現実となります」

「輝元が出ずして、秀頼は出ぬ」

「それでは、そちらの方の手は打ったのですな」

「増田に申し付けた」

そうは言ったものの、家康も不安になってきた。

「秀頼は女どもが出しますまい」

直政である。

「ただ、増田の策が不調に終われば、安芸中納言は分かりませぬ」

忠勝がため息交じりに言った。

「安芸中納言が出馬し、本気で福島らを倒し、その勢いで向かってくれば、殿は三方《みかた》ヶ原《はら》同様、糞を垂れ流しながら逃げることになりますぞ」

「もう、それを言うな」

忠勝は、家康が最も思い出したくないことを平気で言う。

「安芸中納言が最前線まで出張ってくれれば、敵の戦意は上がり、戦況は西軍優位となりましょう。さすれば、春の草木のように、表裏者がむくむくと頭をもたげてきます」

「誰が危うい」

「福島や黒田は心配ないでしょうが——」

直政が、一つ咳払いしてから話の穂を継いだ。

「浅野や山内は勝ち馬に乗りたがります。藤堂、細川、加藤（嘉明）とて、いざとなれば分かりませぬ」

毛利勢が徳川勢を押しまくることにでもなれば、家康の家臣のように振る舞う藤堂高虎や細川忠興でさえ、どう転ぶかは分からない。それが戦国の常であることを、家康ほどよく知る者はいない。

「ここまで佐渡とだけ語らい、われらに相談せなんだこと。それが、まず大きな間違いです」

「では今更、どうせいと申すのだ！」

元来が短気な家康である。己より若い連中に批判され続け、さすがに切れかかった。

「もう後には引けませぬ。ここで戦わずに引けば、わが方は瓦解し、殿は江戸に逃げ帰ることになります」

忠勝が他人事のように言った。

「ときに殿」

直政が眉間に皺を寄せる。

「南宮山の毛利は、間違いなく、われらに向かってこぬのですな」

ここで言う毛利とは、秀元や吉川広家の率いる毛利別働隊二万六千のことである。

「民部と話はついておる。島津もだ」

「治部は彼奴らが裏切らぬよう、何らかの手を打っておるのではありませぬか」

「彼奴らは、表向きは治部の味方だ。治部は己の算術を疑わぬ」

「つまり検算はせぬと」

直政が口端に笑みを浮かべた。

三成は己の算術に誤りがないと信じている。つまり、いったん出した答えが、知らぬ間に変わっているとは思わないのだ。

――白い碁石が、いつの間にか黒くなっておるのが戦国の常だ。治部よ、人の心は算盤《そろばん》では弾けぬのだぞ。

「分かりました」

直政が忠勝と顔を見交わすと言った。

「どうやら、殿と佐渡の書いた謡本通りに事を進めねばなりませぬな」

「ああ、事ここに至れば、そうするしかない」

家康は半ば捨て鉢になっていた。

「危険な博打になりそうですな」

「そうならぬよう、そなたらとここで談合しておる！」

冷静に考えれば、確かに危険な博打以外の何物でもない。

「殿は常々、『博打は、負けぬようにしておいてから打つべし』と仰せでしたな」

忠勝が挑むように問うた。

「ああ、そうだ。わしは、勝ち負けの分からぬ博打など打ちたくはない」

「では、勝ちが分かるようにするには、どうなされる」

「治部の喉元に白刃を突き付けておかねばなるまい」

直政が腕組みすると言った。

「われらの手持ちの駒は金吾だけ、でしたな」

「ああ、真に危うい駒だがな」

「金吾という駒を、どこに指すか」

忠勝も考え込んでいる。

「そうだ」

家康が膝を叩いた。

「よい手がある」

「それは――」

二人が膝をにじり、額を寄せてきた。

翌九月十四日、まだ日の上がらぬうちに岐阜城を後にした家康は、長良川《ながらがわ》を渡り、大垣城の一里ほど北西にある赤坂《あかさか》の岡山《おかやま》に入った。

大垣城と赤坂の間には杭瀬川《くいぜがわ》が流れており、そこを間に挟んで、両軍は対峙する形になる。

戦機は熟した。

それを証明するかのように、この日の午後、島左近率いる石田勢が、五百の兵を率いて杭瀬川に出陣、対岸まで渡り、東軍の陣を蹂躙《じゅうりん》した。それにつられた中村一栄《かずひで》・有馬豊氏《ありまとようじ》両勢が、島勢を追って杭瀬川を渡る。

それを待っていたのが、明石全登《あかしてるずみ》率いる八百の鉄砲隊である。明石勢の猛射を浴びた中村・有馬両勢は、ほうほうの体で逃げ帰ってきた。

この戦いは小競り合いの域を出なかったが、関ヶ原に移動したい三成にとって、「大垣城に籠城しよう」という一部の意見を封じ込めるには絶好の勝利となった。

一方の家康は、大垣城にいる西軍四万が動き出すのをひたすら待っていた。

その知らせが届いたのは、夜になってからである。

予定通り、三成は牧田《まきだ》の間路《かんろ》を通って関ヶ原に向かった。

それとほぼ同時に、近江高宮にとどまっていた小早川秀秋が、松尾山に登ったという一報も届いた。

――金吾が遂に登ったか。

三成の喉元に白刃を突き付けておくには、毛利輝元の陣に予定されていた松尾山に小早川秀秋を登らせるしかない。

松尾山は、眼下に関ヶ原を望む絶妙の地にある。三成らが福島らを押しまくった際、福島らの加勢として小早川勢を山から下ろせば、戦況を逆転することも可能である。

その策を思いついた家康は、小早川勢に帯同している板部岡江雪斎に使者を飛ばし、小早川勢を松尾山に登らせるよう指示しておいたのだ。

当然、三成もそれに気づいており、そこに毛利輝元率いる毛利勢主力を登らせておけば、万が一にも負けるわけがないと思っていたに違いない。

――金吾、よう登った。

家康は、手を叩いて喜びたい心境だった。

しかも家康の言に従い、秀秋が松尾山に登ったということは、これからも指示に従うことの証左にほかならない。

――いずれにせよ、かような小僧を頼りにせねばならぬとはな。何とも情けないことよ。

家康は自嘲したが、これで戦線の主導権を握ったも同然である。

十四日の夜、岡山陣に集まった諸将の前に、家康が姿を現した。

盾机の上に置かれた絵図面を前にして侃々諤々《かんかんがくがく》の議論をしていた諸将が、一斉に立ち上がる。

「よい、よい」

諸将を座らせた家康が最上座に着くと、早速、尾張弁丸出しの胴間声が轟《とどろ》いた。

「内府、治部を攻める時は、この市松をば先手として下せえ」

福島正則である。

それを無視した家康が声を荒らげる。

「皆の衆、此度は豊臣家のためにお集まりいただき、恐悦至極。これから逆賊を討つ正義の戦いを行う！」

その言葉に呼応し、「応」という声を上げつつ諸将が立ち上がった。

「どうやら敵は、大垣城を出て琵琶湖方面に向かう模様。石田治部は、大坂城に逃げ込む魂胆に違いない」

家康は言葉を切ると、諸将を見回した。

「この場は、すぐに追撃に移るべきと思うが、いかが思われる」

「追撃すべし！」

競うように諸将が声を上げる。

「よし、それでは敵を追うことにする」

「異存なし！」

「福島殿」

「応！」

「先手を担っていただけるか」

「もとより！」

その時、雨が降り出した。

――雨か。

家康が天を見上げると、諸将もそれに倣《なら》った。

――晴れないと厄介なことになるな。

家康としては、共倒れが最もありがたい結末である。そのためには、鉄砲隊に十分な働きをしてもらわねばならない。

「それでは、これから軍目付《いくさめつけ》の本多平八郎が申し上げる陣立てに従い、行軍していただきたい」

そう言うと、家康は軍議の場を後にした。

――これでよい。狼の群れは自ら死地に飛び込み、猟犬と咬み合って、共に斃《たお》れるのだ。

どうやら家康の思惑通りに、事は運びそうだった。

六

小雨の中、両軍の移動が始まった。

大垣城から関ヶ原までは、わずか四里の距離である。

行軍の最中に日は変わり、十五日となった。

卯《う》の上刻（午前五時頃）、逸る福島隊の先手が、敵の最後尾を担う宇喜多隊の小荷駄《こにだ》隊と接触し、小競り合いに及んだが、たいしたことにはならず、卯の下刻（午前六時頃）、福島らは関ヶ原に達した。

先頭を行く福島正則は、決戦場が関ヶ原になるとは思っていない。敵がどこに陣を張るか、または、どの城に逃げ込むかは敵次第であり、どこまでも追っていくつもりでいた。

ところが敵の背後に付いていた物見が、三成らが関ヶ原に着陣していると告げてきたことで、初めて関ヶ原が決戦場になると知った。

一方、最後尾を進む家康は、三万の兵を率いて桃配山《ももくばりやま》に着陣した。桃配山は南宮山の尾根続きにあり、毛利勢のことを思えば、至って危険な場所だが、家康は「毛利は裏切らない」と踏んでいた。

毛利勢の先手は吉川広家であり、山麓に陣を布く広家が動かない限り、山頂にいる大将の秀元は動けず、秀元が山麓まで下りない限り、その後ろに続く長宗我部、安国寺、長束勢も動けないことになる。

それでも無理をすれば、栗原山から平地に下りることは可能なため、家康は池田輝政、浅野幸長、山内一豊の二万の兵を、万が一の備えとして配置した。

桃配山に着くや、家康は、井伊直政と本多忠勝の部隊を最前線に出した。そうしないと、いかにも家康が福島らを追い立て、豊臣家中を戦わせているように見えるからである。

むろん二人には、最初から戦わぬよう指示しておいたが、福島らが戦端を切らない場合、開戦のきっかけを作るよう命じていた。

――どうやら、秀頼も輝元も来てはおらぬようだな。治部めは、さぞ口惜しかろうに。

これにより、小早川勢という切り札を持つ家康が、俄然、有利になった。

実は、毛利輝元が大坂城を出陣しようとする寸前、増田長盛により、「輝元が城を出れば、不届き者が秀頼様を害し奉る《たてまつ》」という偽情報が、城内に流布された。これにより輝元は、出陣を取りやめたのである。

雨はやんできたが、辰《たつ》の上刻（午前七時頃）になっても霧は晴れない。

そこに、前線にいる直政から使者が入った。

先手を担う正則が、敵陣の堅固な様子を見て、仕掛けようとしないというのだ。福島勢の正面に陣を布く宇喜多勢は、福島勢を天満山の麓に引き寄せ、包み込むように叩こうとしているのが明らかだからである。

千軍万馬の正則が、それに気づかぬはずはない。

先手が動かないと戦線は膠着《こうちゃく》する。東軍の中には、都合のよさそうな微高地を探し、陣場の普請を始める者が出るかもしれない。皆がそれを始めれば、決戦の気運は雲散霧消し、陣城戦に移行した末、双方共に兵を引くことにもなりかねない。

――その間に秀頼や輝元が来れば、厄介なことになる。

三成は必死になって、二人に出馬を促しているはずである。

――つまり時は、わしの味方ではないのだ。

「万千代《まんちよ》（井伊直政）に伝えよ。『抜け駆けして市松を怒らせ、決戦に及べ』とな」

使者は、馬に飛び乗ると最前線に戻っていった。

――これで後には引けぬぞ。

辰の下刻（午前八時頃）、ようやく霧が晴れ、敵陣が明らかになってきた。

北東から、笹尾山に石田勢六千六百、北国街道を隔てた小池《こいけ》村に島津勢千五百、その南西の天満山北東麓に小西勢六千、同じ天満山の南麓に宇喜多勢一万七千、藤古川を隔てた山中村に大谷勢千五百、その眼下の若宮八幡《わかみやはちまん》神社の南西部に戸田重政《とだしげまさ》・木下頼継《よりつぐ》・平塚為広《ためひろ》ら千四百、さらに松尾山の北東麓に赤座直保《あかざなおやす》・小川祐忠《おがわすけただ》・朽木元綱《くつきもとつな》・脇坂安治《やすはる》ら千二百が布陣していた。

これらの部隊に、小早川勢、毛利勢、長束勢などを加えると、西軍は七万八千になる。

これに対して東軍は、福島勢六千を筆頭に、黒田勢五千四百、細川勢五千、徳川勢三万など、合計七万五千である。

——治部も随分と気張ったな。

十九万石の一奉行が、よくぞこれだけの味方を集めたものである。

家康は、それだけで三成という男を評価できると思った。

——やはり、かの男は討っておくべきだ。

これからも三成ある限り、家康の前にいかなる陥穽《かんせい》が設けられるか分からない。それに怯《おび》えながら進むくらいなら、この場で討ってしまった方が安心である。

この頃、井伊直政は家康四男の松平忠吉《ただよし》を伴い、抜け駆けを図ろうとしていた。忠吉は、すでに武蔵《むさし》国忍《おし》で十万石を領しており、三千の兵を率いてきている。

忠吉を奉じた直政は、精鋭三百だけで、福島勢の目を盗んで前に出ようとした。

この時、福島家中の可児才蔵《かにさいぞう》に見とがめられ、「本日、先手を仕るのは、わが主の福島左衛門大夫なり。何人なりとも、ここを通すわけにはまいらぬ」と言われ、行く手をふさがれたが、直政は、「本日は松平下野守様の初陣であり、戦が始まる前に、敵陣を見せておきたいと思ったのだ」と返した。

しかし歴戦の才蔵もさるもので、「それなら警固の兵だけで十分」と言い、直政に兵を置いていかせたため、直政と忠吉は五十ばかりの兵を引き連れ、最前線まで行かざるを得なくなった。

それでも直政は仕掛けるつもりである。

「放て！」

最前線に出た直政は、宇喜多陣に向けて鉄砲を撃たせた。

これにより、関ヶ原合戦の火蓋《ひぶた》が切られる。

この筒音を聞いて激怒した正則は、全軍に前進を下命、これを受けて立った宇喜多勢との間で、筒合わせが始まった。

いまだ霧は晴れておらず、周囲からは、霧の中で激しい撃ち合いが行われているのが分かるくらいである。

後方にいる家康の耳にも、この音が聞こえてきた。

――やっと始まったか。

家康は平然としていたが、陣内は色めき立っている。

――もっとやれ。

双方が傷つくのは大歓迎である。

しかし福島らが崩れ立ち、徳川勢まで影響を受けるのだけは避けねばならない。それゆえ家康は、慎重に事を運ぶつもりでいた。

――福島らが治部らを斃せば、それはそれでよし。しかし治部らも必死だ。容易にはやられまい。逆に治部が福島らを押しまくることにでもなれば、あの手札を切ればよい。

それが家康の目論見だが、戦は思うように運ばないのが常である。不測の事態は、想定しておかねばならない。

巳《み》の上刻（午前九時頃）、戦線は関ヶ原全域に拡大していた。

福島勢が宇喜多勢に打ち掛かったのを皮切りとして、黒田長政・細川忠興・加藤嘉明勢が石田勢へ、藤堂高虎・京極高知《たかとも》勢が大谷勢と戦っていた。

関ヶ原一帯は凄まじい筒音に覆われ、会話もままならない。

ようやく霧は晴れてきていたが、いまだ低く垂れこめている場所もあり、桃配山からは戦線の全容は摑めない。

家康の陣には、ひっきりなしに使者がやってきて戦況を報告する。

当初は一進一退かと思われたが、巳の下刻（午前十時頃）になると、後詰を要請する使者が相次いだ。

――押されておるのか。

そこに本多忠勝が戻ってきた。

忠勝は戦闘には加わらず、前戦で軍《いくさ》目付の役割を果たしていた。

「殿、これはいけませんな」

「いけませんとは、どういうことだ」

「石田や宇喜多が思いのほか手強いのです」

「何だと」

家康は天を仰いだ。

「平八、このままだとどうなる」

「まあ、市松らの負け戦となりましょう」

忠勝は他人事のように言う。

「市松が宇喜多の小倅《こせがれ》ごときに負けるのか。常は大口を叩きおって、あの役立たずが！」

家康が癇癪《かんしゃく》を起こした。

「殿、今更、それを言っても始まりませぬ。われらの取るべき道は二つ。ここで福島らを見捨てて兵を引くか。後陣の衆を後詰に投入するか」

「ここで引いたらどうなる」

「福島らは潰《つい》え、豊臣家は随分と弱まりましょう。しかし毛利が本気で天下取りに乗り出し、それに西の大名衆が追随すれば、厄介なことになります」

「やはりそうなるだろうな」

家康の脳裏に、いったん撤退して秀忠勢と合流し、長期戦に臨むという案もかすめたが、それでは敵に勢いを与えてしまう。

「まずは、戦線を維持することが肝要かと」

「そうだな」

家康が断を下した。

「南宮山の備えに割いていた池田・浅野・山内らを前線に向かわせろ」

婿の池田輝政を除けば、浅野・山内両勢には痛手を負わせても構わない。

「殿、南宮山の吉川殿は大丈夫ですな」

忠勝が心配げな顔をした。

「大丈夫も何も、どこかで博打を打たねば、この勝負は勝てぬ」

「分かりました」

忠勝は使番を集めると、池田輝政らの陣に送った。

これにより家康の背後は丸裸となる。

――果たして、これでよかったのか。

今この時、吉川勢を先頭にした毛利勢が打ち掛かってくれば、徳川勢は潰え、家康も首となる。

家康は暗く大きな穴に、まっさかさまに落ちていくのではないかという不安を抱いた。

池田勢が徳川勢の横を駆け抜けていく。

やがて鉄砲の音が激しくなり、東軍が戦線を立て直しつつあるという報告も入ってきた。

池田ら二万の兵が前戦に投入されたことで、崩れかかっていた東軍は息を吹き返した。しかし西軍の勢いは止まらず、次第に戦況は、従前のように西軍有利に戻りつつある。

――このまま行けば、押し切られる。

この戦場で、家康ほど戦況から勝敗を見通せる者はいない。何らかの手を打たない限り、東軍の惨敗は必至である。

午《うま》の上刻（午前十一時頃）、遂に三成は狼煙《のろし》を上げて、松尾山の小早川勢一万六千と南宮山の毛利勢二万六千に攻撃開始を促した。

「敵が狼煙を上げています！」

物見が駆け込んできた。

「誰の陣から上がっておる」

「石田陣からでござる」

――やはり、そうだったか。

三成は小早川勢を使って関ヶ原の福島らを攻撃し、同時に、南宮山の毛利勢を使って、家康を屠るつもりでいたのだ。

――それなら容赦はせぬぞ。

松尾山にも南宮山にも動きはない。

――治部め、さぞ慌てておるだろうに。

すべては、家康の思惑通りに進んでいた。

そこに馬を飛ばしてきたのが板部岡江雪斎である。

「殿、松尾山からまかり越しました」

「おう、金吾はどうだ」

「それが大変なことになっております。西軍有利と知った金吾は、平岡や稲葉の言うことを聞かなくなり、東軍に打ち掛かると息巻いております」

「何だと」

――あの小僧め！

家康は天を仰いで嘆息した。

「もしも味方してほしいなら――」

「何だと。わしに条件を付けるのか！」

家康が怒気をあらわにする。

「金吾の言葉です」

「分かった。条件を申せ」

「西軍に打ち掛かってほしいなら、『内府の起請文《きしょうもん》をもらってこい』と申しております」

「起請文だと」

「西軍に打ち掛かれば、五十万石以上を下賜するという起請文です」

「五十万石だと。身のほど知らずめ。吹っかけおって」

この時の秀秋の所領は、筑前名島《ちくぜんなじま》三十万石である。

「それでは、四十万石ほどで手を打ちますか」

「いや、この際だ。五十万石くれてやると言ってやれ」

そう言うと家康は熊野牛王紙《くまのごおうし》に、さらさらと誓約を書き、印判を捺《お》した。

――小僧め、覚えておれ。

それを受け取った江雪が問うた。

「早速、松尾山に戻り、金吾を西軍に掛からせます」

「それでよい。頼んだぞ」

江雪が馬に乗って駆け去った。

それだけでは心配な家康は、旗本鉄砲隊に、松尾山山麓から山頂に向けて〝問い鉄砲〟を撃ち掛けるよう命じた。

――小僧には飴《あめ》と鞭《むち》よ。

起請文を書かされた腹立ちもあるが、肚の据わっていない者には、威嚇が最も効果的である。

やがて雷鳴のような筒音が聞こえ、少し経つと、松尾山の方角から、旗が下っていくのが遠望できた。

「殿、小早川勢が山を下り、大谷勢に掛かりました」

「よし」

事情を知らない旗本たちは、使番の言葉に歓声を上げている。

――小僧め、慌てさせおって。

これにより、戦の潮目が変わった。

小早川勢に呼応して、脇坂・朽木・赤座・小川勢も、一斉に大谷勢に攻め掛かったとの一報が届いた。

押されていた藤堂・京極両勢も息を吹き返した。これにより敵を支えきれなくなった大谷勢は瓦解、吉継は戦場で腹を切ることになる。

突然、勝利が東軍に転がり込んできた。

未《ひつじ》の上刻（午後一時頃）には宇喜多勢も小西勢も崩壊し、戦っているのは石田勢だけとなった。島左近の戦いぶりは、この時になっても、いささかも衰えていない。しかし、それも時間の問題である。

これまで戦闘に加わらず、戦況を見守っていた島津勢にも、勢いに乗った東軍が襲い掛かろうとしていた。

その時、島津勢は敵中突破を図ってきた。この状況下で、降伏することができないための苦肉の策である。

――馬鹿め。

島津も二股を掛けていたのだ。

それゆえ家康は、島津勢を追撃する味方をあえて止めなかった。


戦は東軍の圧勝に終わった。

夕闇迫る戦場では、諸所で勝鬨《かちどき》が上がっている。

――とりあえず勝つには勝ったか。まあ、勝つに越したことはないが。

仮に三成が勝ったとしても、家康が負けることにはならなかったはずだ。

もしも結果が逆になった場合、福島らを屠った三成が、家康を追ってくることは、まず考えられない。なぜかと言えば、徳川勢三万が無傷で残っているからである。

唯一の不安は、南宮山の毛利勢だけだが、吉川広家とは幾重にも約定を取り交わしており、まずもって攻めてくるとは思えない。

――三成にその気があれば、大垣辺りで、もう一戦となっておったやもしれぬ。

しかしその時は、家康の手元には秀忠勢もいる。

――となれば、容易に負けることはない。

家康の脳裏に、「人を致して人に致されず」という孫子の教えが浮かんだ。

これまでは、他人に致されてばかりの人生だったが、家康は、遂に致す立場に回ったのだ。

――もう誰にも致されぬぞ。

この勝利によって、家康は、これまで以上に大きな力を手にすることになる。

――となれば、次はうるさい狼どもの番だな。

豊臣家の武断派諸将は、もう家康に逆らいようがない。

つまり煮て食おうが焼いて食おうが、家康の勝手である。

三河の弱小国人の家に生まれ、常に頭上に漬物石を載せられてきた人生は、ようやく終わりを告げようとしていた。

——これからは、わしが漬物石となるのだ。

家康は、その生涯で初めて安堵の笑みを浮かべた。

笹を噛ませよ

吉川永青

日の出の遅い晩秋とは言え、暁《あかつき》七つ半（五時）にもなれば白んでくる。だがこの日は空ばかりでなく、辺り一面が白い。昨晩降った雨のせいであろう、山々に囲まれた盆地はすっかり霧に呑み込まれている。関《せき》の藤川《ふじかわ》を左手に見るこの辺りは、十間（一間は約一・八メートル）先も見通せぬ有様だった。

そうした中で陣張りを終え、慌しさもひと息ついた。束の間の静寂に大きく息を吸い込み、雨の残り香を胸に満たす。

と、川面を渡ってそよそよと風が吹き、固まりのままの霧が目の前を流れた。

才蔵《さいぞう》はそれに手を伸ばした。ひんやりとした感覚だけを残し、濁《にご》りは指の間をすり抜けて行った。指物《さしもの》として背負う笹が、さらさらと葉を揺らす。

「……糞《くそ》ったれ」

頬骨《ほおぼね》の高い顔の中、吊り目の眉根を寄せ、長い顎《あご》の先で兜《かぶと》の緒《お》をきつく締め直した。

「殿、そろそろ左衛門 尉《さえもんのじょう》様にご挨拶に向かいましょう」

家臣の竹内久右衛門《たけうちきゅうえもん》が背後から声をかけた。振り向いて「ああ」と返し、主従揃ってこの陣の大将・福島正則《ふくしままさのり》の元へ向かった。

枯れ始めた草を踏みつつ、久右衛門は口を開く。

「それにしても、酷《ひど》い霧ですな。戦《いくさ》の始まりは遅くなりそうです」

うんざりして然《しか》るべきだろうに、声は明るい響きを湛《たた》えている。

「楽しそうだな」

「左様に聞こえましたか」

才蔵は、自らの胸に巣食ったつまらぬ思いを吐き出した。

「先にな、霧を摑《つか》もうとした。……できるはずがない。わしの生涯と同じに思えた」

久右衛門は「はは」と笑った。

「物ごとの巡り合わせに過ぎませぬ。それがしとて殿にお会いせねば、未だに不遇を託《かこ》っていた次第にござれば。それと同じ、此度《こたび》の戦は豪勇・可児《かに》才蔵の真価を見せる好機です」

久右衛門は少しばかり目が悪い。昼間は不都合がないものの夜目が利かず、夜戦での役に立たぬとあって、どこにも仕官の口がなかった。しかし、常に先を見越して諸事支度を怠らぬ覚《かく》の士である。才蔵はそれを気に入って家臣に抱えていた。

「巡り合わせか。おまえの目は、常にわしとは違うものを見ておるが……」

「これまでの不運はお忘れなされ」

忘れろと言われて忘れられるものでもない。

才蔵はかつて、この美濃《みの》の大名・斎藤龍興《さいとうたつおき》の家臣であった。斎藤家が織田信長《おだのぶなが》に攻め滅ぼされると、織田重臣・明智光秀《あけちみつひで》に身を寄せた。明智が織田に謀叛《むほん》して羽柴秀吉《はしばひでよし》に討伐されると、織田信孝《のぶたか》、柴田勝家《しばたかついえ》、三次秀次《みよしひでつぐ》、前田利家《まえだとしいえ》と、主家を転々とした身の上である。戦に於《お》いて、或《ある》いは世の流れに於いて、今までの主君は全てが敗者であった。

「槍働きで少しばかり名を上げたとて、何の意味がある。おまえは不運と言ってくれるが、不運も積もれば、わしの不明ということだろうよ」

「豪勇と讃《たた》えられることは、武士としての誉《ほま》れでしょう」

「嬉しくないとは言わん。だがな」

言葉を切った。武士の本分は、そこにはない。

これまで、どれほど懸命に戦っても主家を生き残らせることはできなかった。男として根源に抱えるものが満たされたとは言い難い。いつの頃からか、どこか自らが軽く思われて、豪勇の呼び声にも居心地の悪さを覚えるようになっていた。

「わしの望みは、ただひとつ……勝ちたいのだ。おまえは、そうなると思うか」

久右衛門は、あっけらかんと答えた。

「戦であるからには、分かりませぬ。されど天下の行く末を決める戦なれば、まずは抜きん出た武勇を示されませ。此度こそ、殿の槍でお味方を勝ちに導くのです」

最後のひと言には力が籠《こ》められていた。このような己《おのれ》を信じてくれる家臣がいる。久右衛門の思いが、才蔵の心から霧を払った。

「信じよう。運、不運は神のみぞ知る。人は自らのことを全《まっと》うするのみ」

笑みを交わして歩を進める。やがて霧の向こうに、白地に紺の山道の旗印が浮かび上がった。自らを拾ってくれた福島正則の幟《のぼり》である。

福島隊六千は徳川家康《とくがわいえやす》率いる七万余の左翼にあり、石田三成《いしだみつなり》率いる八万の主力・宇喜多秀家《うきたひでいえ》隊一万七千の正面に位置している。名実共に全軍の先鋒であった。

才蔵は陣幕に入って片膝を突き、頭《こうべ》を垂れた。供の久右衛門は右後ろに控えている。

「当方の備え、整いました」

「おう。いつもどおりの手際の良さよ」

濃い霧は陣幕の内にまで入り込んでおり、一間を隔《へだ》てた正則の顔も白んで見える。だがその面持ちには、今にも破裂しそうな胸の内が顕《あらわ》れていた。負けん気の強さ、過ぎるほどの激しさは、この人の美点でも難点でもある。だが、それに流されるだけの人でもない。今は頼もしさだけが感じられた。

正則は床机《しょうぎ》に座ったまま身を乗り出した。

「敢えて聞くが、抜かりはなかろうな」

「はっ。今も、手の者を見張りに立てております」

才蔵が答えると、正則は満足そうに頷《うなず》いた。つるりとした瓜実顔《うりざねがお》、やや離れた切れ長の眼が血気を湛えている。

「この関ヶ原は、まさしく天下分け目の一戦だ。此度こそ我らが先陣を切り、戦を支配する。岐《ぎ》阜《ふ》のことは、先んじて厄払《やくばら》いでもしたと思えば良い」

「はい。何人《なんぴと》たりとも我らを出し抜けぬよう、目を光らせます」

「頼むぞ。霧が晴れるまで一時《とき》半（一時は二時間）もかかろうが、お主のような豪勇が道を塞《ふさ》いでおれば、よもや抜け駆けを図る者もおるまい」

前哨戦とも言うべき岐阜城攻めでは、池田輝政《いけだてるまさ》に一番戦の栄誉を奪われている。二人揃っての先手という約束を破られてのことだ。輝政には、敵方の仕掛けに応じて戦端を開いたという理由こそあったが、正則は納得していなかった。ゆえに「是非とも」と家康に志願し、この一戦の先鋒を勝ち取ったものである。

「然らば、これにて」

才蔵は久右衛門を伴って持ち場へと返した。陣幕の周囲には二千がひしめき合い、後ろには後詰の千が息を殺していた。それらの中を抜けて右前へと進む。先手三千が待機する中央の最前列では、霧の中で無数の黒い筒が空を向いていた。鉄砲は実に五百を揃えたそうで、その辺りにも正則の乾坤一擲《けんこんいってき》の気概が見て取れる。

福島隊六千の中で、七百石取りの才蔵が率いる兵は少ない。徒歩《かち》武者が十名、臨時雇いの足軽が十名、吹けば飛ぶような数であった。にも拘らず、鉄砲と並んで最前列に置かれている。今度の主君は己を知ってくれていると意気に感じ、見張りを続けた。

＊

正則の元から戻って一時ほど過ぎたろうか。空はもう十分に明るい。見張りに立つ十名の中から、才蔵はひとり前方へと歩を進めた。

「七十八、七十九、……八十」

一歩で概《おおむ》ね一尺と八寸（約五十五センチメートル）ほど進むとして、八十歩なら半町足らずと言ったところか。振り向けば、ぼんやりとではあるが、自らの手勢が見える。霧が晴れ始めたことからすると、正則の見立てどおり、あと半時ほどで戦が始まるだろう。

「うん？」

右手の後ろ遠く、何かが聞こえた。そちらを向いて耳を澄《す》ます。どうやら草を踏む音だ。静々という風だが数は多い。馬だろうか。それも、少しずつ近付いている。

抜け駆け——その言葉が脳裏にちらついた。きっ、と乳色の向こうを睨《にら》み据え、才蔵は駆け出した。

美濃赤坂《あかさか》から近江《おうみ》佐和山《さわやま》へと通じる東山道《とうさんどう》が寺谷川《てらやがわ》を越えた辺り、浅瀬の岸に転がる玉石と枯れ草の薄茶色の境目で、その一団に行き当たった。

「待たれよ」

才蔵は駆けながら大声を上げた。半町そこその向こうで、相手の一団が馬の足を止めた。馬上に薄ぼんやりと浮かぶのは、どれもこれも朱に染められた具足である。

（赤備え……だと？）

駆け寄るほどに朱色は鮮明になった。四、五十騎か。先頭にあるのは、金色の長大な天衝《てんつき》脇立の兜、肩から背に白熊の毛をあしらった恰幅《かっぷく》の良い偉丈夫《いじょうふ》である。間違いない、徳川第一の臣、赤鬼と恐れられる猛将・井伊直政《いいなおまさ》だ。

「其許《そこもと》は」

直政が太い声で呼びかける。才蔵は駆け足を緩《ゆる》めながら名乗った。

「福島左衛門尉が家中、可児才蔵と申す者。貴殿は井伊兵部《ひょうぶ》殿にござろう」

いかにも、と返って来た。騎馬の一団まで数歩のところで足を止め、才蔵は少し唾を飲んで胸を張った。

「この向こうは我ら福島隊の陣、さらに向こうは敵陣にござるぞ」

「存じておる」

平然と返す様が、どうにも癪《しゃく》に障った。

「然らば、何処《どこ》へ向かうおつもりか。今日の戦は我らが先鋒と決められており申す。誰であろうとお通しする訳には参りませぬぞ」

荒らげた声に、直政は苦笑とも失笑ともつかぬ笑いを漏《も》らし、右手の騎馬武者を指し示した。見たところ若く、細かなところまで金をあしらった華美な具足に身を包んでいるが、この者は赤くない。

「こちらにおわすは、松平忠吉《まつだいらただよし》様にあらせられる。此度が初陣なれば、戦場をお見せ申し上げることを兼ね、物見に出るところだが」

総大将・徳川家康の四男である。その名には畏敬を禁じ得ない。

だが、ここは戦場なのだ。その思いで馬上を睨み上げた。

「なりませぬ。たとえ忠吉様でも」

長年槍働きを続けてきた己からすれば、今日が初陣の若武者など小童《こわっぱ》に過ぎぬ。男が命を懸ける場をうろつかれては迷惑であった。

その思いを感じ取ったのだろうか、途端に直政の語気が荒々しいものを湛えた。

「貴公のような小物が、主君の盟主筋に無礼を申すとは」

小物というひと言が、胸中を嫌らしく搔《か》き毟《むし》る。まるで「敗者に仕え続けた負け犬」と言われているように感じられて、ついつい激しい言葉で返してしまった。

「諫言《かんげん》と無礼を混同なさるな。兵部殿は五十やそこらの小勢ではござらぬか」

「徳川の先鋒、この井伊の赤備えを愚弄《ぐろう》するか」

「戦をするには少なすぎると申し上げている。何が愚弄なのです」

「分からず屋め。戦ではない、物見だと申しておろう！」

「向こうが仕掛ければ同じにござろう！」

互いに怒鳴り合い、厳しい眼差しを戦わせた。もののふの栄誉たる朱塗りの鎧に届すれば、自らの負けを認めることになる。そう思って、才蔵はなお言葉を継いだ。

「敵からすれば、貴殿は値千金の手柄首です。それが忠吉様をお連れして、塵芥《ちりあくた》の如《ごと》き数で前に出る。お止めするのは諫言ではござらぬのか」

こちらの怒声に、直政は冷笑を加えた。

「塵芥とは、良くもほざきおった。赤備えが一騎当千であることを知らぬとは、さては潜《もぐ》りの武者であったか」

「それこそ愚弄にござる。それがし、槍働きを続けて幾星霜《いくせいそう》――」

「ならば聞くが」

直政は声を張った。

「これまで誰に仕え、どれほどの戦功を挙げ、主家を勝ちに導いた。答えよ」

急所を突かれた。この男は可児才蔵の名を知っている。そして、武士の本分を正しく理解している。悔しいが言い返せない。鬱々《うつうつ》としたものが頭をもたげ、俯《うつむ》いて唇を噛んだ。

そこへ先の若者――忠吉が穏やかに発した。

「可児とやら。兵部の申すとおり我らは物見なのだ。この霧では左衛門尉殿も苦労しよう。知り得たことは全て其方《そのほう》らに申し伝えるゆえ、案ずることはない。このとおりじゃ」

今日までしぶとく生き残った家康は、間違いなく一方の勝者である。その子息が、馬上で深々と頭を下げたのだ。何とも眩《まぶ》しく思えて、才蔵はゆっくりと眼差しを向けた。

ぼんやりとした応対しかできずにいると、直政が怒声を浴びせてきた。

「控えよ可児。福島殿とて、家康公が頭を下げれば畏《おそ》れ多いとひれ伏そう。まして貴公は福島家中の軽輩、忠吉様にここまでさせてなお通さぬとあらば、それは叛意《はんい》と見做《みな》さねばならぬ」

一喝に続き、不敵な笑みを見せる。

「分かっておろう。この戦……松尾山《まつおやま》は福島隊の横腹を見ておるのだぞ」

松尾山には敵方の小早川秀秋《こばやかわひであき》が陣取っている。それが福島隊を襲うことは十分にあるだろう。しかし直政の言いようは、まるで――。

考えて、びくりと身が震えた。

「まさか小早川を調略なされて……。いや、それは祝着にござろう。されど、此方《こなた》を襲わせると仰《おお》せあられるか。同士討ちに訴えるとは何と無体な」

「黙れ。叛心を抱く者の、どこが味方か」

顔を紅潮させ、狂気を湛えた目を剝《む》く様は、まさに赤鬼であった。

その形相《ぎょうそう》に怯《ひる》むではない。だが直政の言葉どおりになれば、己はついに勝つことなく生涯を終えるだろう。いかにも今日こそ天下分け目、この先そうそう戦など起きぬのだ。齢《よわい》四十七、老境と言える歳も近い身にとっては、最後の機会と考えて良い。

「……致し方ない。されど、約束を違《たが》えることのなきよう願いますぞ」

応じたのは、直政ではなく忠吉であった。喜色を湛えた爽快《そうかい》な笑顔で「ああ」と頷かれては、赤備えの五十騎が行き過ぎるのをただ見送るしかなかった。

才蔵は手勢の元に戻った。徒歩武者と足軽、合わせて二十をざっと見回す。直政の騎馬を「五十など塵芥」と嘲《あざけ》ったものの、ならば己は何なのだ。波に呑まれる笹舟か。

「如何《いかが》なされました。戦の前に、斯様《かよう》に沈んだ顔など」

久右衛門に言われ、苦笑を漏らした。

「何でもな――」

パン、と乾いた破裂音で言葉が止まった。戦場で聞き慣れた、鉄砲の音だ。数は多くない。

「これは」

久右衛門が絶句する。才蔵の腹に熱いものがこみ上げ、頭に血が上った。

直政が抜け駆けしたのに違いない。何たることか。忠吉の顔を立て、固く約束したことをこうも簡単に違えるとは。

「おのれ……。おのれ兵部！」

「どういうことです。殿は何をご存じで」

問われて、先の出来ごとを早口に捲《まく》し立てた。

「岐阜城での抜け駆け騒動を仲裁したのは、他ならぬ井伊兵部だった。その男が……許せぬ、断じて許せぬぞ」

久右衛門の顔が蒼白になった。

「実に、まずいことになりましたな。岐阜でのこと、左衛門尉様のお怒りは覚えておられましょう。天地が壊れるのではないかと、肝《きも》を冷やすほどの勢いにござった。斯様《かよう》なことがお耳に入らば、殿のお命はありませぬぞ。それでなくとも今の音……抜け駆けがあったことは察しておられるはず」

命がない。その言葉に、さっと血の気が退いた。恐ろしいのではない。

「如何なされます。このままでは」

血相を変える久右衛門の口に右手を伸ばし、封じた。

「戦場で命を惜しむ気は毛頭ない。だが……こんな馬鹿げた話があるものか。面目を潰して打ち首など、死んでも死にきれぬわ」

ぎり、と歯軋《はぎし》りをする。奥歯がみしりと音を立てた。

「槍、持てい！」

才蔵の喉から、一声が弾き出される。徒歩武者のひとりが仰《の》け反《ぞ》るように後ろへ走り、すぐに得物《えもの》を届けた。

「井伊を探せ！　兵部めを殺せ！　あの者の首を左衛門尉様に献じるのだ」

怒鳴り散らし、駆け出した。久右衛門以下の手勢二十が、ばらばらと後に続いた。

未だ霧は深く、見渡せるのは精々半町である。しかし音は聞こえる。井伊の赤備えが放った鉄砲の音、続いて湧き起こった敵の喚《わめ》き声、馬蹄の音、人の駆け足、干戈《かんか》の交わる音、音、音、それを頼りにひたすら走った。

「あれは」

背後で久右衛門が声を上げた。ようやく見えるか見えぬかの辺りに、徒歩兵らしい黒い影が浮かび上がる。だが直政は赤備えで、全てが騎馬であった。

「捨て置け。あれは敵軍、宇喜多の兵だ」

本末転倒している。しかし今の才蔵にとっては揺るぎない正義であった。

「おい、あれを見ろ」

「笹の才蔵か！」

見過ごしたはずの敵が声を上げた。長く戦場にあった者なら、指物に笹を使う男の名を知っていてもおかしくない。赤鬼・井伊直政ほどではなくとも手柄首なのだ。

途端に、宇喜多の徒歩武者が群がってきた。左手から覆《おお》い被さるように五人、十人、行く手を遮るようにまた十人と、こちらの小勢を囲もうとしている。

「邪魔だ、どけ！」

一喝を加え、才蔵は横薙《よこな》ぎに槍を払った。その長柄《ながえ》に腕をへし折られ、ひとりが悲鳴を上げる。

「うぬらの相手など、しておる暇はない」

突き出す槍は過《あやま》たず、具足で守られていない喉を穿《うが》った。引き抜いた槍を振り上げ、別の者へと叩き下ろす。鉢金ごと頭を割られ、その兵がくずおれた。

目茶苦茶に槍を振り回し、ひとり、またひとりと叩き、突き、斬り伏せた。瞬く間に二人を屠《ほふ》り、さらに六、七人に手傷を負わせる。それでも敵の一団は立ち向かってきた。

「覚悟！」

背後から声が聞こえ、殺気が迫る。槍に裂かれた空気の流れを、頬で感じる。才蔵は右足を引いて振り返り、半身で槍を伸ばして相手の喉を捉えた。

「どけと」

穂先を押し込んで首の骨の硬さを確かめ、ぐいと持ち上げる。兵の体が浮いた。

「言うておろうが！」

頭の上に弧を描いて長柄を振り回し、槍先に引っ掛けた兵を投げ飛ばした。それは行く手を阻《はば》む一団に激突し、数人を薙ぎ倒した。

「ひ、退け！」

ここに至って相手方は怖《お》じ気《け》づき、逃げ散った。

いくらか乱れた息を整えながら額を拭う。霧の向こう、四方八方から喧騒が渡ってきた。どうやら直政の抜け駆けによって、なし崩しに戦が始まってしまったらしい。

「兵部め……」

戦端を開いた以上、早々に退きはすまい。そう思ってあちこち目を遣《や》ったが、赤い色は見えなかった。

「殿、笹の葉を」

久右衛門が声をかけた。戦場で討ち取った兜首には、自らの手柄であることを示すため、指物から葉を取って口に含ませるのが常であった。しかし才蔵は、ぎろりと睨み据えて大喝《たいかつ》した。

「阿呆。そんな暇があるか！　行くぞ」

井伊を探せ。直政を殺せ。それだけのために才蔵はまた駆け出した。笹を噛ませるのは、あの男の首だけで良い。

＊

半時ほど経ったろうか。直政は未だ見つからない。霧の中に時折見える赤いものはどれも、ぱっと散って消える血飛沫《ちしぶき》でしかなかった。

「直政、どこだ！」

声を上げるたび、敵兵がこちらに気付いて群がる。それを蹴散《けち》らして縦横に駆け回る。繰り返すこと数度、前方の右手から鉄砲の音が響いた。

「殿、これは」

背後から、久右衛門が張り詰めた声で呼ばわった。

「うむ」

抜け駆けの最初に聞いたのと同じぐらいの数だ。だとすれば直政の隊が放ったのではあるまいか。考えていったん足を止め、白い濁りに目を凝らした。

騒々しい中に、すう、と風が渡る。霧の流された寸時、それは見えた。

赤い。そこかしこ、胸より高いところに浮かび、地を駆ける黒い影とぶつかり合っている。血飛沫とは違い、消えることなく躍動している。

「見つけたぞ……」

はあ、と大きく息を吐き、腰を落とす。怒りゆえの震えを、総身に力を込めて捻《ね》じ伏せた。

「直政！」

怒号と共に、弾かれるように駆け出した。

赤鬼の二つ名は伊達《だて》ではない。直政は常に自ら先陣を切り、武勇を振るう男と聞く。今ここで斬り結ぶ中にいるはずだ。

そう信じて、敵兵に囲まれる赤備えの騎馬に駆け寄った。如何《いか》に見通しが悪いとは言え、敵兵の背後まで迫れば馬上の顔を窺うことはできた。

「違う！」

見定めてひと声上げると、騎馬を囲む敵兵の数人が驚いて後ろを向いた。

「さ……笹の」

発したひとりに正面から拳を食らわせた。鼻を折った兵がもんどり打って倒れた隙に、次へ向かう。そうやって赤い影を検分して行く。三つ四つと確かめた頃、十間ほど向こうに、ひときわ多くの敵が群がる一騎があった。

さては、とそちらへ向かう。案の定、これこそ探し求めた井伊直政であった。

「どけ、どけい！」

直政を囲む兵に背後から槍を伸ばしてひとつの腿《もも》を穿ち、別の足首を突いた。不意の痛みに兵が悲鳴を上げ、皆がこちらを向いた。

「敵か」

「新手だ！」

見れば、直政ひとりを三十以上で囲んでいる。それらの半分ほどが、こちらの手勢二十を見てばらばらと広がった。

「久右衛門、任せるぞ」

背後で「はっ」と声がする。

「足軽、槍打てぃ」

久右衛門の号令で、二間の長槍十本が一斉に振り下ろされた。前に広がる数人が打ち据えられて転がり、余の者は一撃を避けて転がる。

「おらあ」

才蔵は槍を横に払いながら前に出た。行く手を塞ぐ二人が飛び退き、直政へと通じる道ができた。

駆け入った姿を見ながら、直政は敵兵の槍をひとつ叩き払った。

「貴公、援軍に来てくれたか。有難い」

汗を滴《したた》らせ、そう言う。途端、脳天から何かが噴き出すような思いがして、才蔵は声を荒らげて怒鳴り返した。

「馬鹿も休み休み申せ。抜け駆けは許さぬと言ったはずだ」

直政を狙っていたひとりが、転じてこちらの左脇を狙った。才蔵は具足の手甲で敵の槍を滑《すべ》らせ、次いでその柄を握り、えいやと引く。右手の槍を振るい、前のめりに倒れた頭を叩いた。

直政は別の槍を往《い》なし、右手の兵に自らの得物を突き込みながら返す。

「ならば何をしに来た」

「うぬの首を取りに来たのだ」

怒鳴り合いながら、互いに敵の一撃をかわす。直政が苛立《いらだ》たしげに発した。

「馬鹿を申すは、お主ではないか」

馬上の赤鬼に、正面から敵の槍が伸びる。直政は身を捻ってやり過ごし、柄を摑んで左脇に抱えた。見れば、左腕からは血がぼたぼたと滴っていた。そこへ、さらに二本の槍が突っ掛ける。これを右手の槍で受け止めて、直政は左右それぞれの腕で三人と押し合う格好になった。

「おい可児、助けろ」

才蔵は槍を払い、自らに纏《まと》わり付く数人を下がらせた。

「知るか。自分で何とかすれば良い」

すると直政は忌々《いまいま》しそうに舌を打ち、「おお」と吼《ほ》えて、右手に受け止めていた二本の槍を弾き飛ばした。その勢いを借りて自らの得物を振り下ろし、左手に抱えた柄を叩き折る。

「ふ、ははは。あっははは、はははは！」

不意に笑った赤鬼の姿に、周囲の全てが驚いて動きを止め、目を向けた。

「宇喜多の兵ども、見よ。ここに馬鹿がおるぞ。味方を殺すために、うぬらの囲みに飛び込んだ痴《し》れ者だ。笑え、笑え！」

声高に嘲られ、才蔵は逆上した。目茶苦茶に槍を振り回して敵兵の囲みを緩め、直政の馬の傍近くまで間合いを詰める。

「愚弄に愚弄を重ねるとは！」

「やかましい、馬鹿。もし俺が敵に討たれたら、それで満足か」

一喝され、絶句した。宇喜多の兵は何が起きたのか分からぬとばかり、目を白黒させている。

直政は続けた。

「敵に討たれた俺に笹を噛ませようとは、とんだ卑怯者よ」

「う……ぬ」

唸ることしかできない。確かに、自ら討ち取った首でなければ正則への詫びにはならぬし、汚名を雪《そそ》ぐことも叶《かな》わぬ。

「な、何をしておる。やれ！」

取り囲む一団の兵長らしい武者が指示を下す。おかしな具合に躊躇《ためら》っていた数々の槍が、再び鋭さを増した。

「この、糞ったれが！」

怒声を響かせ気合一閃、才蔵は猛然と槍を振るった。直政を討つ、そのためにはまず助け出さねばならぬ。この理不尽《りふじん》を叩き伏せるつもりで敵兵の頭を割り、目を穿ち、ひとり、またひとりと退ける。

「ははは、それでいい。俺のために働け、間抜けが！」

直政も馬上で槍を振るい、敵の脇、喉、太腿を穿つ。豪勇と謳《うた》われた二人を囲む十余の兵は次第に崩れていった。

「そら行け！」

囲みの外で大声が上がる。久右衛門率いる手勢が、残る十余を痛め付けていた。

囲みの内外の様子を見て、先の兵長が再び指示を下した。

「いかん、退け。そろそろだ」

救われたとばかり、宇喜多の徒歩武者たちはどたばたと逃げ去った。

敵の姿が見えなくなると、久右衛門以下が才蔵と直政を囲んだ。先まで敵と干戈を交えていた赤備えが馬を馳せ、さらにその周りを囲もうとしている。

「大事ない。騒ぐな！」

直政の一喝で、二十ほどの騎馬が手綱を引いた。

「手出し無用ぞ」

改めて言い、赤い騎馬たちをざっと見回す。そして、肩で息をしながらこちらを向いた。

「可児才蔵。天晴《あっぱれ》な武者ぶりよな」

落ち着いた物言いが気に入らず、才蔵は猛然と嚙み付いた。

「やかましい。これからが本題ぞ」

りゅうりゅうと槍をしごき、眼差しまで刃に変えて睨み上げる。すると直政は「面倒臭い」という胸の内を隠しもせずに言った。

「本当に、分からず屋だな」

「何を分かれと申す。抜け駆けは大罪だ。固く交わした約束を違える破廉恥《はれんち》に加え、家康公のご子息を出汁《だし》に使って味方を欺こうなどとは」

直政の左腕は、だらりと下がっている。傷を受けたまま戦い続け、疲れているのか。いずれ急には動かせまいと、その脇を狙った。

「言語道断！」

槍を捻りながら突き出す。もらった――そう思った。だが直政は腕ではなく身を動かし、何と槍の正面に胴を晒《さら》した。ガツンと鈍い音がして、具足の左胸が割れた。

「この……」

才蔵は槍を引いた。鍛えた鉄板に食い込んだ穂先は容易に抜けない。慌てて引くこと三度、やっと抜き取ることはできたが、その間に直政は悠々と左腕を動かして柄を摑んでいた。そして低く唸りながら引っ張り、脇に手挟《たばさ》んだ。

「兵部、放せ！」

言われて放すはずもなく、馬の上下で力比べとなる。直政は自身の槍を地に突き刺して右手を自由にすると、こちらに向けてきた。

まずい。落ち着け。動転したままでは、この男には勝てぬ。槍の柄をしっかりと握り、足を開いて太腿に力を込めた。

ところが直政の右手は、槍とは違うところへ伸びた。

「少しもらうぞ」

摑まれたのは指物に使っている笹であった。ひとつの枝が無造作に折り取られる。

「重ね重ねの愚弄を」

「そうではない。見たら分かろう、俺は左腕に傷を負うておる。鉄砲だ」

「だから何だ」

すると、不意に手を放された。力比べの体《てい》になっていたために、才蔵は大きくよろけ、後ろ向きに二つ、三つとたたらを踏んだ。

何とか転ばずに踏み止まり、馬上を睨み上げる。直政は何ごともなかったかのように笹の葉を毟り、数枚を口に含んでくちゃくちゃと噛み始めた。

「家康公が薬にお詳しくてな、笹の葉の汁は毒を消し、血を作るとお聞かせいただいた。そのために噛ませてもらう」

才蔵は声音を平坦に押さえ込んで応じた。

「わしの笹を噛むのがどういうことか、知らん訳ではあるまい」

「無論、知っておる。だから、分からず屋だと言うた。俺の命など、この戦に勝つまで続けば良い。後はどうなっても構わん」

がん、と頭に響いた。この男は――。

「……お主は」

「やっと分かったか」

才蔵は俯いた。恥ずかしかった。怒りに流され、最も大事なことを忘れていたとは。

そして、直政は言っているのだ。この戦が終わったら自らの首をくれてやると。よしんば乱戦の中で討ち死にしたとて、笹を噛んでいれば、おまえが討ったことになるだろうと。

そこへ西の方、宇喜多隊から雷鳴の如き音が響いた。才蔵は俯いたまま、眼差しだけで音の方を見た。鉄砲の斉射は、どうやらこちらには向いていない。

直政も同じ方を眺めていた。

「先の兵どもは、鉄砲方が十全に支度を整えるまでの繋《つな》ぎだな。福島隊に向いておるようだが、おまえ、こんなところで油を売っていて良いのか」

才蔵は勢い良く頭を上げ、馬上を見た。まだ霧は残っているが、あたかも全てが晴れたような思いがする。

「無論、戻って戦う。そして必ず勝ち、貴殿の罪を問わせてもらおう」

直政は、ちらりと一瞥《いちべつ》して馬首を返した。心なしか、微笑《ほほえ》んでいるように見えた。

才蔵は命令を下した。

「久右衛門、囲みを解け。兵部殿の道を開けよ」

二人を囲んでいた二十人がばらばらと散る。悠々と馬を進める直政に、配下の騎馬が集まってきた。

「いったん陣に返し、二千を整えて島津《しまづ》を叩く。行くぞ」

直政の号令に「おう」と返し、赤備えは駆け戻って行った。最初にあった数から十騎ほどを損じていると見えた。

*

霧がだいぶ晴れ、見通しが良くなっていた。空の白さも消え、陽光が降り注いでいる。日の位置からすると、朝五つ半（九時）になる頃か。右手に敵を見ながら自陣への道を急いだ。

両軍合わせて十五万という破格の大戦だが、実際に動いているのはその三割ほどだろう。戦っている陣は、どこも一進一退という風であった。

才蔵は遠く南、松尾山を眺めた。

「静かなままだ」

独りごちて先を急ぐ。調略した小早川秀秋が動いていないのは、戦の勝負どころがまだ先だからだろう。己の働き場は十分にある。

「殿、あれを」

久右衛門が指差した方を見遣る。一町半ほど向こうで白地に紺の山道、福島正則の旗印が風に翻っていた。

だが様子がおかしい。先手の三千、正則率いる中陣の二千、後詰の千、六千の全体が寸詰まりになっているように映る。もっと右手——敵陣に向けてせり出し、間を空けて布陣していたはずだが。

「押されているのか。急ぐぞ」

才蔵は駆け足を早め、正則の陣幕を目指した。

近付くほどに、福島隊の様子がはっきり見えるようになった。やはり押されている。戦の始まる前、直政の抜け駆けを追い始めた時には、先手は陣の前を斜めに走る東山道の近くにあったはずだ。今やその辺りは宇喜多の指物で埋め尽くされている。

「三……いや、四町も」

福島隊六千に対し、相対する宇喜多隊は一万七千なのだ。実に三倍の兵力を相手にして、さすがの正則も苦戦しているらしかった。

五十人ほどの兵の向こうに見える陣幕には、ひっきりなしに戦況が伝えられている。注進の武者が駆け込み、それと擦れ違うように走り出して行く姿があった。

「後詰から、長尾《ながお》一勝《かずかつ》の五百を前に回せ。すぐにだ」

正則の指示は荒々しく、陣幕の外まで聞こえた。才蔵が駆け込もうとすると、ひとりの伝令と鉢合わせになってぶつかった。互いに一歩引いて頭を下げ合い、伝令を先に通す。才蔵は久右衛門を陣幕の外に残して中に入った。

こちらの姿を目にすると、正則は怒髪天《どはってん》を衝く勢いで床机から立ち上がった。

「才蔵、おのれは！」

何を怒っているのかは分かる。才蔵は一間半——常より半間ほど余計に離れて片膝を突いた。

「面目ござりませぬ。抜け駆けを許してしまいました」

「そんなことは分かっておるわ。其方、これまでどこをほっつき歩いていた」

「抜け駆けの者を追っておりました」

目に狂気を孕《はら》ませ、正則が一歩を踏み出す。

「どこの誰だ」

「井伊兵部殿にござる」

途端、正則の顔がぽかんとしたものになった。しかしそれは寸時のこと、じわじわと怒りを取り戻し、より激しい熱を発するようになった。

「おのれ兵部……。岐阜の一件で無用の仲裁をして恥をかかせたばかりか、自ら抜け駆けするなど。ああ？　如何なる料簡《りょうけん》か」

叫び散らして後ろを向き、最前まで座っていた床机を蹴飛ばす。それが陣幕に当たって前に倒れると、狂ったように踏み潰し、粉々に壊してしまった。

「恥知らずめが！」

またひとつ怒りの咆哮《ほうこう》を上げると、正則は再びこちらを向いた。目を吊り上げ、額に青筋を浮かせた修羅《しゅら》の形相は、地獄の閻魔《えんま》ですら怯むかも知れぬ。

「其方が戻ったということは、あの糞餓鬼《くそがき》の首を取ったということだな。見せよ。これへ出せ。膾《なます》斬りにしてくれる」

才蔵は深々と頭を垂れた。

「首は取っておりませぬ」

「なぜだ。逃げ切られたと申すか」

怒鳴り散らす主君の声に頭を上げ、しっかりと目を見据えた。

「追い付きました。されど敵に囲まれておったゆえ、救援いたしました」

何を聞いたのか分からぬという目が返される。才蔵は胸を張り、もう一度同じことを話した。

「救援して戻ったものにござる」

「たわけ！」

正則は腰のものを抜き、こちらに切っ先を向けて一歩、二歩と歩み寄る。

「どの面下《つら》げて戻ってきた。こともあろうに助けただと？　なぜ殺さぬ。なぜ首を刎《は》ねなんだ。それでも豪勇と謳われた可児才蔵か！　今、この場で手討ちにしてくれる」

冬も近いというのに、正則の額には玉の汗が浮いていた。振り上げた刀には一点の迷いすら見えない。

しかし才蔵は動じなかった。すくと立って前に進み、敢えて一足一刀の間合いに入る。

「お黙りあれい！」

腹の底から叩き出した声に、正則の動きが止まった。才蔵はその隙に言葉を継ぐ。

「それがし、家臣としてお諫《いさ》め申し上げる。人の上に立つ者が、斯様な狭い料簡で何といたすおつもりか」

「……何だと」

振り上げた切っ先が怒りに震え始めた。それでも才蔵は退かなかった。

「兵部殿はこの一戦で命を捨てる覚悟にござった。徳川の天下を勝ち取りさえすれば、自らの命などどうでも良いのだと。それを聞いて目が覚めたのです」

いったん言葉を切って唾を飲み込み、声音を静かに続けた。

「それがしは考えました。何のために戦っておるのかと。答はひとつ、勝ちたいのです。これまでの主君は全て敗れ去った。それはこの身の敗北と同じでしょう。男たるもの、負けたままで生涯を終えて良いものか。勝ちたい、勝たねばならぬ、そのために殿の臣となり、この戦場に立っております。欲するものは兵部殿と同じ、勝つために戦うと言う味方を、どうして斬ることができましょうや。殿とて、それがしにお聞かせくださいましたろう。三成憎しで豊臣《とよとみ》の恩を忘れたと陰口を叩かれ、それでも徳川に与《くみ》したのは何のためか。何のためにこの一戦に臨むのかを」

振り上げていた刀をゆっくりと下ろしながらも、正則はなお怒りに震える声で応じた。

「……三成めに任せれば、きっと天下が乱れると、高台院《こうだいいん》様（豊臣秀吉の正室・おね）が仰せになられた。わしも同じ思いよ。豊臣が自ら世を乱すことなど、あってはならぬのだ。この国を安寧に治めるお方と見込んだからこそ、家康公に賭けた」

「ならば、為すべきことは何でござろう。斯様にお心を乱すことではござらぬはず」

「堪《こら》えよと申すか」

答える代わりに、才蔵は無言で正則の目を見据えた。呼吸のひとつひとつが、とてつもない長さに思える。

「ああああ！　ああ、ああ！　あああああっ」

正則は絶叫と共に背を向け、陣幕を目茶苦茶に斬った。ずたずたになった布を見て大きく肩で息をする。才蔵は固唾《かたず》を飲んで見守った。

やがて正則は憤怒の表情のまま踵《きびす》を返し、外に出た。

「馬曳《ひ》けい！」

応じて走った馬廻衆《うままわりしゅう》から手綱を受け取ると、正則はひらりと跨った。鞍《くら》に挟まれた鞭を取り、乗り馬の尻を二度叩く。才蔵も後を追って走った。

正則は交戦する先手のすぐ後ろまで馬を進めた。先よりもさらに一町ほど、都合五町も押し込まれている。

才蔵は追い慕いながら、主君の振る舞いに耳目を向けた。

正則は馬上で高らかに刀を掲げ、百里四方に届けとばかり大声を上げた。

「退いてはならぬ。天下分け目の一戦ぞ。福島隊から綻《ほころ》びて負けたとあらば、後々までの不名誉である。ここを死に場所と定め、必ず押し返せ！」

才蔵がようやく追い付いた頃には、正則は馬を左右に馳せ、気の怖じけた者を叱咤《しった》して回っていた。

「敵に背を見せるでない。反する者は、わしが斬って捨てる。肝の据わらぬ奴など、どの道使い物にならぬ」

そして今度は先手の中に馬を進め、何と最前線まで出て敵の只中《ただなか》に身を晒《さら》した。

「皆の者、其許らの大将・福島正則はここだ。わしが討たれれば負けだぞ。皆々殺され、身ぐるみ剝がされて、野ざらしのされこうべとなるであろう。さあ宇喜多の兵、この首取ってみよ」

大喝し、群がる敵兵と刃を交え始めた。

大将を討たすな――その思いが、萎《な》えかけた兵の心に再び火を点けた。

才蔵は、ふと後ろを見た。久右衛門以下は遅れずに付いてきている。

「我らも参るぞ」

「はっ」

久右衛門と眼差しを交わし、才蔵は人波を掻き分けた。そして矢玉飛び交う中で奮戦する正則を助け、ひたすら槍を振るった。

「見よ、援軍ぞ」

正則の声に、皆が歓声を上げた。宇喜多隊の脇に陣取る大谷吉継《おおたによしつぐ》を攻めていた寺沢広高《てらざわひろたか》が、取って返して加勢したものであった。

才蔵も大声を上げた。

「窮地の援軍、千人力ぞ。笹の才蔵、参る！」

槍を振るい、前へ、前へと出る。自らの手勢だけではない、誰もが「続け」と後を追った。

無我夢中だった。時の流れも気にかけず、ひたすら敵を討ち、兜首に笹を噛ませることも忘れて走り回った。じわり、じわりとだが、福島隊は五町の後退を押し返していた。

「りゃっ」

突き出す槍が敵の喉を叩く。しかし穿てない。穂先など、とうに潰れていた。ならばと横薙ぎに振り回し、高く掲げて打ち下ろし、敵を叩き据える。やがて長柄の漆《うるし》が剝げ、顕わになった木の地肌が少しずつ削れていった。

ふと、敵兵が歓声を上げた。こちらに援軍あらば敵にも援軍あり、紺地に白の三つ餅は、大谷吉継隊であった。

「何の。奮え、皆の者！」

正則の喉も大声を出せなくなっている。そのことも然《さ》りながら、開戦の直後から戦い続けていた疲れか、敵の気勢が上がる分だけ福島隊は気を萎えさせ、またも押され始めた。

だが――。

福島隊の後ろから、鉄砲が一斉射された。地鳴りに似た響きとあれば、千挺を下るまい。振り向いてみれば、徳川家康本隊が間近まで押し出してきていた。

それを機に福島隊の左手奥、松尾山が動いた。木々の間に軍旗が揺れ、山を下ってくる。それは宇喜多隊の援軍に参じた大谷隊の横腹を抉《えぐ》った。

「小早川秀秋、寝返り！　この戦、勝ったぞ」

これを最後とばかり、正則の叫びがこだました。福島隊の皆が槍を掲げ、刀を振り上げ、今いちど湧き起こった力で前に出た。

徳川方に寝返った小早川の一万五千は大谷の六百を呑み込み、そのまま宇喜多隊にも痛打を加えた。ここに至って戦の大勢は決し、やがて石田方は総崩れとなった。

＊

戦は終わった。徳川方の大勝である。それぞれの将兵は陣に返し、夕暮れの中に炊煙を上げていた。才蔵も野に座り、手勢が炊いた粥《かゆ》を啜《すす》った。

戦場となった関ヶ原にはそこかしこに骸《むくろ》が転がり、見物衆がそれらから武具を剝いでいる。本当なら咎めて然るべきことなのだが、一日を通して戦い続けた者は疲れきっていて、それどころではない。吹き抜ける風が血の臭いを孕んでいても、構うことなく飯を食った。

少し腹が落ち着くと、戦の跡に目を遣る余裕が生まれた。西の空は紅に染まり、頭の真上には闇が染み出してきている。そうした薄暗がりの野でも、夥《おびただ》しい数の骸が転がっていることは見て取れた。

隣で飯を食う久右衛門が、手を止めて晴れやかに声をかけた。

「ついに宿願を成就なされましたな」

「ああ。徳川は勝った。福島家も命運を繫ぐ」

「本当に、良うございました。これも殿が思いを貫いたゆえにござる」

こそばゆい思いがする一方で、いくらか違う気もする。この違和は何だろう。

久右衛門はこちらを見て、怪訝《けげん》そうに問うた。

「如何なされました」

「いや……何でもない」

戦の後でこうして落ち着いていられる、そのことが間違いのない真実なのだ。飯をひと口食うごとに、勝ったという実感がじわじわと湧いてくる。すると不思議なもので、生臭いものが漂う場すら愛しく思えた。

「わしにとって、これが最後の戦となろう。そう思うとな……安らかなような、寂しいような、何かおかしな気持ちだ」

笑みが零《こぼ》れる。久右衛門も同じ顔で応じた。

「兵部殿が抜け駆けをした時には、どうなることかと思いましたが」

「どうにも、手柄が欲しかっただけとは思えん。が、まあ良しとしよう。勝ったのだからな」

既に真っ暗になった空を見上げ、秋の寒風を胸いっぱいに吸い込んだ。

「才蔵」

近付く足音と呼び声に、才蔵は天から目を戻した。正則であった。

「これは……如何なる御用です」

正則は面白くなさそうな顔で問うた。

「おまえ、本当に兵部を助け、ただで逃したのか」

「まだ左様なことを仰せとは」

「おまえの申すとおり、戦には勝って見せたであろう。それと兵部の抜け駆けとは、また別の話だ。あの者がひと言の詫びすら口にせぬようなら、断じて許せぬ」

才蔵は「はは」と笑った。

「然らば、それがしは兵部殿に、勝った上で罪を問わせてもらうと申しました。詫びのひと言ぐらいありましょうし、家康公に申し上げれば、良きように計らっていただけるのでは？」

正則は、ぱっと眉を開いた。

「そうか。ならば共に参れ。これから家康公の陣所に行く」

才蔵は飯を中途にして、正則の後に続いた。

家康の陣所は、小早川隊の寝返りを促した時のまま、福島隊の東一町ほどのところにあった。陣幕の入り口には行列ができていて、各隊を率いた将と供の者が目通りの番を待っている。正則と才蔵は最後尾に並んだ。

「見たところ……七人か。そう長くは待つまい」

正則の言葉に頷き、順番を待つ。すると、目通りを終えたひとりが陣幕の外に歩み出てきた。恰幅の良い体、鎧下だけの出《い》で立《た》ちで首から左腕を吊っている。井伊直政であった。

数歩進んだところで、直政はこちらに気付いたらしい。しっかりと正則の顔を見て、しかし歩を速めるでもなく歩み寄った。

正則の前まで来ると、直政は深々と頭を下げた。

「此度の戦、福島殿の先鋒と決まっておったところ、抜け駆けを犯してしまいました。元々は物見のために進んだものなれど、霧の中で宇喜多の兵と鉢合わせ、致し方なく刃を交えるに至ったものにござる」

正則は、少し硬い声音で応じた。

「左様か。つまり物見を仕損じたということにござるな」

直政は顔を上げた。

「然り。まことに無様なこと、恥にござる」

互いに目を合わせたまま、重い沈黙が流れた。才蔵は、己が主君が直政に斬りかかりはせぬかと懸念しつつ、様子を見守った。

ふう、と大きな溜息が聞こえた。正則である。

「其許が失策と認めておられる以上、それがしから申すことはござらぬ。致し方ない仕儀であったと諦めざるを得ませんわい」

言葉は苦笑に混ぜられていた。

直政はにこりと笑み、会釈《えしゃく》して立ち去った。しかし、数歩を進んだところで立ち止まり、引き返してくる。

「然らば福島殿、貴公が致し方なしとお認めある以上、この戦の一番槍は我が井伊の赤備えでござる。左様、心得られよ」

それだけ残し、踵を返した。

才蔵は口をあんぐりと開けた。正則を見れば、今にも暴発せんばかりの怒りを面持ちに湛え、しかもそれを向ける先がないことで、狂おしく目を血走らせていた。

「殿、家康公の御陣ですぞ。堪えられませい」

「分かっておる。分かっておるが、兵部め。人の言葉尻を捕まえてあの申し様……いつか目にもの見せてくれる」

地団太を踏む主君を宥《なだ》め、落ち着かせるべく諭しているうちに、目通りの順番となった。正則は仏頂面で家康の陣幕に入った。

陣幕の奥で床机に腰掛ける老将は顔も体も丸い。まばらな鬚《ひげ》を蓄え、目ばかりがぎょろぎょろと大きく、太い鼻筋であった。

「福島殿、良う参られた。まずは座るが良かろう」

「……はっ」

家康の正面、一間ほど離れて置かれた床机に正則が腰を下ろす。才蔵はその右後ろに控え、片膝を突いて頭を垂れた。

「今日の戦、一番槍を取り損なったのう」

やや甲高い鷹揚《おうよう》な声音である。才蔵は頭を垂れたままだったが、正則がむらむらと怒気を発し始めたことは、見なくても分かった。何ということを言ってくれるのか。

案の定、正則は荒々しく声を上げた。

「然らば、家康公に申し上げたき――」

「ところで」

不服を申し立てようとしたところを遮られ、正則は口を噤《つぐ》んだ。家康は「ふふ」と含み笑いをした。

「先ほど、兵部が持ち込んだ首があってな。これがまた、おかしな首なのじゃ」

「……はあ」

ありありと不満を湛えて正則が返事をする。家康は何も聞かなかったかのように続けた。

「その首というのがな、どれも口に笹の葉を噛んでおるのよ。これは誰の仕業なのか、何の意味があるのか。貴公、聞いたことはないか」

才蔵は「あっ」と小さく声を漏らし、驚いて顔を上げた。考えられることは——。

正則は「ああ」と得心したように返した。

「それは、これに控える可児才蔵が討ち取った首にござりましょう。この者は指物に笹を使い、兜首を取ると自らの手柄の証《あかし》として葉を噛ませるのです。戦ごとに持ちきれぬほどの首を上げるものですから、そういう工夫をしておる由《よし》にござります」

今日は首に笹を噛ませていない。そんな余裕など、どこにもなかったのだ。

家康は才蔵の顔をちらりと見て、にやりと笑った。

「左様であったか。才蔵とやら、其方は並ぶ者なき豪勇よのう。兵部がの、笹を噛ませた首を拾って二十も届けおった。ひとりでこれだけの首を上げた者など他にない」

そして、正則を向いた。

「これは福島殿の奮戦の証じゃな。いやはや大手柄よ。お手前には追って加増いたすゆえ、楽しみに待つが良い」

「はっ。有難き幸せに存じます」

そう返した後で、正則はこちらを見た。眼差しからは怒りが流されていた。

兜首を譲られたことで、才蔵は悟った。直政が戦場の禁を破ったのは、やはり手柄が欲しかったからではないのだ。真意は未だに分からぬが、直政にとっては、いずれ重大な意味があったのに違いない。

（それで、良いではないか）

思って目を伏せた。

「可児才蔵、其方にも褒美《ほうび》を取らせよう」

家康が朗《ほが》らかに呼ばわる。才蔵は再び深々と頭を垂れた。

「有難き思し召しなれど、ご無用に願います。恩賞は主君・左衛門尉から下されましょう。加えて、戦場にて大切なものを手に入れてござりますれば」

「ほう、それは？」

「心を貫く芯棒……とでも申し上げましょうや。これがあってこそ、それがしは自らの生涯を全うできそうです」

直政は命懸けで自らの信念に従っていた。それに触れたからこそ己は自身を見失わずに済み、主君・正則を踏み止まらせることもできたのだ。大切なのは、この一点である。

「のう才蔵」

正則に声をかけられ、顔を上げた。何が何やら分からぬという面持ちに、才蔵は晴れやかな笑みで応えた。胸の内には、今日の戦で笹を嚙ませた唯一の男への謝意があった。

有楽斎の城

天野純希

一

激しい鉄砲の筒音が、耳朶《じだ》を震わせた。

喊声《かんせい》が怒濤《どとう》のように幾度となく押し寄せ、刃を打ち合う音と断末魔の悲鳴は絶えることがない。

私は手練《てだ》れの忍びのようにじっと息を潜め、人目につかぬよう物陰に隠れながら御所の中を進む。

幸い、気配を消すのは得意だった。その場にいても誰にも気づかれず、「ああ、いらっしゃったのですか」などと驚かれることがしょっちゅうある。

じきに日が昇りはじめる。急がねばならない。

やがて、大木が倒れるような音とともに、喊声が上がった。門が破られ、敵兵が御所内に雪崩《なだ》れ込んだのだろう。

御所の裏手にある小さな木戸をくぐった。見咎《みとが》められた時に備えて女物の打掛に加えて、市女《いちめ》笠《がさ》までかぶっている。

だが、それも杞憂《きゆう》だった。この木戸の存在を知らないのか、敵兵の姿はない。

胸を撫で下ろしながら振り返ると、御所の建物から火の手が上がっていた。塀越しに見え隠れする旗印には、水色桔梗《ききょう》の紋が染め抜かれている。やはり、惟任《これとう》の謀叛《むほん》というのは事実だった。

御所に残った甥は、もう腹を切っただろうか。兄とその嫡男が揃《そろ》って討たれたとなれば、誰が跡目を継ぐのか。束の間頭をよぎったが、すぐに振り払った。今は、生き残ることがすべてだ。

狭い路地を選び、私は早足で進んだ。

明け方の京の町は騒然としている。だが、幸いにも敵兵に出会うことはなかった。本能寺《ほんのうじ》と二条御所を落とすのに手一杯で、京の町屋にまで兵を配する余裕はなかったのだろう。

あと少しで上京《かみぎょう》を抜けられる。そう思いながら辻を曲がったところで、私は足を止めた。すでに夜は明けているが、その路地だけはなぜか、薄闇に包まれている。目を凝らすと、そこに一人の鎧《よろい》武者が立っていた。

「長益《ながます》」

武者が、私の名を呼んだ。

「兄と甥を置き去りにして、そなた一人、逃げおおせるつもりか」

甲高い、腹の底まで凍《い》てつくような声。目が合っただけで身動《みじろ》ぎ一つできなくなる、狂気を孕《はら》んだ眼光。身につけた趣味の悪い南蛮《なんばん》胴とマントは、他の誰の物でもない。

「あ、兄上……」

本能寺で自害したのではなかったのか。ならば、二条御所から抜け出した釈明をしなければ。

「これは、その、敵の様子を探りにまいった次第であって、決して逃げ出すというようなことは……」

「で、あるか」

冷たい声音で言うと、兄は腰の刀を引き抜いた。禍々《まがまが》しい光を放つ刃に、私の足はがたがたと震えた。

「兄上、何を」

「そなたのような腰抜けは、我が弟にあらず」

「お、お待ちくだされ、兄上……」

兄は口元に無慈悲な笑みを湛《たた》えたまま、刃を一閃させた。


「ひぇっ……!」

夜具をはねのけると、全身が汗に濡れていた。私は額の汗を拭いながら、荒い息を吐く。また、あの夢だ。

兄であり、主君でもある信長《のぶなが》が死んだのは、もう十八年も前のことだった。私は兄の享年をとうに超え、五十四歳になっている。それでも戦《いくさ》を前にすると、兄は必ず夢の中に現れた。

水差しの水を喉に流し込んで一息つき、剃《そ》り上げた頭に浮かんだ汗を拭く。茶の一服でも点《た》てたいところだが、戦陣とあって贅沢《ぜいたく》は言えない。

下野《しもつけ》国小山《おやま》城址から半里ほど離れた、仮の陣所だった。夜はすでに明けていて、外では兵たちが朝餉《あさげ》の支度に追われている。私は濡れた夜着を脱ぎ、近習に運ばせた鎧直垂《ひたたれ》に着替えた。剃髪《ていはつ》して有楽斎《うらくさい》と号するようになって十年近くが経つが、その間、戦とは縁遠い暮らしを送ってきた。大坂を出陣したのは半月ほど前だが、いまだに戦陣で寝起きするのは落ち着かない。

慶長《けいちょう》五年七月二十五日。会津上杉《あいづうえすぎ》家征伐のためにはるばる大坂から東下した徳川《とくがわ》内大臣家康《いえやす》を総大将とする遠征軍は、白川《しらかわ》の関を前に停滞を余儀なくされていた。上方で、石田治部少輔《いしだじぶしょうゆう》三成《みつなり》とその与党が、徳川打倒の兵を挙げたためである。

遠征軍に加わった諸将には動揺を見せる者も多くいたが、私に言わせれば予想通りだった。むしろ、三成が兵を挙げてくれなければ、わざわざこの遠征に加わった意味が無くなるというものだ。

朝餉をすませると、嫡男の長孝《ながたか》と数名の近習を連れ、小山の本陣に向かった。正午から、軍《いくさ》評定《ひょうじょう》が予定されている。すでに宇都宮《うつのみや》に達している前軍の諸将も含め、全員が参加するということだった。

「長孝。此度《こたび》の評定、いかが相成るかな」

馬を進めながら、息子に訊ねた。

「内府の狙いは、この遠征に加わった諸侯を取り込むことでしょう。こうして大がかりな評定を開くということは、すでに根回しもすんでおるかと」

二十代半ばの長孝は、長身痩軀《そうく》の私に似ず、屈強な体軀の持ち主だった。武芸に秀で、乗馬姿も堂に入っている。私は時折、この息子に対して嫉妬に似たものを感じることさえあった。

「恐らくは、福島殿《ふくしま》か黒田殿《くろだ》あたりが率先《そっせん》して、内府に味方すると名乗りを上げることでしょう」

「それに引きずられて、諸侯は内府に与《くみ》するか。となれば、内府は勇躍して上方を目指すであろうな。そして、三成の一党はそれを待ち受けておる」

「おそらくは」

「史上類を見ぬ、この国はじまって以来の大戦となろう。我が織田《おだ》家の行く末も、この一戦で決まる。心してかかれよ」

そうは言ったものの、私にとって、織田家の行く末など大した問題ではなかった。家康に味方すれば得られるであろう新たな領地にも、興味はない。

「それにしても」と、私は溜息をつく。

この騒動が落ち着くまでは、満足に茶を点てることもできない。そればかりが残念なことだった。

評定は、長孝が予見した通りに進んだ。

家康は満座の諸侯に対し、「大坂に味方したい者があれば、引き止めはしない」と告げ、それを聞いた福島正則《まさのり》が真っ先に立ち上がり、家康に味方することを宣言したのだ。

それから、諸侯は雪崩を打ったように家康に与すると誓いはじめる。遠江掛川《とおとうみかけがわ》城主の山内一豊《やまのうちかずとよ》にいたっては、自身の城と領地をそっくりそのまま家康に献上するとさえ言った。東海道に所領を持つ諸侯はこれにも追随《ついずい》し、かくして、家康は一滴の血を流すこともなく上方への道を確保した。

私は冷めた目で、評定の成り行きを見守っていた。領地を差し出そうにも、たった二千石の所領は摂津《せっつ》にあり、とうに西軍が接収しているはずだ。

それ以前に、家康の歓心を買って加増にありつこうという考えが私には無い。家康の気を少しでも引こうと右往左往する諸侯の姿が、私の目にはたまらなく滑稽《こっけい》なものに映った。

反転西上が決すると、評定はそれぞれの持ち場の割り振りへと移った。先鋒は福島正則と池田《いけだ》輝政《てるまさ》。二人とも三成とは犬猿の仲で、先鋒を任せれば死にもの狂いで働くだろう。まずは妥当《だとう》な人選といえた。

だが、西上軍の中に私の名は無かった。戦が終わるまで、江戸で留守居《るすい》でもしていろということだろう。

それも無理はない。ここにいる誰もが、老年で武勲《ぶくん》にも縁の無い私が加わったところで、大した働きなどできはしないと思っている。そもそも、この遠征に私が加わっていること自体が場違いなのだ。

「では、続いて出陣の日取りだが」

進行役の井伊《いい》直政《なおまさ》が言いかけた時、私は意を決して立ち上がった。

「お待ちあれ」

私は家康に、自分を西上軍に加えるよう直訴《じきそ》した。自分がいかに亡き太閤秀吉《たいこうひでよし》の恩を受けたか、どれほど三成の暴挙に憤《いきどお》りを覚えているかを滔々《とうとう》と語り、三成と刺し違える覚悟まで披露する。

「お話は承《うけたまわ》った」

それまで黙っていた家康が、口を開いた。

「そこまで申されるならば、貴殿にも西上軍に加わっていただきましょう」

その言葉に、静まり返っていた広間がざわついた。居並ぶ諸将は一様に怪訝《けげん》な表情を浮かべ、私を横目に見ながら露骨に舌打ちする者までいる。

「ははっ、ありがたき幸せ。我が麾下《きか》はわずか四百五十の寡兵なれど、身命を賭して働く所存！」

私がこれまで出したこともないような大声を張り上げると、家康は大黒《だいこく》を思わせるふくよかな頬に笑みを浮かべた。

「有楽殿。失礼ながら、貴殿はこれまで武勲に恵まれてはこなんだが、それはたまたま巡り合わせが悪かったまでのことと、それがしは思うております。この機会に是非とも、信長公の御舎弟に相応《ふさわ》しき働きを見せていただきたい」

さすがに天下を狙うだけの人物だと、私は家康への評価を新たにした。戦に長《た》け、知恵が回るだけでなく、人を見る目もしっかりと持っている。

そうだ、私が五十四になる今まで武勲に縁が無かったのは、ひとえに巡り合わせが悪かっただけなのだ。

私がこの戦で手に入れたいものは、たった一つ。武人としての名声だった。

臆病者の恥知らず。太閤に媚《こび》を売る茶坊主。そんな陰口を叩く連中を、この戦で見返してやる。

二

己の武人としての評価は地の底にあると、私は自覚している。

私は、十二男七女をもうけた父信秀《のぶひで》の、十一番目の男子として生まれた。家督《かとく》を継いだ信長とは、十三歳離れている。

私にとって、信長は常に恐怖の対象だった。弟といえど、落ち度があれば容赦なく罵声《ばせい》を浴びせ、時には満座の中で打擲《ちょうちゃく》されることもある。次兄の信行《のぶゆき》にいたっては、謀叛を企んだとして誅殺《ちゅうさつ》された。

兄の逆鱗《げきりん》に触れぬよう、ひたすら逆らわず、目立たぬように振る舞う。いつしか、それが私の習い性となり、人となりそのものになっていた。

元々争い事が苦手で、戦の話などよりも、絵草子を眺めている方がよほど楽しかった。武芸も不得手で、剣も槍も弓も馬も、何をやっても身に付かない。そこへ、初陣で大敗を喫《きっ》した上に深手を負うという不幸が重なる。

初陣は、信長の下での美濃斎藤《みのさいとう》攻めだった。信長は敵の策に嵌《はま》り四方八方から伏兵の攻撃を受け、大きな損害を出して敗走した。

当時、源五郎《げんごろう》長益と名乗っていた私は命からがら戦場を離脱し、何とか尾張《おわり》へと辿《たど》り着いた。だが、安堵したところでうっかり落馬し、さらに後ろから来た味方の馬に踏まれて足の骨を折るという悲劇に見舞われたのだ。

戦とはまるで無関係な場所で大怪我を負った私は、格好の笑い話の種となった。

武運に見放された男。賢兄愚弟《けんけいぐてい》の見本。そんな陰口にも耐え忍びながら、私は武芸の鍛錬に励み、古今東西の兵法書を読み漁って戦を学んだ。争い事が苦手といっても、弓矢の家に生まれた以上、武人としての名声に対する欲求はある。今回はたまたま運が無かっただけだ。次こそは目の覚めるような武勲を立て、あの連中を黙らせてやる。

だが、それ以後も不運は続き、戦の前に流行《はや》り病に罹《かか》る、戦場で腹を下す、味方の投げた礫《つぶて》に当たって気を失うなど、ひどい目にばかり遭う。武芸も一向に上達せず、指南役は皆さじを投げた。これはもう、神仏が私に「戦に出るな」と言っているとしか思えない。やがて、兄も私の武運に見切りをつけ、吏僚として裏方の仕事ばかり与えるようになった。

武人として無能の烙印《らくいん》を押され意気消沈する私を救ったのは、千利休《せんのりきゅう》との出会いだった。

はじめて利休の茶会に招かれた時の衝撃は、今も忘れられない。その凛《りん》とした佇《たたず》まい。茶を点てる時の流れるような所作。さりげないようでいて計算し尽くされた茶室の仕立て。茶の湯に露《つゆ》ほどの興味も無かった私はすっかり魅了され、その場で利休に弟子入りすることを決めた。

当時、信長は「茶の湯御政道」を掲げ、政《まつりごと》と茶の湯に密接な繋《つな》がりを持たせようとしていた。銭を積んで名物茶器を買いあさっては、手柄を立てた家臣に領地の代わりとして与え、目立った働きの無い家臣には茶会を開くことまで禁じたのだ。

だが、そうした政事向きの事情抜きに、私は茶の湯の奥の深さにのめり込んだ。暇さえあれば利休や津田宗及《つだそうきゅう》、今井宗久《いまいそうきゅう》といった名だたる茶人のもとを訪れてその点前《てまえ》を学び、茶室や名物茶器を見る目を鍛えた。いずれこの道で役に立つと考えたのか、信長も私が茶の湯を学ぶことを咎《とが》めはしなかった。

兄の思惑はともかく、私にとってははじめての満ち足りた日々だった。名物の放つ清冽《せいれつ》な輝きも、茶室に流れる俗世とはまるで異なる穏やかな時も、私の心を捉えて離さない。これほど美しいものを政に利用する信長が、下劣な俗物に思えて仕方なかった。

知れば知るほど茶の湯は奥が深く、生涯をかけてもその神髄《しんずい》に触れることができるかどうかはわからない。だが、それだけに甲斐《かい》があるというものだ。

私はようやく、己の生に意義を見出した。武人としての栄達は捨て、茶の湯の道に生きよう。自分の生は、戦でも政でもなく、理想の茶を追い求めるためにあるのだ。そしていつか、利休を超える茶人になってみせる。

だがそう決意した矢先、神仏は私のためにさらなる不運を用意していた。天正《てんしょう》十年六月二日、惟任日向守《ひゅうがのかみ》こと、明智光秀《あけちみつひで》の謀叛である。

あの日、私は信長の嫡男、信忠《のぶただ》とともに京都二条の妙覚寺《みょうかくじ》にいた。寝所で眠りこけていたところを家来に叩き起こされ、寝惚《ねぼ》けているうちに馬に乗せられて二条御所へと移った。そして、状況もろくに把握できないまま戦がはじまったのだ。

「嫌だ。死にとうない」

ようやく、新たな目標を見つけたのだ。茶の湯のためならともかく、兄の巻き添えを食って殺されるのは我慢がならない。

戦がはじまるや、私は二条御所を抜け出した。まるで戦力にならない私が姿を消しても、気に留める者はいない。騒然とする京を身一つで脱出し、安土《あづち》を経て岐阜《ぎふ》へと逃げた。

落ち武者狩りに戦々恐々としながら、心のどこかには解き放たれたという思いがあった。常に自分の上に重くのしかかっていたあの兄が、もうこの世にはいない。これからは、己の思うさまに生きられる。その思いは、自然と私の足取りを軽くした。

変後、京の町ではこんな唄が流行したという。

織田の源五は人ではないよ　お腹召せ召せ召させておいて　われは安土へ逃げるは源五

信忠を置いて逃げた私を痛烈に皮肉る唄である。

二条御所から逃げ出したのは私一人ではないし、信忠が腹を切ったのも己の意思で、私が勧めたわけではない。だが、事実はともあれ、ただでさえ低かった私の武人としての評価は、地の底にまで堕《お》ちた。

「ひどい言われようだな」

苦笑したものの、気に病むことはなかった。武人としての評価など、もはや自分には必要ない。むしろ、これで俗事に惑わされることなく茶の湯に没頭できる。

だが、時勢は私に俗世を離れることを許さなかった。変の後、私が身を寄せていた信長の次男信雄《のぶかつ》が徳川家康と結び、信長亡き後の天下を掌握せんとしていた羽柴《はしば》秀吉に戦いを挑んだのだ。長久手《ながくて》の戦いで家康に大敗を喫《きっ》した秀吉は、私に内通を持ちかけてきた。私の口から信雄へ和平を勧め、織田家と単独講和を結ぼうというのだ。

一も二もなく、私は誘いを受けた。織田家が天下人の座から転げ落ちようと、何の痛痒《つうよう》も感じない。ただ、織田家が滅んで禄《ろく》を失えば、茶の湯を続けることはできなくなる。茶を買うにも名物茶器を手に入れるにも、斯道《しどう》はとかく銭がかかるのだ。

織田家存続のため、ひいては己の茶の湯のため、私は信雄を唆《そそのか》して秀吉と講和を結ばせ、さらには秀吉と家康の和解を斡旋《あっせん》した。武人としての実は無くとも、信長の弟という名はある。私は信雄、秀吉、家康の間を駆けずり回り、熱弁を振るった。

和睦《わぼく》が成って安堵したのも束の間、信雄は小田原征伐の後に秀吉の勘気を蒙《こうむ》り改易となる。

行き場を失い途方に暮れる私に救いの手を差し伸べたのは、他ならぬ秀吉である。主君の側《そば》に仕え無聊《ぶりょう》を慰める御伽衆《おとぎしゅう》として、私を召し抱えたのだ。禄高は、摂津味舌《ました》に二千石という微々たるものだった。

御伽衆には、私や信雄をはじめとする織田一族やかつての守護大名、さらには前の征夷大将《せいいたいしょう》軍足利義昭《ぐんあしかがよしあき》までが名を連ねている。高貴な者や以前は主筋にあった者たちを側に侍《はべ》らせて、己の権勢を誇示するという秀吉の意図は明白だった。

装飾品扱いも、かつての天下人の弟としては情けないほどの微禄にも、私は耐えた。どんな境遇であろうと、これでようやく茶の湯に専念できる。

剃髪し、武人としての楽しみは捨てたとの意味を込めて〝無楽斎〟と号したのもこの頃のことだ。もっとも、秀吉から「楽しみが無いとはあまりに寂しかろう。〝有楽〟といたせ」と言われ、改めざるを得なくなってしまったが。

秀吉の天下が定まった頃には、私も茶人としてそれなりの評価を得られるようになっていた。姪の茶々《ちゃちゃ》が秀吉の側室となったため、私は秀吉の義理の叔父ということになり、豊臣家中での地位も盤石《ばんじゃく》なものとなった。

しかし、やっと手にした茶の湯三昧《ざんまい》の日々にも、汚名はついて回った。主人として茶会を開いても、招かれた客たちの私を見る目には、どこか侮蔑《ぶべつ》の色が漂っている。

信長の弟が、たったの二千石で秀吉に飼われている。信長と信忠を見殺しにし、今度は姪まで秀吉に売った。そんな陰口も耳に入るようになった。

結局、武人としての過去からは逃れることができない。利休のような商人上がりならばともかく、武士たちは武勲の無い者に敬意を払うことは決してないのだ。そう悟った私にある日、利休が言った。

「茶の湯の道は、逃げ込む場所ではございませぬ。茶室とは、苦心と創意工夫の上に築き上げた城であり、客と主人が命を懸けて斬り結ぶ、いわば戦場なのです」

その言葉の意味がわかったのは、それからしばらく後のことだ。

天正十九年、利休は秀吉の勘気を蒙り、蟄居《ちっきょ》を命じられる。理由は様々に取り沙汰《ざた》されたが、つまるところ、秀吉の望む茶と、利休の目指す茶の相違にあるのだろう。秀吉が作らせた黄金の茶室など、私の目から見ても醜悪極まりない代物で、利休が内心で腹に据えかねていたのは明らかだ。秀吉が忌《い》み嫌う黒茶碗を使い続けたというのも、利休なりの抵抗だったに違いない。

蟄居を命じられてわずか五日後の二月二十八日、利休は京都聚楽第《じゅらくだい》において切腹した。天下人を相手に堂々と斬り結び、そして果てたのだ。

あなたは何とも戦ってはいない。戦場から、茶室に逃げ込んできただけではないか。たぶん、利休はそう言ったのだろう。

それから七年後に秀吉が死ぬと、次の天下人の座を巡る戦は避けられない情勢となった。

家康が上杉征伐の軍を起こすと、私は集められるだけの軍勢を掻《か》き集め、遠征軍に参加した。家臣の誰もが驚き、当の家康でさえ目を丸くしていた。口さがない世間は、またぞろ有楽斎が次の権力者にすり寄っているのだと噂したが、私は意に介さなかった。

待ちに待った機会だった。年齢を考えれば、これが最後の戦だろう。

この戦で、何としても武勲を立てる。そして、汚名にまみれた過去と決別し、真の茶人として生き直すのだ。

三

八月十四日、小山から軍を返した福島、池田の両将をはじめとする東軍先鋒は、ひとまず集結地の尾張清洲《きよす》城に入った。

だが、それから五日が過ぎても家康は到着しないどころか、江戸を出たという報せさえ届かない。

西軍は八月一日に伏見城を落とし、十日には石田三成、大谷吉継《おおたによしつぐ》らが美濃大垣《おおがき》城に入城したという。このままでは、東軍は総大将不在のまま決戦に臨むという間の抜けた事態にもなりかねなかった。

「内府は我らを捨石にするつもりか！」

福島正則ら豊臣恩顧の諸侯は激昂し、軍監の本多忠勝《ほんだただかつ》、井伊直政らに詰め寄る。そこへ来着した家康の使いは、「何故、目の前の美濃へ攻め入らないのか。自分に味方すると言うのであれば、その証《あかし》を示せ」と逆に諸侯の怠慢《たいまん》を責めた。

上手《うま》いものだった。功名心を刺激された福島正則らは勇み立ち、その日のうちに出陣を決する。先鋒軍は功を争うように美濃へ攻め入り、八月二十三日には難攻不落で知られる岐阜城を攻め落とした。東軍はさらに、岐阜の後詰に来た西軍を河渡《ごうど》で破り、一気に赤坂《あかさか》付近まで進出する。

前哨戦が激しさを増す中、清洲の留守居を割り振られた私は、すっかり蚊帳《かや》の外に置かれていた。岐阜城を守るのが亡き織田信忠の嫡男で、織田の宗家に当たる秀信《ひでのぶ》だったためである。宗家に刃を向けさせるのは気の毒だと、諸侯から気を遣われたのだ。

ただ、それでなくとも自分の出番はなかっただろう。東軍の中で、私の存在は完全に浮き上がっている。

なぜ、ろくな戦歴も無い茶人がこの陣にいるのか。東軍に参加した誰もがそう思っているのは明らかだ。かといって、かの織田信長公の弟とあっては粗略にもできない。野犬の群れに紛れ込んでしまった猫のようなもので、野犬の方でもどう扱えばいいのかわからず遠巻きにしているという、何とも珍妙な状況に私は置かれていた。

九月十一日、岐阜陥落の報せを受け、重い腰を上げて江戸を発《た》った家康が清洲に入る。十三日、一日の休息を挟んで清洲を出陣した家康本隊の後に、私と麾下の四百五十も従っていた。

決戦は、目の前に迫っている。

深い霧が、周囲を覆い尽くしていた。

昨夜来の雨はやんだものの、霧は濃く、隣の隊の旗指物さえ見えないほどだ。

九月十五日払暁《ふつぎょう》。美濃赤坂の本営を出陣した東軍は、激しい風雨の中、およそ一刻ほどをかけて関ヶ原の中央付近にまで進出していた。四方を山に囲まれた盆地で、その西部には、大垣城から移動してきた西軍本隊がすでに布陣を終えている。

私の率いる四百五十は東軍の右翼、盆地のやや北側を流れる相川《あいかわ》の北岸に陣を置いていた。左隣には古田重勝《ふるたしげかつ》、金森長近《かなもりながちか》、生駒一正《いこまかずまさ》。前方には黒田長政《ながまさ》、加藤嘉明《かとうよしあき》、細川忠興《ほそかわただおき》ら。右翼軍は、総数二万にも達する。

「よりにもよって、敵本陣の目の前か」

霧が晴れれば、正面には笹尾山《ささおやま》に布陣した石田隊の姿が見えるはずだった。手柄は立てたいが、この方面は最激戦地となるだろう。目の覚めるような武勲を挙げたところで、死んでしまっては意味がない。

何も、好きこのんでこんな危険な場所に陣取ったわけではなかった。夜間、しかも風雨の中での移動で、自分の位置さえも把握できないまま、押し流されるようにここまで進んでしまったのだ。

「冷えるのう。熱い茶でも啜《すす》りたい気分じゃ」

不安と緊張を誤魔化《ごまか》すように、私は軽口を叩いた。

「父上、このような時に何を呑気《のんき》な。霧が晴れれば、すぐさま開戦と相成りましょう」

「うむ」

頷いたものの、私はすでに後悔しつつあった。たった四百五十の軍勢で、本当に手柄など立てられるのか。下手をすれば、この首が胴から離れることにもなりかねない。

なぜか、脳裏に利休の顔が浮かんだ。大徳寺《だいとくじ》に設けられた首台に置かれた、胴の無い利休の顔。

そうだ。この戦は、師の弔《とむら》い合戦でもある。三成は秀吉に、利休排斥《はいせき》を強く訴えていたという。ならば、仇《かたき》を討ってやるのが弟子の務めというものではないか。

決意を新たにしたその時、南の方角から鉄砲の筒音が聞こえた。続けて数百、数千の喊声が沸き起こる。無数の法螺貝《ほらがい》が鳴り響き、地鳴りにも似た音が轟《とどろ》いた。

「あわわ……」

はじまった。はじまってしまった。まずは何をすればいいのか。軍を前に進めるべきか、それともこの場にとどまるべきか。昔読んだ兵法書には、何と書いてあっただろう。駄目だ、まったく思い出せない。私の頭はすっかり混乱し、右手に握る采配は小刻みに震えていた。

「父上、落ち着かれませ。まずは物見を放ち、状況を把握なされるべきかと」

「そ、そうか。よし、それだ」

深い霧は、ようやく晴れようとしている。ほどなくして、霧の向こうから笹尾山の西軍本陣が姿を現し、周囲からどよめきにも似た声が上がった。想像していた以上に近い。山肌には土塁や馬防柵が巡らされ、空堀も掘られている。ほとんど城塞と言ってもいいような構えだった。

我が隊が陣を置いたのは小高い丘の上で、周囲の状況がよく見渡せる。前線には近いが、この場所を確保できたのは不幸中の幸いだった。

視線を巡らすと、盆地は敵味方の軍勢で埋め尽くされていた。笹尾山の南の天満山《てんまやま》、さらに南に位置する松尾山《まつおやま》まで、西軍の旌旗《せいき》が林立している。対する東軍は、平地に這いつくばって山上の敵を見上げている格好だった。

家康の本陣は、後方の桃配山《ももくばりやま》に置かれている。だが、さらにその背後の南宮山《なんぐうさん》には、毛利《もうり》、吉川《きっかわ》、長宗我部《ちょうそかべ》らの西軍が陣取っていた。

これで、本当に勝てるのか。兵法書を持ち出すまでもなく、味方の不利ははっきりとわかる。家康は大垣に籠る西軍を野戦に引きずり出したつもりなのかもしれないが、実際はまんまと死地に誘い込まれてしまったのではないのか。

今度は前方で、激しい筒音が響いた。

右翼前衛の黒田、細川隊が、石田隊の前衛に猛然と鉄砲を浴びせかけている。それに引きずられるように加藤嘉明、筒井定次《つついさだつぐ》の隊も動きはじめていた。数千、数万の足音が重なり、地が揺れているような錯覚さえ覚える。

「父上。我らも前に出るべきでは」

「待て。乱戦に巻き込まれてはかなわん。今はこの場にとどまり、戦況をしかと見定めるのじゃ」

諸方に放った物見から、次々に注進が入ってきた。

最初の筒音は、抜け駆けした井伊直政と松平忠吉《まつだいらただよし》が、宇喜多秀家《うきたひでいえ》隊に向けて放ったものらしい。井伊、松平はそのまま笹尾山の南を固める島津《しまづ》隊と対峙し、宇喜多隊には福島正則が当たっている。藤堂高虎《とうどうたかとら》、京極高知《きょうごくたかとも》も、大谷吉継らに攻めかかっていた。

視線を笹尾山の麓に戻すと、黒田、細川らの隊が馬防柵の向こうに陣取った石田隊の前衛に翻《ほん》弄《ろう》されていた。石田隊は鉄砲を撃ち放ち、機を見ては柵を開いて突撃して、またすぐに引き上げることを繰り返している。石田隊の前衛を指揮するのは、猛将として名高い島左近《しまさこん》だという。

霧が晴れて状況がわかってきたことで、私は何とか落ち着きを取り戻していた。今は消耗を避け、敵陣の隙をじっと窺《うかが》うのが最上の策だろう。動かざること山の如し、というやつだ。

「お味方は苦戦しております。我らも加勢すべきでは」

「放っておけ。我らが加わったところで、三成の首など獲れるはずがあるまい。我らはもっと楽な相手と……」

そこへ、徳川の指物をつけた騎馬武者が駆け込んできた。

「織田有楽斎殿。主、徳川内府の言葉をお伝え申す。お手空きとあらば、南の金森殿、寺沢《てらざわ》殿の加勢に向かわれるようにとの由《よし》」

我が隊の隣にいたはずの金森長近は、寺沢広高《ひろたか》とともに南の小西行長《こにしゆきなが》隊に攻めかかっていた。兵力はほぼ互角だが、小西隊の士気は高く、味方は攻めあぐんでいる。

「主は、織田殿の奮戦に期待しております。直ちにご出馬を」

「承知いたした」

答えながら、内心で舌打ちした。家康の命とあっては、無視するわけにはいかない。渋々、私は麾下に前進を命じた。

鉄砲の筒音。馬蹄の響き。兵たちの喚《わめ》き声。戦場が奏《かな》でる音色が馬を進めるほどに近づき、私は体が強張っていくのを感じる。

いつものことだった。戦の場に臨んでまず闘うべきは、敵兵ではなく、腹の底から込み上げる恐怖と吐き気だ。血と汗と火薬の入り混じった不快な臭気。どす黒い血溜まりの中でのたうち回る武者たち。醜《みにく》い。私は心の底から思った。一度しかない命を戦などで散らす武士たちの度し難い愚かさに、怒りさえ覚える。

小西隊四千が陣取る天満山の麓は、東軍の諸隊でごった返していた。金森、寺沢の両隊だけでなく、無数の小部隊が蠢《うごめ》き、ひしめき合っている。家康は、細々とした戦力をまとめて小西隊にぶつけるつもりらしい。都合よく使い潰されてたまるか。私は、隊を味方の最後尾につけた。

新手の攻撃を受けて、小西隊はじりじりと後退をはじめた。手柄に飢えた味方はなおも追いすがり、敵を山上へと追い上げていく。

「今じゃ、前へ出よ。先鋒は長孝、そなたに任せる」

「承知」

「いざ、進めぇ！」

勇ましい掛け声とともに、采配を振り下ろす。ようやくいっぱしの武将になった気分で、馬を駆けさせた。戦い疲れた味方を横目に、我が隊は疾風の如く前へ突き進む。

不意に、左手の茂みから立て続けに筒音が響いた。

「伏兵だ！」

誰かが叫び、前を進む兵たちが悲鳴を上げながらばたばたと倒れていく。

長く延びた脇腹を衝《つ》かれ、我が隊はたちまち混乱に陥った。流れ弾を受けて、私の周囲を固める馬廻り衆も何人かが倒れている。ひゅんひゅんと音を立て、間近を矢玉が掠《かす》めていった。

「お、落ち着け、敵は寡兵ぞ！」

そう叫ぶ私自身が、いちばん取り乱していた。滅多やたらと采配を振り回すが、有効な対策はまるで浮かばない。

「散るな、一丸となって殿をお守りするのだ！」

近習を務める沢井《さわい》久蔵《きゅうぞう》が叫んだ。まだ若いが、総じて武芸が不得手な家臣たちの中では、数少ない武辺者の一人だ。

久蔵の叱咤《しった》を受け、馬廻り衆が私の周囲に壁を作る。安堵しかけた時、がつんという衝撃とともに兜が弾け飛び、私は我ながら情けなくなるほどの悲鳴を上げた。頭の中が真っ白になり、もはや何物も目に入らない。

「退け、退けぇ！」

思わず叫び、馬首を巡らせた。恐怖に駆られるまま、ひたすら馬に鞭を入れる。

だが、馬は高い嘶《いなな》きを上げて棹立《さおだ》ちとなり、私はあっさりと地面に転げ落ちた。主人を振り落すとは、何という不忠の馬か。せめて、馬術の鍛錬くらいはしておくべきだった。駆け寄った久蔵の肩に摑まり、痛む腰をさすりながら何とか起き上がる。

見ると、伏兵は駆けつけた味方に追い散らされ、すでに姿は見えなくなっていた。ばつの悪い思いをしながら、再び馬に跨《またが》る。

東軍はどこも押されに押されていた。右翼の黒田、細川は島左近にいいようにあしらわれ、宇喜多隊と互角の戦いを演じていたはずの福島正則も後退を余儀なくされている。中央の小西隊も逆襲に転じ、寺沢隊にいたっては、敗走寸前まで追い込まれていた。

よくよく考えてみれば、西軍で積極的に合戦に参加しているのは石田、宇喜多、小西、大谷くらいのもので、敵の三分の一程度に過ぎない。にもかかわらず、東軍はこれだけ押されている。

「ええい、話が違うではないか！」

秀吉亡き後、天下を束ねられるのは家康しかいない。秀吉とも互角に渡り合った家康が、戦で三成などに後れを取るはずがない。そう確信したからこそ、私は東軍についたのだ。

「殿、あれを！」

久蔵が笹尾山を指して叫んだ。三成の本陣から、一本の狼煙《のろし》が立ち上っている。

総攻撃の合図に違いない。ここで松尾山の小早川《こばやかわ》、南宮山の毛利が動けば、東軍勝利の目は完全に消え失せる。

もはや、武勲どころではない。生きるか死ぬかの瀬戸際だ。

味方が総崩れになった時に備えて、逃げやすい場所へ移動すべきか。いや、小早川と毛利が動けば、退路などなくなる。ここはいっそ、西軍に寝返る算段をしておくべきかもしれない。

戦場を右往左往しながら、私は生き残りの方策を必死に探した。

四

開戦からどれほど経ったのか、日は中天に達しようとしていた。

先刻の伏兵の襲撃で五十名以上を失った我が隊は、敵中に深入りし過ぎないよう、戦っては退くことを繰り返していた。

戦況は、依然として西軍優位のままだった。家康は本陣を笹尾山からわずか六町ほどの地点まで進めたものの、西軍は頑強な抵抗を続け、崩れる気配を見せない。

ただ、狼煙が上がった後もなぜか、小早川、毛利に動きはなかった。高い山から平地に降りてくるまで時がかかるとしても、あまりにも遅すぎる。

あるいは、と私は思った。小早川と毛利は、すでに家康と何らかの密約を交わしているのかもしれない。

いや、もしもそうだとしても、両隊が動かないのならば、形勢を傍観しているということだ。このまま西軍の優勢が続けば、約定を反故《ほご》にして東軍に襲いかかってくるだろう。

突然、戦場に鏑矢《かぶらや》のような甲高い音が響いた。直後、ずしんという音とともに地が揺れ、笹尾山を攻める味方の中央あたりで土煙が上がる。

「な、何事だ！」

「石田の陣より、大筒が放たれた由にございます！」

「おのれ……」

右翼に目を転じると、石田隊を攻めていた細川、黒田らの隊が激しい混乱に見舞われている。大筒の発射はさらに続き、味方は大きく後退した。降り注ぐ弾をまともに浴びたのか、地面にはちぎれた手足が散乱している。

濃厚な死の臭い。再び吐き気を催《もよお》したが、家来たちの前で嘔吐《おうと》する無様だけは避けねばならない。込み上げたものを飲み下して荒い息を吐いた時、沢井久蔵が叫んだ。

「殿、あれを！」

「今度は何だ！」

「左手から敵勢、およそ五百。越前《えちぜん》安居《あご》城主、戸田勝成《とだかつしげ》殿の軍勢に候！」

「勝成か……」

今は敵味方に分かれてはいるが、勝成とは茶の湯を通じて親しくしている間柄だ。物静かで目立たない男だが、福島や黒田のような猪武者たちにはない教養の持ち主だった。侘《わ》びや寂《さ》びを解し、茶会での作法や道具の目利きなどにも見るべきものがある。できることなら、戦いたい相手ではなかった。

私は数少ない鉄砲足軽に命じ、戸田隊へ向けて空砲を撃たせた。戦うつもりはないという意思表示だったが、勝成はまったく理解せず、前進をやめようとはしない。

「ええい、退け、退くのじゃ！」

叫んだが、間に合わなかった。すでに前衛同士が槍を合わせ、ぶつかり合っている。

戸田隊の勢いは凄まじかった。何か硬いものにぶつかったかのように、長孝の指揮する前衛はいとも簡単に突き崩されていく。

「おのれ、わしに何か恨みでもあるのか！」

叫んでも、攻勢がやむことはなかった。勝成が苦心して手に入れた名物茶釜を、満座の席で贋物《にせもの》だと指摘したことが気に入らないのか。それとも、すぐに返すと約束して借りた金子《きんす》をいまだに返していないからか。そんなことを考えている間にも、味方は次々と倒されていく。救援を仰ごうにも、周囲にそんな余裕のある隊はなかった。

敵はもう、私の目と鼻の先まで迫っている。敵味方が入り乱れ、隊伍を保っているのは馬廻り衆くらいのものだった。前衛は散り散りとなり、長孝も姿が見えなくなっている。

乱軍の中、敵の陣頭で槍を振るう騎馬武者が目に入った。戸田勝成。黒い甲冑《かっちゅう》が、返り血でほとんど赤く染まっている。目が合うと、束の間懐かしそうに目を細めた勝成は、すぐに獣じみた笑みを浮かべ、槍の穂先をこちらに向けた。

「あれなるは織田信長公が御舎弟、有楽斎長益殿にあらせられるぞ。討ち取って手柄といたせ！」

全身に粟《あわ》が生じた。敵兵が一斉に殺気立った視線を向けてくる。背後には小西隊を攻める味方の軍勢がひしめいていて、退くことさえできない。

「有楽殿、覚悟！」

「ま、待ってくれ。茶釜の件ならば謝る。金子もすぐに返すゆえ……！」

叫んだが、久蔵の冷たい視線を浴びただけだった。勝成を中心とした百人ほどが、雄叫びを上げながら迫ってくる。馬廻り衆が敵と私の間に壁を作っているものの、その数は五十人足らず。一人、二人と討ち減らされ、壁は見る見る薄くなっていく。

ここまでか。歯を食いしばり覚悟を決めようとしたが、生への執着は強まるばかりだった。兵たちに武器を捨てさせ、降伏してしまおうか。そんな考えが浮かんだ刹那《せつな》、敵勢の背後から喊声が上がった。

「父上をお助けせよ！」

長孝だった。崩れた前衛を立て直したのか、数十人の兵で敵中へ突っ込んでいく。

目の前で、凄まじい白兵戦がはじまった。背後を衝かれた敵は浮足立ち、私の首を狙う余裕はなくなっている。

「戸田勝成殿が首、織田河内守《かわちのかみ》長孝が討ち取った！」

その声に、残った敵が完全に崩れ、敗走していく。

兵たちの上げる歓声を聞きながら、私は辛うじて己の体を支えていた。これほどまでに死が間近に迫ったのは、本能寺の変以来だ。全身の震えは止まらず、歯の根が合わない。気を抜けば、すぐさま落馬してしまいそうだ。

穂先から血の滴る槍を手に、長孝が駆け寄ってきた。

「父上、ご無事でしたか」

何とか、頷きだけを返す。長孝の腰に結わえ付けられた、勝成の首からは目を逸らした。

「生き残った兵をまとめ、次の敵に備えまする。戦はまだ、終わってはおりませんぞ」

首肯した時、奇妙な光景が目に入った。

松尾山麓の小高い丘に、徳川と福島の旗印が翻《ひるがえ》っている。目を凝らすと、二十人ほどの足軽が続けざまに鉄砲を撃ち放っていた。

「馬鹿な。内府は血迷ったか！」

思わず叫んだ。鉄砲衆が筒先を向けているのは、松尾山の小早川の陣だ。

秀秋《ひであき》を無駄に刺激して小早川隊一万五千が戦に加われば、東軍の敗北は決する。私も家康も、この地に屍《しかばね》を晒《さら》すことになるだろう。

やがて、怒濤のような勢いで小早川隊が動き出した。山そのものが崩れ落ちるかのように、林立する旗指物が麓へ向かって滑り降りていく。

やはり、さっさと西軍に寝返っておくべきだった。私は、己の優柔不断を悔やんだ。

だが、小早川隊が攻め寄せたのは東軍ではなく、味方であるはずの大谷吉継の隊だった。

五

小早川秀秋の寝返りで、戦況は一変した。

最初に攻撃を受けた大谷吉継は寡兵ながら善戦したものの、支えきれずに壊滅、自刃して果てた。

大谷隊を屠《ほふ》った小早川隊に横腹を衝かれた宇喜多隊が敗走に追い込まれると、西軍は一気に瓦解へと突き進んだ。反撃に転じた東軍の猛攻を受けた小西隊が崩れ、小早川の寝返りから一刻以上が経った今や、戦場に残るのは三成本隊と島津隊くらいのものだった。

「ようやく終わるな」

残されたわずかな大将首を得ようと東軍の諸隊が笹尾山へ向かう様を、私は後方から眺めていた。

今さら行列に加わったところで大将首が獲れるはずもないし、私も兵たちも、心身ともに疲弊しきっている。麾下の兵は戸田勝成との戦いで討ち減らされ、動ける者は半数もいるかどうかというところだ。結局、手柄を立てたのは私ではなく、長孝だった。

まあ、それもいい。数少ない友人を亡くしたのは悔やまれるが、勝成の首が無ければ、我が隊は戦場を右往左往していただけということになってしまう。

「皆、休むがよい。もう我らの出番はあるまい。動ける者は、傷ついた者を手当してやれ」

周囲は、まさに地獄絵図だった。折り重なった夥《おびただ》しい数の屍を、乗り手を失った馬が踏みつけていく。失った腕を必死になって探す者。傷口から腸を零《こぼ》れさせながら、弱々しい声で助けを求める者。

そうした光景に自分が慣れていることに、私は遅まきながら気づいた。不快な死臭は今も強く立ち込めているが、もう吐き気を覚えることもなくなっている。

私は乾いた笑いを漏らした。今更戦場に慣れたところで、何が変わるわけでもない。西軍にはもう、立ち直る力など残っていないだろう。戦はこれで終わりだ。友人を亡くし、多くの家臣を失い、武勲にも見放されたままだったが、とりあえず命だけは拾った。それで十分ではないか。

ひどく喉が渇いている。どこか静かな場所で、熱い茶をゆっくりと味わいたかった。

この騒動が終わったら、大坂の屋敷に帰って自分のためだけに茶を点てよう。用いる碗は、やはり三島筒茶碗の名物〝藤袴《ふじばかま》〟だろう。いや、大井戸茶碗の嫋《たお》やかな手ざわりも悪くない。そんなことを考えていると、視界の隅に一人の武者が映った。

得物《えもの》も持たず冑《かぶと》も失い、草むらの中にぼんやりと立ち尽くしている。身につけた具足からすると、それなりの地位にある者のようだが、さながら幽鬼のような面持ちで虚空を見つめるその顔に見覚えはなかった。

東軍のどこかの隊の将が、味方とはぐれてしまったらしい。声をかけようと馬を進めると、向こうもこちらに気づき、虚ろな視線を向けてきた。

「これはもしや、織田信長公が御舎弟、有楽斎長益殿ではござらぬか？」

「いかにも」

「それがしは横山喜内《よこやまきない》と申す者に候」

武辺者として知られる、石田三成の家臣だった。乱戦の中、戦場に取り残されたのだろう。力を使い果たしたのか、すでに戦意は失っているように見える。

「そうか。もはや戦は終わった。わしが内府に寛大なるご処置を願い出て進ぜるゆえ、ついてまいるがよい」

「それはありがたきお計らいなれど……」

言うと、草むらの中に身を屈める。腹でも切るつもりかと思った次の刹那、喜内は突然こちらへ向かって跳躍した。喜内の右手には、いつの間にか刀が握られている。なぜだ、と考える間もなく、視界に鈍い光が閃《ひらめ》いた。

「わっ……！」

右の腿《もも》に灼《や》けるような痛みが走り、何が起きたか理解する前に、私は左側へと落馬していた。

これまで味わったことのない激痛が全身を駆け巡り、溢《あふ》れ出した血が袴を濡らしていく。これが、斬られるということか。今更ながらに実感し、やはり戦になど出るのではなかったと後悔する私の耳朶に、喜内のくぐもった笑い声が響く。

「信長公の弟御とも思えぬ、情けなきお言葉。今更それがしが命乞いなどすると思われたか」

「殿！」

近くにいた数人が、得物を手に喜内と私の間に割って入った。

「囲め、囲んで討ち取るのだ！」

叫んだ沢井久蔵が直後、首筋を斬り裂かれた。鮮血を噴き上げながら倒れた久蔵に見向きもせず、喜内は舞でも舞うかのような軽やかな身のこなしで、さらに一人、二人と斬り伏せていく。

喜内は血の滴る刀をだらりと提げ、立ち上がることのできない私を見下ろした。

「ま、ま、待て！」

尻餅をついたまま、私は必死に訴えた。

「わしのような茶坊主の首を獲ったところで、戦の大勢が覆《くつがえ》るはずがあるまい。それよりも、内府に降《くだ》って生き延びることを考えてはいかがじゃ？」

手を合わさんばかりに言うと、喜内は喉を鳴らして笑った。

「織田の源五は人ではないとは、まことよく言ったものよ。だが、人でなしの茶坊主風情でも、信長公の舎弟の首に変わりはない。よき冥途《めいど》の土産になるというものよ」

感情の籠らない声で言うと、喜内は刀を握り直す。兵たちが異変に気づいてこちらへ向かっているが、間に合いそうもなかった。逃れようにも、右足はどくどくと血を垂れ流すばかりで、まるで言うことを聞かない。

どうやら、私はここで討たれるしかないらしい。後の世の人は、茶坊主が功名心に駆られて命を落としたと嗤《わら》うことだろう。

不意に、得体の知れない何かが腹の底から込み上げてきた。様々な顔が、浮かんでは消える。道行く私の顔を見て、含み笑いをしながら噂し合う京童。信長公の御舎弟などと持ち上げながら、侮蔑の色を隠そうともしない諸侯たち。そして、虫けらのような目で私を見下ろす信長と秀吉。

込み上げたのは、長い時をかけて心の奥深くに降り積もった憤りだった。織田の血筋に生まれたというだけで期待をかけ、それに沿えないとわかれば陰で嘲笑し、人でなしとまでのたまう。利用するだけ利用し、用が済めば捨扶持《すてぶち》を与えて飼い殺す。

もううんざりだ。好きで信長の弟などに生まれたわけではない。世人の評価など、知ったことか。

私は右手で砂を摑み、刀を振り上げた喜内の顔に向けて投げつけた。まさか、私がそんな真似をするとは思っていなかったのだろう。油断していた喜内は目に砂が入ったのか、顔を背けた。

今だ。私は地面に倒れ込み、喜内に向けてごろごろと地面を転がる。

「おわっ……！」

まったく予想外の動きだったのだろう、喜内は私の体に足を取られ、前のめりに倒れ込んだ。何とも間の抜けた戦い方だが、構ってはいられない。

両手を突いて起き上がろうとする喜内のふくらはぎに、私は転がりながら抜いた脇差を突き立てた。けたたましい悲鳴が上がる。さらにもう一撃加えようと脇差を振り上げると、喜内はうつ伏せになったまま刀を横に薙《な》いだ。

「ぎゃっ！」

刀は、私の眉の上あたりを浅く斬った。鋭い痛みに、私は脇差を取り落とし、再び地面に転がる。

刀を杖代わりに立ち上がった喜内が、憤怒の形相を浮かべている。私は腰の刀を抜き放つが、平素、茶釜より重い物を持たない私がろくに扱えるはずもなく、あっと言う間に弾き飛ばされた。

ああ、ここまでか。覚悟を決めようと目を閉じた時、一発の筒音が響いた。恐る恐る目を開けると、喜内の脇腹のあたりが赤黒く汚れていく。束の間虚空を見つめ、喜内はどさりと音を立てて倒れた。

「父上！」

鉄砲を放ったのは、長孝だった。駆けつけた兵たちが、まだ息のある喜内を取り押さえる。

「殿、首級を！」

荒い息をつきながら頷き、脇差を握った。

六

空前の大合戦は結果的に、わずか一日で東軍大勝利という形で幕を閉じた。

三日後の九月十八日には、三成の居城佐和山《さわやま》が陥落し、家康は二十七日に無血で大坂へ入る。西軍の名目上の総大将である毛利輝元《てるもと》は、本領安堵を条件に、家康に誓紙を差し出して安芸《あき》へと帰っていった。

石田三成、小西行長、安国寺恵瓊《あんこくじえけい》の三人は、十月一日に京六条河原で斬首された。宇喜多秀家はいまだに所在が摑めていないが、もはや再挙は不可能だろう。

終わってみれば、実に呆気《あっけ》ないものだった。東軍諸将は、誰もが盛大な祭りの後のような、疲れと物寂しさが入り混じったような表情を浮かべている。島津や上杉などはいまだ抗戦の構えを取り続けているが、諸侯の関心はすでに戦後の論功行賞へと移っていた。

天満町の屋敷に帰ると、私はすぐに軍勢を解散させ、再び茶の湯三昧の日々に戻った。私の手にはやはり、刀などより茶道具の方がずっと馴染む。今になれば、似合いもしない具足を身につけて駆けずり回ったこの数ヵ月が、悪い夢のようにしか思えない。

命懸けで手にした横山喜内の首級は、残念ながら私の武人としての評価に些《いささ》かの変化ももたらさなかった。世間は私が生まれて初めて挙げた武勲を、「末の初物」などと揶揄《やゆ》している。だが、あの戦のすべてが徒労に過ぎなかったとは、私は思わない。

生と死の狭間を越えたことで、茶の湯の神髄にほんの爪の先ほどではあるが、触れることができたような気がするのだ。無論、利休の境地に達したなどとは言えないが、この経験は自分の茶にいくらかの変化をもたらすだろう。私はその変化が、今から楽しみでならない。

大坂城西の丸に滞在する家康が私の屋敷を訪ねてきたのは、十月も半ばを過ぎた、ある寒い朝のことだ。茶でもてなしてくれと言うので、私は庭の茶室に新しい天下人を迎えることになった。

「ここしばらくの多忙に、いささか倦《う》み申した。ここはひとつ、ゆるりと有楽殿の茶を味わいたいと思いましてな」

天下を事実上掌握したとはいえ、家康の口調に尊大なところはない。そのあたりが、律儀者と呼ばれる所以《ゆえん》だろう。とはいえ、その顔にはさすがに疲れの色が浮かんでいた。東軍に付いた諸侯の論功行賞、上杉や島津への対応、豊臣家の処遇。頭を悩ませる問題が山積みになっている。

無論、この狸がただ、茶を飲みに来ただけのはずがない。真剣で斬り結ぶような心持で、私は作法通りに点前を披露した。右足の傷はほとんど癒え、茶を点てるのに支障はない。

「ほう、これは」

出された碗に、家康が視線を落とした。楽焼きの黒茶碗。利休が生前、好んで用いていたものだ。

聞こえるのは、湯の沸き立つ音だけだった。碗を眺めていた家康がこちらに視線を戻し、口を開く。

「ご安堵召されよ。それがしは、茶の湯を政に用いるつもりは毛頭ござらぬ」

「ありがたきお言葉。すべての茶人になり代わり、厚く御礼申し上げまする」

勝った。深々と頭を下げながら、私は内心で快哉を叫んだ。

茶の湯は、政のためにあるのではない。権力者に阿《おもね》るような茶は点てない。私は秀吉が忌み嫌っていた黒茶碗に、そうした意を込めた。

「さて。久方ぶりの有楽殿の茶だ。しかと味わうといたそう」

茶の湯には疎《うと》い家康だったが、所作に不調法なところはない。もっとも、太り肉《じし》を窮屈そうに縮めて茶を啜る様は、どこか滑稽でもある。

出された茶を飲み干すと、家康は静かに口を開いた。

「それにしても、先の戦での有楽殿のお働き、まこと見事なものでござった」

「何の。今生の思い出にと、戦場に身を置いてみただけのこと。老いぼれらしからぬ真似であったと、恥じておりまする」

「しかし、武勲を立てられた以上、それに報いねばなりますまい。まだここだけの話だが、有楽殿には大和《やまと》の内に三万二千石、ご子息の長孝殿には美濃に一万石を差し上げようと思うております」

「それは」

しばし、私は言葉を失くした。実質、四万石もの加増である。戸田勝成と横山喜内の首に、そこまでの価値があるとは思えない。

「その代わりと申しては何だが、有楽殿には引き続き、大坂にいていただきたい」

「大坂で、何をせよと？」

「なに、たいしたことではござらぬ。これまで通り淀《よど》殿の後見人として近侍し、時折それがしに城中の様子などを知らせていただければそれでよい」

なるほど、そういうことか。私は得心した。

淀殿と呼ばれるようになった姪の茶々は、秀頼《ひでより》の母として大坂城内の実権を握っている。今までも、私は周囲から淀殿の後見人という立場で見られていたが、家康はそこに目を付けたのだ。淀殿、ひいては豊臣家の動向を監視し、不穏な動きがあれば報告しろ。茶の湯を政の道具にする気はないが、織田の血筋である私は間者として最大限に利用する。家康はそう言っているのだ。

「さて、有楽殿には、お引き受けいただけるであろうか」

温和な笑みを湛《たた》えてはいるが、目の奥までは笑っていない。

「承知いたしました」

私は、家康の出した条件を呑むことにした。領地が欲しいわけではないが、長孝と合わせて四万二千石もあれば、この戦で死んだ家臣たちにも十分報いてやることができる。それに、この要求を拒めば、徳川の世で茶人として生きる道は断たれる。

「相変わらず見事なお点前。感服仕《つかまつ》った」

満足げに笑う家康を門まで見送ると、私は茶室に戻り、自分のために茶を点てた。

世の流行りを取り入れて作った二畳敷の茶室は、やはり狭く、息苦しい。客人がくつろげるよう、もっと広く、天井も高くできないものだろうか。窓を工夫して、外の明かりを採り入れるのも悪くはない。だとすると、炉はどこに据えるべきか。帳面と矢立《やたて》を運ばせ、新しい茶室の図面を書きつける。

日が落ちかけているのに気づき、私は苦笑した。茶の湯の工夫を考えはじめると、いつも時が経つのを忘れてしまう。

いいだろう。間者だろうと何だろうと、やってやる。家康はいずれ、豊臣家を滅ぼすだろう。その前に、間者であることが露見すれば、淀殿の叔父であっても命はない。

だが、私は生き延びる。生きて、利休でさえ届かなかった境地に辿り着いてみせる。世間が私をどれほど口汚く罵ろうと、構うものか。

再び筆を執る。できることなら、後々の世まで残る茶室にしたいものだ。

いずれ大坂の城は焼け落ちる。江戸城とて、いつか誰かに攻め落とされるかもしれない。だが、私の茶の湯と茶室は世に残り続ける。

それこそが、私を嗤い続けた者たちへの、最高の復讐ではないか。

無為秀家

上田秀人

深更を過ぎても不満げな顔で宇喜多宰相秀家《うきたさいしょうひでいえ》は、手にした土器《かわらけ》を離そうとはしなかった。

「豊臣《とよとみ》家を守るべき福島《ふくしま》や、浅野《あさの》、山内《やまのうち》などが、秀頼《ひでより》さまの負託を受けて徳川《とくがわ》に鉄槌《てっつい》をくだす我らに手向かうとは……一廉《ひとかど》の身分に引きあげてくださった太閤《たいこう》殿下のご恩をなんと思っておるのか」

秀家が土器を差し出した。

「………」

無言で小姓が酒を注いだ。

「いや、我らと与力している者たちもそうだ。先ほどの軍議はなんなのだ。結局、なにも決まらなかった。皆、今回の戦いがなんのためにあるのか、その意味するところをわかっていない。いや、戦《いくさ》というもの自体わかっておらぬ」

苦い顔をして、秀家が空《くう》をにらんだ。

「そもそも軍を起こしたのは、右大臣さまのお為に、内府を討つのが目的であろうが」

内府とは徳川内大臣家康《いえやす》のことで、右大臣は豊臣秀頼を意味している。

「吾《われ》は内府と刺し違えるつもりで、ここ関ヶ原まで来たのだ。しかるに、他の連中は、陣張りにさえ文句を言い出すしまつじゃ」

石田三成《いしだみつなり》の檄《げき》に応じて兵を出した諸将は、家康の上方における拠点伏見《ふしみ》城を落としたのち東下し、美濃関《みのせき》ヶ原《はら》で陣を敷いた。このとき、どこに誰が陣を張るかでもめたのだ。

「関東から西上してくる家康を迎え撃つに、どこが優位か争うならまだしも、敵の鋭鋒を受け止める正面を嫌がるなど言語道断」

秀家は憤慨していた。

備前《びぜん》の太守宇喜多秀家は、梟雄《きょうゆう》として怖れられた宇喜多直家《なおいえ》の一人息子である。

秀家の父直家は祖父の代に一度滅んだ宇喜多家を再興した名将だったが、そのやりかたはあまりにすさまじすぎた。

宴に招かれたのを利用して舅《しゅうと》をだまし討ちにし、その居城と領地を奪ったり、家臣のなかでもっとも美男を選び敵の城へ送りこみ、城将と男色の関係を作らせ油断を誘って殺させたりと悪辣《あくらつ》なまねも平気でした。

無一文から備前から備中《びっちゅう》、播磨《はりま》の一部まで宇喜多の勢力を伸ばしたとはいえ、このようなやり方を繰り返したおかげで、周囲はすべて敵という状況であった。そんななか直家が病死してしまった。跡継ぎだった秀家はまだ十歳、乱世を生き延びるには幼すぎた。

宇喜多家は戦国の倣《なら》いとして、周辺の大名たちに浸食されて消え去るはずであった。

それを救ったが後に天下をとった太閤こと、羽柴《はしば》秀吉であった。

当時織田信長《おだのぶなが》の武将として中国方面を担当していた秀吉と直家は手を結んでいた。秀吉は、播磨から西への足がかりと中国最大の敵毛利《もうり》との間を緩衝する戦力として直家を欲し、直家は裏切りを繰り返した結果どうしようもなくなった四面楚歌《しめんそか》から逃れるための活路として織田の力を利用した。

その結果、まだ毛利を落としていなかった秀吉は、直家が死んだとはいえ宇喜多を捨てられなかったというのが真実だったとはいえ、秀家を助けた。

「吾が子同然じゃ」

子供のいなかった秀吉は秀家をかわいがり、天下人となった後も猶子《ゆうし》として手元に置き、加賀《かが》前田《まえだ》家の姫との婚姻もさせた。まさに、秀家にとって秀吉は、主君であり父であった。

「父の苦労もわからぬではないが……」

西に毛利、東に浦上《うらがみ》、赤松《あかまつ》、北に上月《こうづき》、南に三好《みよし》と強大な敵と戦い続けてきた父直家を秀家は尊敬していた。秀家に譲《ゆず》られた家臣たちも、直家への忠節を維持し続けている。裏切りを繰り返してきた直家だったが、己は一度たりとても家臣に謀反《むほん》を起こされていない。このことだけでも、秀家は直家を誇りに思えた。

「なれど、吾は父の顔しか思い出せぬ。声も仕草も覚えていない」

直家が一人息子である秀家の誕生を心から喜んでくれたのはまちがいなかった。誰に聞いても、直家が歓喜したと証言してくれる。

しかし、直家は秀家とともに過ごす余裕がなかった。直家は、四方の敵と戦い、備前の地を守るべく、東奔西走の毎日を送り、そのほとんどを戦場で過ごしていた。秀家も宇喜多家を背負って、父直家の苦労を知った今では、やむを得ないこととして納得はしているが、それでも父の思い出の薄さには寂しさを感じていた。

「父が側に帰ってきてくれたときは、すでに病床であった」

直家は苦痛にさいなまれつつ死を迎えた。

「梟雄という悪名を晴らすことなく、父は逝《い》った」

秀家は初陣《ういじん》を経験する前に、戦国大名の当主となった。

「右も左もわからぬ吾に、手を差し伸べてくださったのが、太閤殿下であった」

当時の羽柴秀吉が秀家を庇護《ひご》したのは、宇喜多家を毛利への先兵として使うためだった。だが、それでもすがる相手のなかった秀家にとってはありがたいものであった。

秀吉に実子がなかったのも幸いした。人質に近い状態だった秀家を、秀吉はじつの息子のように扱った。

「子にものを教えるのが、これほどやりがいのあるものだとは思わなかったぞ」

笑いながら秀吉は、秀家に戦場での作法などを伝授した。また秀家も、よく秀吉の教えを吸収した。

やがて本能寺《ほんのうじ》の変が起こり、秀吉は天下人へと駆けあがっていく。

かつて秀吉の同僚だった前田や、堀《ほり》や、池田《いけだ》などが家臣となり、主筋の織田も辞を低くした。

秀吉の周囲が大きく変化するなか、秀家だけは変わらなかった。

秀家にとって、秀吉は庇護者のままだった。秀家は秀吉に甘え、秀吉は秀家を愛《め》でる。これは秀吉に実子ができても続いた。

もちろん、秀吉はあきらめかけていたところにできた息子を溺愛《できあい》した。

「そなたの弟である。頼んだぞ」

そう言われた秀家も秀頼をかわいがった。さすがに君臣の境をこえることはなかったが、秀頼も秀家によくなついた。

幸いだったのは、秀家がすでに二十二歳と大人であったことだ。新しく生まれた秀頼に、秀吉を奪われたとして嫉妬《しっと》するほど子供ではなかった。

「お捨てさま」

秀頼が産まれる前に、秀家は実子を設けていた。幼い子供がもつ独特の雰囲気は、父となった秀家を刺激した。庇護され続けてきた秀家が、与える側になる。これは秀家の心に大いなる震えをもたらした。

「きっとわたくしが、お捨てさまをお守りいたしまする。太閤殿下からいただいたご恩をお返しいたしまする」

このまま秀吉の跡を秀頼が継ぎ、豊臣の柱石となった秀家が支える。秀家はそう未来図を描いていた。それが秀吉の唐《から》入り宣言で変わった。

静謐《せいひつ》だった天下は、ふたたび争いとなった。やっと得た平穏は、それをもたらした天下人の暴挙によって崩れた。

海を渡って異国へ進軍するなど、誰も経験したことのないものだった。慣れぬ風土、満足な食糧供給もできない戦いは、兵や将の心を削り、秀吉への怨嗟《えんさ》が天下にあふれた。

「無茶な」

豊臣の一門という気概と秀吉の恩を身体で感じている秀家でさえ、朝鮮での戦いは厳しかったのだ。

秀吉の無理は、できあがったばかりだった豊臣の土台にひびを入れた。そして、その修復を始めることなく、秀吉が死んだ。

遺された秀頼はまだ六歳と幼すぎ、政《まつりごと》はもちろん、大名たちの人心掌握《じんしんしょうあく》もできなかった。

「余が豊臣を担《にな》わねば」

秀家は加判衆《かはんしゅう》の一人として、豊臣の天下を維持しようとした。

それに水を差したのが、徳川家康であった。秀吉に膝を屈し、豊臣の家臣となっていた家康は、天下掌握最後の機を逃さなかった。

家康は秀吉によって許可制となった大名同士の婚姻を無断でおこなっただけでなく、大坂城の西の丸や伏見城を支配下に置いた。

さらに唯一の対抗相手であった前田利家《としいえ》が亡くなると、その跡継ぎ利長《としなが》を謀反だと脅し、母親を人質として江戸へ取るなど、傍若無人《ぼうじゃくぶじん》に振る舞い始めた。

「このままではいかぬ」

危惧《きぐ》を覚えた石田三成らが動こうとしたのが、かえって事態をややこしくした。

秀吉が強くなってから抱えられた三成ら新参組と、まだまともに飯も食えなかった貧しいころから仕えてきた加藤清正《かとうきよまさ》ら古参組が割れてしまった。これも秀吉の朝鮮侵攻の余波であった。軍監として派遣された三成が、清正たちの戦いを非難、秀吉の怒りを買った。それ以降、清正たちは三成を小才子《こざいし》と呼んで、毛嫌いしていた。

戦場での働きでは人後に落ちない清正や福島正則《まさのり》らであるが、策を弄《ろう》する裏の政では三成らに劣る。秀吉の死後、豊臣を守るために策を弄した三成らの動きを、清正たちは姑息《こそく》として糾弾《きゅうだん》した。

もちろん、その背後には家康がいた。

幼い秀頼をいただくために豊臣は一枚岩でなければならなかった。それが分裂しては、どうしようもない。家康に踊らされた清正たちの怒りは深く、同じ朝鮮で苦労した仲間であった秀家にも仲裁はできなかった。いや、秀家も三成の被害を受けた口であり、清正たちの感情に同感を覚えていた。

そこへ、家康のくさびが打ちこまれた。加賀前田家から嫁に来た豪姫《ごうひめ》についてきた家臣と宇喜多譜代の家臣が角をつき合わせたのだ。

軍門に降《くだ》った前田家を通じた家康の工作に、若い秀家ははまった。

宇喜多直家の時代から支えてきた重臣戸川達安《とがわみちやす》と、豪姫付きの新参者中村次郎兵衛《なかむらじろべえ》が宇喜多家の実権を巡って争った。

武辺者ばかりの宇喜多家譜代の重臣に囲まれてきた秀家にとって、京風の茶道《さどう》や能につうじた中村は目新しく映った。

「もう日本が戦場になることはない。豊臣の天下は安泰である」

秀吉が茶道を推奨したのもあり、諸大名たちもこぞって茶道衆を抱えたりした。その影響で、秀家も芸事に熱心であった。

それもあり、秀家は中村を側近くで召し使うようになった。さらに、中村が目端の利く男であったのもあり、秀家は宇喜多の家政を預けるほどに寵愛《ちょうあい》した。

それが、譜代重臣たちの不評を買った。

そのなかで急先鋒だったのが、宇喜多家存亡のころから付き従った譜代の戸川達安であった。直家の弟忠家《ただいえ》の乳母を出したほど、宇喜多家と近かった戸川である。秀家の扶育《ふいく》役という自負もあった。それが、新参者の中村に席を譲らされた。

「序列を乱すは、よろしからず」

怒った戸川達安らは、中村の追放を願った。

「吾が当主である。誰を引き立てようが、吾の勝手じゃや。父直家とは別である」

それに秀家は反発した。浪人から一国の太守にのしあがった父直家に従って、周囲の敵を平らげてきた戸川たちは、秀家を立派な戦国大名とすべく厳しく扶育してきた。とはいえ、重臣たちを使いこなした直家と比較されては、秀家に勝ち目はない。なにをしても扶育の老臣たちから先代に比べて甘いと怒られる状況に辟易《へきえき》していた秀家は、新参ながらおだててくれる中村を選んだ。こうして宇喜多の家は二分した。

秀家はそこで気づくべきであった。自らを省みるどころか、己に反発した重臣の一人戸川達安を誅殺《ちゅうさつ》しようとした。

これに譜代の重臣たちが反発した。

「我らが宇喜多家のために戦い、身内を死なせたのは、このような目に遭うためではない」

狙われた戸川達安を始め、岡利勝《おかとしかつ》らが秀家に見切りを付けて退去した。

「あやつらが、家康のもとへ走ったと聞いてから気づいては遅いな」

酒を呷《あお》りつつ秀家は悔いた。宇喜多を去った戸川や岡は、そのまま家康へ仕えた。直家を支え、備前を押さえる手助けをした猛将たちが、敵に回った。

「後始末も大変であったな」

秀家は小さく嘆息した。

万石をこえる領地を与えられていた重臣たちが去ったのだ。宇喜多の家中は大いに揺れた。

万をこえる兵を失った宇喜多は、一から軍制を立て直さなければならなくなった。新たに一軍を任せられる将を選び、兵を集め、鍛錬を重ねなければまともに戦えないのだ。

だが、準備をする間もなく、家康との決戦を迎えてしまった。

「考えるまでもない。家康が待ってくれるはずなどなかった。吾が家中を割ったのも、今日の戦を迎えるための策だったのだからな」

秀家が苦く頬をゆがめた。

「前田を助けなかった報《むく》いだな、このたびの戦いは」

盃《さかずき》に残っていた酒の滴《しずく》を秀家は舐《な》めた。

「家康に討伐すると脅されたとき、前田は最初抗《あらが》った。家康の軍勢を加賀へ迎え、堂々と戦うつもりだった。当たり前だ。いかに家康が歳上とはいえ、前田家とは同格、いや豊臣家における序列でいうならば、前田が上だった」

前田家の初代利家は、豊臣秀吉と織田家で同僚だった。どころか、隣同士で親しく交際していた。利家の妻まつと秀吉の妻ねねも仲良く、親友といっていい間柄だった。

「前田利長どのは、当然、秀頼さまが味方してくれると思いこんでいた。いや、我ら他の大名たちが援軍を出してくれると信じていた。しかし、利長どのの求めを、我らは拒んだ」

秀家が嘆息した。前田利長からの泣くような救援要請を、大坂に居た秀家たちは無視した。

「前田家が大きな顔をし続けるのを、好ましからずと思っていたのは確かだ」

五大老の筆頭として、若い秀家たちを利家は厳しく叱った。その利家が死んだ。頭の上にあった石がなくなった。そこへ、利長という新しい石が降りてこようとしているのを不快に思うのは無理のない話であった。秀吉の天下統一に大きな助けとなった前田利家ならいざしらず、その息子にまで気を遣うのは、若い秀家を始め、三成らも嫌だった。

「秀頼さまが幼く、今、徳川と戦うのはまずいとの判断もあった」

諸大名を抑えてきたのは秀吉の人柄だった。半生の苦労で人たらしの能力を身につけた秀吉と、まだ寝小便さえおさまらない幼児の秀頼では勝負にならない。また、家康との戦いが、豊臣の天下を崩す引き金にならないかとも恐れた。

「戦えば勝ったろう。家康も前田、上杉《うえすぎ》、毛利、そして宇喜多の兵を一身に受けては及ぶまい。とはいえ、朝鮮へ出兵した我らの疲れはまだぬけていなかった。結局、我らは戦いをしたくなかったのだ」

ここに来て秀家は後悔をしていた。

「徳川を排する絶好の機を、我らは見逃した。そして、最大の戦力であった前田を失った。その報いが、今だ……貸せ」

小姓から瓶子を奪い取り、秀家は自ら盃を満たした。

援軍なしで家康と戦って勝てるはずもない。前田利長は、必死の弁明に努め、さらに実母を江戸へ人質に出すことで許しを請うた。徳川に比するとまではいかないが、抑止力となり得るだけの勢力を持った前田が秀頼から離れた。万をこえる動員力を持つ大名が、味方から敵に回った。

彼我の戦力差は、大きく徳川へと傾いた。

「…………」

しばらく無言で秀家は酒を味わった。

「まずい。これほど苦い酒は生まれて初めてだ」

秀家は目を閉じた。

「勝てまいな」

小さく秀家は呟《つぶや》いた。

「前田を見捨てたときから、なにも変わっていない。我らは、秀頼さまを戴《いただ》き、天下泰平に尽くさねばならぬというに、未だ一枚岩になっていない。徳川憎しか、秀頼さまについて褒賞を得たいと考えている連中が、思惑の一致で一緒にいるだけ。太閤殿下の遺言、秀頼をお守りするという使命を忘れている」

秀家が吐き捨てた。

「石に齧《かじ》りついても勝たねばならぬという気持ちがない。いや、負けるなどと思ってさえいない。勝てると本気で信じている」

乱暴に盃を振って、酒のしずくを秀家は飛ばした。

「だから軍議がまとまらぬ。関東から美濃まで行軍してきた敵を休ませず、夜襲をかけるべきだとせっかく島津《しまづ》が提案したのだ。なぜ、三成はそれを受け入れぬ。天下の主たる秀頼さまの戦いに、夜襲などという卑怯は似合わぬ。我らは堂々と兵をぶつけ、徳川を打ち破るだと。ふん、寝言は寝て言え。戦は勝つためにやるのだ。義や名分など、負けてしまえば地に落ちる。それさえわかっておらぬなら、軍議で口出しをするな。朝鮮で戦いもせず、他人のあら探しばかりしていた小才子め」

秀家には、朝鮮で苦い思い出があった。

豊臣秀吉の狂気としかいいようのない朝鮮侵攻に秀家も巻きこまれた。いや、主力としてかの地への出陣を命じられた。

一度目の文禄《ぶんろく》の役では、総大将として一万人を率い、京畿道《けいきどう》を進軍、晋州《しんしゅう》城を攻略した。まさに破竹の勢いであったが、小西行長《こにしゆきなが》や大友義統《おおともよしむね》らの失策により、撤退を余儀なくされた。もっともこのときはその功績を秀吉も認め、秀家は中納言に推挙された。

二度目の慶長《けいちょう》の役では軍目付《いくさめつけ》として出陣、全羅道《ぜんらどう》、忠清道《ちゅうせいどう》を制覇するなど大手柄をたてた。とはいえ、前回同様一部の大名が突出しすぎていることを危惧した秀家は黒田官兵衛《くろだかんべえ》らとともに慎重な進軍を提案した。それにまたしても小西行長らが反発、秀吉に秀家らは戦意なしと訴えた。

「臆病者は不要じゃ」

軍監として朝鮮にいた三成が弁護しなかったこともあり、秀家は秀吉から叱責を受けた。秀吉の猶子として、格別に扱われてきた秀家が臆病者と言われたのだ。秀家は軍目付を外され、帰国を命じられた。その結果は、反抗してきた朝鮮、明の連合軍との膠着《こうちゃく》であった。

その膠着を打破すべく秀吉は、大軍勢を組織、秀家を総大将に任命した。が、出発を前に秀吉が死去してしまった。

一度目の戦いはまだよかった。講和という形で、なんの問題もなく諸将も兵も帰国できた。しかし、二度目は秀吉の急死を受けての撤退である。無駄に拡がっていた軍勢は、満足な準備もできず、取るものもとりあえず逃げ出すこととなり、多くの損害を出した。

「あれで豊臣家の力は大きく削がれた」

秀吉に叱られたことで、戦場で頭へ昇った血が冷めた秀家は、その結果の無残さに愕然《がくぜん》とした。

秀家だけではなかった。朝鮮に兵を出した西国の大名は誰もが、その損失にあえいだ。遠い異国での戦いである。莫大な戦費が財政を圧迫した。兵を渡海させずにすんだ家康ら東国の諸将との差はとてつもないものとなった。

いや、それだけならいい。損耗した矢弾、米や金などは、数年でもとに戻せる。されど、失った人命、それも戦のできる兵の補充にはときがかかった。生まれたばかりの子供が戦えるようになるまで、どう考えても十五年はかかるのだ。

「鉄砲は買えても射手がおらぬ。このような状況で戦などできぬ」

朝鮮から帰った大名たちは誰もが、戦に飽きていた。そこに家康はつけこんだ。婚姻による縁、戦費の返済に苦労する大名に金を貸し恩を売る。家康は軍を起こさず、勢力を増やしていった。秀吉の無茶な命による苦労を、幼い秀頼はねぎらってもくれないが、家康は助けてくれた。

地道な手だったが、効果は抜群であった。

「これでは、じり貧になる」

ようやく危機を悟った石田三成らが、家康の留守を見計らって蜂起した。

「遅すぎだ。敵味方が同数ていどになるまで待っていたなど、愚かしい限りよ」

秀家は後悔していた。

家康の脅威に豊臣が気づいたときはすでに遅かった。その結果が、今、ここ関ヶ原での対陣となって現れていた。豊臣への恩顧でがんじがらめのはずの福島正則、山内一豊《かずとよ》、黒田長政《ながまさ》らが家康に付いた。

「秀頼さまのおためと思えばこそ、吾も賛した。天下は秀頼さまのものであり、決して家康に渡してはならぬ」

三成からの檄を受けたとき、秀家はためらいなく参加を決めた。宇喜多の家を割る騒動を仕掛けられた恨みもあったが、なによりも秀頼のために家康を討たなければならないと考えたからだ。

だが、初手から家康追討の話は躓《つまず》いた。

「戦に乗り気でないなら、黙っておればよいものを」

秀家は進軍を前に大坂でおこなわれた評定を思い出した。

天下人豊臣秀吉が心血を注いで作りあげた大坂城、その本丸大広間に多くの大名たちが参集していた。といっても、天下にある大名の数から比べると、四半分にも及ばなかった。家康に付いた将と形勢見守り、有利なほうへ参加しようとする日和見《ひよりみ》が、予想以上に多かった。

「徳川内府どのを討つとは、まことか」

大広間のどこからか、低い声がした。

「うむ。昨今の内府どのは、専横に過ぎる。故太閤さまのお定めをことごとく無視されておられる。先日も伊達政宗《だてまさむね》どのの娘と六男忠輝《ただてる》どのの婚姻を、合議にはからず決められた」「そうじや。まるで、天下人のように振る舞われておる」

「右大臣秀頼さまをないがしろにするにもほどがある」

集まった者は、秀頼方である。次々と徳川家康を非難する者が続いた。

「待たれよ。内府どのは、右大臣さまの外祖父にあたられる。そう、孫の千姫《せんひめ》を右大臣さまの正室になされているのだ。これをみてもわかろう。内府どのは、右大臣さまをたいせつになさっておられると」

反対意見も出た。豊臣に忠誠を誓いながらも、戦を避けたいと考える者も多い。

「いいや、それは油断を誘っているだけぞ。織田信長どのは、妹市《いち》どのを嫁がせた相手、浅井長政《あざいながまさ》を滅ぼしたではないか。孫を嫁に出したていどでは信用できぬ」

厳しく否定したのは石田治部少輔《じぶしょうゆう》三成であった。

「いかに右大臣さまの外祖父とはいえ、内府どのは豊臣の家臣。その家臣が、かってきままに兵を動かし、故太閤さまに選ばれ、政を預けられた一人、上杉弾正少弼《だんじょうしょうひつ》どのを討つなど、言語道断でござる」

「まさに、まさに」

すぐに賛同する声があがった。

「天下を吾がもののごとくあつかう内府を排除するべきだ。右大臣さまのために」

ついに三成が家康から敬称をはずした。

「その好機がやってきた。内府は兵を率いて、奥州へと向かっている。その隙に兵をあげ、大坂、京など上方に残っている徳川の勢力を討つ。そののち、兵を東下させ、江戸城を落とす」

一同を見回しながら三成が策を説明した。

「すでに佐竹《さたけ》どのからは同心の返事をもらっている。上杉どのと佐竹どのが手を組めば、いかに戦上手な内府といえども、そうそうに勝ちは拾えまい。両家と戦うために東を向いているその背中を我らが襲えば、徳川もたまるまい。それに上杉どのの征伐に同行している福島と浅野、黒田らも秀頼さまのご命と聞けばこちらに付こう。さすれば、勝負はつく」

「うむ」

「今しかござらぬ。内府が上方にいない今でなければ、兵は動かせぬ」

口々に賛同が出て、三成の案が承認された。


「獲らぬ狸《たぬき》の皮算用どころではないだろうが」

脳裏に去来した会合を秀家は切って捨てた。

「上杉、佐竹と気脈を通じているだと。江戸と大坂、どれほど離れていると思っているのだ。動きがあってから使者を出しても、こちらに届くまで何日かかる。臨機応変はできぬ。第一、江戸で戦があったと報せがあっても、兵を送れるわけなどないだろうが。故太閤さまの中国大返しと同じことをしても、五日はかかる。五日もあれば、戦などどう転ぶかわからぬ。もし、すでに上杉、佐竹が敗れていたらどうする。挟み討ちどころか、待ち伏せされるのだぞ。大坂から江戸まで駆け続け、疲れ果てた兵などひとたまりもないわ」

秀家は無言で手を出した。小姓が新しい盃を差し出した。

「己の器量を知れ、茶坊主。数を数えられて、戦などできぬわ」

茶坊主とは、三成が秀吉に仕える前、近江《おうみ》の寺で小坊主をしていたことに由来する悪口である。酔いに任せて、秀家は三成を罵《ののし》った。

秀家は三成を嫌っていた。二度目の朝鮮侵攻の折、度重なる激戦で兵糧弾薬が底をつき、小荷駄を差配していた三成に補給を頼んだのだが断られたのだ。おかげで、宇喜多勢は喰うものも始末し、弾薬も思うに任せず、苦戦を強いられた。死なずにすんだはずの兵が、矢玉がないお陰で倒れた。秀家はその恨みを忘れていなかった。

「秀頼さまのためでなければ、大坂で酒を飲んで高みの見物を決めこんでいたわ」

秀家は口の端をゆがめた。出陣のとき、大坂城千畳敷の上段で一同を見下ろしていた秀頼を秀家は忘れられなかった。

「さすがは太閤さまのお血筋。天晴《あっぱ》れ名将になるご器量であった」

うっとりと秀家は思い出に浸った。

秀頼は戦国一の大兵として武勇を誇った淀《よど》の父浅井長政の血を受け継ぎ、八歳にして五尺（約一五〇センチメートル）をこえる堂々たる体軀をしている。さらに秀吉を思わせる人をほほえませる魅力ある容貌も合わせて持っていた。

「これ以上家康を野放しにすれば、まちがいなく秀頼さまは排される」

秀吉が死んでからの家康を見れば、なにを考えているかなど簡単に読みとれる。家康は秀吉に膝を屈していながら、ずっと天下への望みを捨てていない。その最大の障害が秀頼であった。秀頼が凡庸《ぼんよう》であれば、家康も外祖父として豊臣の天下を実質支配するだけで我慢したかも知れない。だが、秀頼は秀吉を凌駕《りょうが》する天性の武将であった。ずっと兄として、側近くにいた秀家はそれを知っている。そして、五大老として、外祖父として大坂城西の丸に在していた家康が気づいていないはずはなかった。

「もう五年あれば、話は逆転しただろう。秀頼さまは成人され、家康は老いる」

家康が諸大名に手を伸ばし、それに応じている者も多い。が、これも家康の実力があればこそである。秀吉同様、家康が死ねば、話は変わる。豊臣を見限った大名たちも、寿命の短い家康より、この先何十年と君臨できる秀頼に傾くのは見えていた。

「家康もわかっている。だからこそ、上杉征討などという無茶をしでかした。これ以上待っていては、不利になる」

秀家は追いつめられたのは秀頼ではなく、家康だと考えていた。

「上杉は前田と違う。同じつもりで脅しをかけたならば、家康は畏《おそ》れるに値しない」

軍神と崇められた上杉謙信《けんしん》の養子である景勝《かげかつ》は、その跡を襲うにふさわしい勇将であった。麾《き》下《か》の兵も天下一の強兵として鳴らしている。前田利長のように、母を人質に出してまで和を願うはずはない。また、義を旗印としている上杉である。冤罪を黙って受け入れるくらいならば、滅びを選ぶだろう。

「上杉征討は、三成をあぶり出すためではない。家康が辛抱できなくなったからよ」

酒を秀家は一気に呷った。

「この機を逃せば天下取りは潰える。家康はそう考えた。これを防がねば、次は大坂が攻められる。だからこそ、吾はここにいる」

秀家は盃を家臣に向かって突きだした。

「殿。そろそろお休みになられては」

小姓が秀家の体調を気遣った。

「今更、眠れるか」

秀家が首を左右に振った。

「もう家康は、そこまで来ているのだぞ。明日にはぶつかるはずだ。気がたかぶって眠れるわけなかろう」

「申しわけございませぬ」

叱られて小姓が詫びた。

「いや、いい」

秀家は盃を三方の上へと戻した。

「そなたは下がってよい。休め」

秀家は手を振った。

「はっ」

小姓が酒の用意を片づけて、陣幕の外へ出ていった。

騒動以来、秀家は家臣を大事にしてきた。おかげで騒動からの回復は思ったよりも早く進んでいる。

「関ヶ原ではいかぬ。思ったよりも食いこまれた」

一人になった秀家が呟いた。

「岐阜城が落ちたのが痛い」

家康と対決すると決めた石田三成を始めとする諸将は、決戦の場を尾張以東と考えていた。上杉と佐竹に抑えられて、家康には西への備えができていないと読んだのだ。そこで大坂から遠い決戦場への矢玉兵糧の補給地として岐阜城を考え、織田秀信《ひでのぶ》に堅持を命じていた。その岐阜城は、大坂方出陣を知って取って返した池田輝政《てるまさ》、福島正則らの猛攻を受け、抵抗むなしく一日で落城した。家康の留守部隊が籠もる伏見城の攻略に手間取り、救援が間に合わなかった。

「後手に回りすぎじゃ、治部。伏見城にいた徳川の兵は、せいぜい千ほど。五千ほどの兵で取り囲んで放置しておけばよかったのだ。たとえ、包囲を破って大坂へ進軍してもどうということはない。いや、かえってよかった。徳川の兵が大坂を攻めた。こうなれば徳川家康謀反との大義名分が手に入った。謀反となれば、家康に与《くみ》する豊臣恩顧の大名はいない。それさえわからず、緒戦の勝利にこだわるなど、戦機というのを知らぬ者が、軍勢を率いようなど片腹痛いわ」

秀家が三成を罵った。

「三成づれに大将など務まらぬ。このままでは負ける。なんとか、吾が采配を振れるようにせねば……」

あたりに人がいないことを知りながらも、秀家は声を潜めた。

「金吾《きんご》中納言《ちゅうなごん》秀秋《ひであき》が、家康の籠絡を受けているのは周知の事実」

戦国随一の梟雄との名をほしいままにした宇喜多直家の鍛えあげた家中である。味方を疑うのは当たり前であり、他の陣中に出入りする人を密かに見張っていた。そして、見張りは、小早川《こばやかわ》秀秋の陣中へ、家康や黒田長政の密使が忍んでいることを摑《つか》んでいた。

「吉川《きっかわ》も怪しい」

毛利両川《りょうせん》の一つ吉川家は、もともと豊臣嫌いで知られていた。吉川広家《ひろいえ》の父、元春《もとはる》が高松《たかまつ》攻めのとき、織田信長が死んでいることを隠して和議を結んだ秀吉を不誠実だと心底嫌った。本能寺の変直後の秀吉中国大返しのときも、しつこく追撃を毛利輝元《てるもと》に進言したほどであった。それ以来、小早川や毛利が豊臣に近づいても、吉川だけは距離を空け続けていた。

「なにより、福島正則、黒田長政、浅野幸長《よしなが》らはなにをしている。三成が憎かろうが、秀頼さまのためとあれば、辛抱せねばならぬとわからぬのか。今、ここで家康を退けておかぬと、後で悔やむことになる。それさえ見えぬほど、愚かだと」

当初三成が立てた計画では、上杉征討に加わって関東へ下向している福島正則、黒田長政ら豊臣恩顧の大名は、大坂挙兵の話を聞いたならば家康と決別し、こちらと合流するはずだった。

「それほど三成が憎いか」

朝鮮の侵攻で小荷駄と同時に諸将の監察を秀吉から命じられた三成は、加藤清正や福島正則らの行動を無謀として糾弾した。秀吉がこれを認め、厳しく叱咤したこともあり、以後険悪な仲になっていた。

「秀頼さまの天下を守るという大義の前に、私情をはさむな」

怒りながらも秀家は、三成の策が成りたたぬと最初からわかっていた。家康の居城江戸まで軍勢を率いて行ったのだ。精強で聞こえた三河兵数万に包囲されているも同然、そこで敵対しようものならば殲滅《せんめつ》されてしまう。

「機があるとすれば、今日だが……」

豊臣の恩を考えていても、敵中孤立では動けない。だが、今は三成率いる八万からの兵が目前にいる。安心して寝返られる。しかし、福島も黒田も、浅野も使者一つ寄こしていない。

「残る望みは一つ」

秀家は西を見た。秀家は、大坂城へ使者を出し、秀頼の出陣を願っていた。

「秀頼さまが来て下されば、この戦い負けることはないのだが……」

太閤秀吉によって引きあげられた福島や浅野など豊臣恩顧の大名たちが、その遺児の秀頼に矛先を向けられるはずはなかった。それこそ、明智光秀《あけちみつひで》同様の謀反人という悪名を着ることになる。

「御母堂さまだな」

秀家は肩の力を落とした。

大坂城から出ることはないが秀頼は、頑健《がんけん》であった。さすがに剣や槍を持たせることはなかったが、戦場に出るくらいならばなんの支障もない。

「万一があればどうする。秀頼さまは、太閤殿下唯一のお血筋ぞ」

生母である淀殿はこう言って秀頼の出陣を拒んでいた。それを知りながら、秀家はもう一度願ったのだ。

「馬鹿が。秀頼さまにはかかわりないと考えているのだろうが、利だけ求め、損を拒むなどできるはずもない。我らが関ヶ原で負ければ、まちがいなく秀頼さまにも害は及ぶ。殺されはすまいが、領土は減らされよう」

秀家は淀に怒った。

「吾と秀頼さまの仲を邪魔してくれた。吾は太閤さまより秀頼さまの兄として扶育を託されたのだぞ」

不満を秀家はぶちまけた。

秀吉が生きている間はよかった。大坂城へ登り、秀吉に挨拶すると必ず「お捨ての顔を見にいくぞ。ついて参れ」と秀家も奥へ入れた。覗きこむ秀家の顔を映す無垢な瞳、まだ幼い秀頼に飯を喰うように裏切りを繰り返した梟雄の息子への警戒はなかった。秀家にとってそれこそ欲しかったものだった。誰もがあの直家の子と嘲《あざけ》り、恐怖する秀家を負の感情で見ない。なによりうれしいことだった。それは秀頼が長じても変わらなかった。次の天下人と決まっているのだ。怖れるものなどない。秀頼にとって、秀家は優しい兄だったのだ。秀家にとって秀頼と会っているときだけが、宇喜多の名前を忘れられる愛しい一時だった。

だが、それも秀吉の死後は許されなくなった。

「秀頼さまがお疲れになられては」

淀が拒んだのだ。こうして秀家は、秀頼と滅多に会えなくなった。いや、顔は見られた。遠く離れた下座から淀に抱かれた秀頼を見ることはできた。なれどかつてのように、触れあうなどは論外、話さえできなくなった。

「秀頼さまを遠いものにしてどうする。太閤さまが天下を取れたのは、諸将とともに戦場を駆け、飯を喰い、勝って喜び、負けて泣いたからだ。声をかけてくれぬ、腕を摑んで褒めてくれもしない主君のために死ぬ家臣はおらぬわ」

これも騒動で悟った一つであった。秀家は父の遺臣らを煙たく思い、遠ざけて会おうとさえしなかった。それが、家康の入る隙間を君臣の間に生んでいた。

「それみたことか、味方が少ないわ」

秀家の危惧は当たった。親しくもない秀頼のために、命がけで戦おうという者は少ない。唯一、起死回生の策があるとしたら秀頼が出陣するだけだ。主君が戦場に立つ。その意味は大きい。参陣しなかった者は、褒賞に預かれないだけではない。相応な罰を覚悟しなければならない。となれば馳せ参じる者は増える。大名だけではない、となれば、勝ちを見こした小名や国人領主たちが褒賞を求め、与力してくる。三成では、それができない。戦に勝っても、勝手に土地を褒賞として配るだけの力が三成にはないのだ。

「毛利輝元どのでもよいのだが」

家康追討軍の総大将は、五大老でもあり、百万石をこえる大名として家康に引けを取らない毛利輝元が任じられていた。石高でも年齢でも劣り、戦場働きの少ない秀家では、諸大名が納得しない。

だが、毛利輝元は関ヶ原にいなかった。

「秀頼さまをお守りせよ」

淀殿が、毛利輝元の出陣を止めた。

「大将がはるか大坂で、どうやって統率を取るのだ。三成では、他の大名が言うことをきかぬぞ」

秀家は危惧していた。

「せめて千成瓢簞《せんなりびょうたん》の馬印だけでもお貸しくだされば……」

秀吉の馬印を見つめて戦ってきた連中ばかりである。それがこちらにあるだけで、徳川についた連中の士気は下がる。まちがいなく、寝返る者も出る。

「我らには、秀頼さまの、いや、豊臣の軍勢だという証《あかし》がどこにもない。これでは、福島や黒田を押さえきれぬ」

家康が堂々としていられるのは、そのせいである。秀頼の軍勢だという証拠がなければ、三成の私兵として、討ち取るだけの理由ができる。

秀頼さまの代理として、上杉討伐に出た我らと敵対する者こそ、謀反人である。

家康はこの名分をもって諸将を勧誘している。秀家もそれはわかっていた。だからこそ、しつこく秀頼の出陣あるいは千成瓢箪の馬印を求めたのだ。

秀吉の猶子として豊臣の姓を与えられているとはいえ、秀家では大将たる資格がなかった。天下人豊臣秀吉の血を引いた者だけが、旗印たり得た。

だが、その願いはかなわなかった。

「秀頼さまのお身体は、吾が命に代えても守る。吾は太閤さまより秀頼さまの兄たれと命じられたのだぞ。吾だけが、秀頼さまのお身内だというに」

秀家は無念であった。

「家康の思惑どおりに進んでいる。このままでは、豊臣恩顧の大名同士で擦りつぶし合う羽目になる。福島、黒田、藤堂《とうどう》、石田、大谷《おおたに》ら、豊臣を支えてきた力が失われる」

関東方の率いる軍勢の布陣を知った秀家は、そこに家康の狙いを見つけていた。福島や黒田など豊臣恩顧の大名たちが、先陣に配されていた。

「いや、他家のことなどどうでもよいわ」

秀家は口の端をゆがめた。

「戸川も岡も花房《はなぶさ》も、皆、余の敵となりおった」

一人秀家は憤慨した。

宇喜多騒動の結末はお粗末なものであった。決裂した君臣の間は殺し合う寸前までいった。

「秀頼さまのお膝元をさわがすのはよろしくございますまい。ここは任せていただけぬか」

親切ごかしに家康が介入した。

五大老の筆頭に仲介されては、我の張りようもない。秀家は戸川達安の討伐をあきらめた。こうして宇喜多騒動は治まったが、老臣の多くが秀家に愛想を尽かし、仲介の労を執ってくれた家康のもとへと走った。

「己で付けた火を消してみせる。家康の手腕には畏れ入るわ。皆、家康に懐柔《かいじゅう》された」

旧臣たちが、敵として秀家の正面で対峙していた。

「一年では、家中を落ち着かせるので手一杯であった。家康と天下を争うのが、五年先ならば……。いやあと三年あれば、戸川、岡、花房らを気にせずともすむだけの力を蓄えられた。どころか、余を見限ったあの者たちに思い知らせてやることもできた」

秀家は悔やんだ。とはいえ、秀家も大名、それも豊臣の姓を許され、五大老として執政を担っている。家臣筋に悪かったと頭を下げることはできなかった。

「愚かだった。仲介を振り切ってでも、あのとき始末しておくべきであった。さすれば、敵を増やさずにすんだ」

戦いは非情である。親子兄弟でも殺し合う。躊躇《ちゅうちょ》はかならず後で堪《こた》える。秀家は己の甘さを思い知らされていた。戸川達安がどれほどの戦巧者であろうとも、数が違うのだ。周囲を分厚く包囲すれば、降伏するしかなくなる。それでも抵抗を続けるなら、弓矢鉄炮を雨のように降らせてやればいい。

「こうなれば、相手が誰であろうが同じだ。戸川であろうが、福島だろうが、家康だろうが、すべて討ち取る」

秀家は繰り言を口にするのをやめた。

ふと秀家は肌寒さを覚えた。

「霧が出てきたか」

「どうやら夜明けが近いようだな」

秀家は東の空へ目をやった。

「誰かある」

「これに」

近習がすぐに現れた。

「霧のようだ。物見を出せ」

「はっ」

指示を受けた近習が駆けていった。

「夜明けはまだか」

相手が見えないのは怖ろしい。こちらから見えないということは相手からも見えていないとわかってはいるが、それでも敵の状況がわからないという恐怖心は消えない。

「……うん」

地響きのようなものを秀家は感じた。

「あれは鬨《とき》の声」

「申しあげます。敵軍より騎馬、我が方の陣へ突入いたして参りました」

近習が報告に来た。

「始まったか。福島め」

宇喜多にもっとも近いのは、家康についた福島正則である。秀家がそう考えたのは当然であった。

「赤備えのように見受けられまする」

「井伊《いい》か。抜け駆けだな。相手にとって不足はない。包みこんで討ち取れ」

聞いた秀家が命じた。

「はっ」

近習が指示に応じていった。

「鎧を持て」

秀家が立ちあがった。

武将は戦が始まるまで鎧を身につけないことが多い。鎧兜《かぶと》をつけたままでは、食事はおろか、小便さえまともにできないからである。とはいえ、さすがに決戦を控えていた秀家は、胴だけ装着している。あとは手甲と脚絆《きゃはん》、兜を纏《まと》うだけであった。

「この戦、勝って秀頼さまにお褒めいただく。家康を討てば、淀も吾を粗略には扱えまい。さすれば、かつてのように、秀頼さまのお側で手柄話ができる」

秀吉が抱き上げた秀頼に寄り添いながら話しかけていたころが、秀家にとって誇らしく、楽しい日々であった。

「勝利を秀頼さまに」

失った光景を脳裏に浮かべて、秀家は自らを鼓舞した。

そこへ轟音が響いた。

「福島勢が進出、鉄炮を撃ちかけて参りましてございまする」

「撃ち返せ。ただし、陣形は保て。勝手に出ることは許さぬ」

秀家が号令を出した。

九月十五日、朝五つ（午前八時ごろ）、戦は宇喜多の陣営で始まった。

宇喜多秀家は陣営を五段に分けていた。その先陣を承《うけたまわ》っていたのは、宇喜多家でも有数の猛将明石全登《あかしてるずみ》であった。

鉄炮の撃ち合いが終わるなり、突撃してきた福島正則の軍勢を明石全登はよく防いだ。どころか、数丁（数百メートル）ほど押しこんだ。

「出過ぎるな」

秀家は突出を嫌った。秀家の陣営を見下ろす松尾山《まつおやま》にいる小早川秀秋の動きを警戒したのだ。

福島の兵は物見の結果六千ほどだろうと見られている。一万八千の兵を擁した宇喜多の敵ではなかった。押し出せば福島正則を討ち取ることも容易《たやす》いが、陣を出て前方の福島と斬り結んでいる脇を突かれてはひとたまりもない。

「小早川に兵を出せと伝えろ」

秀家は、小早川秀秋に出陣を促す使者を出した。

「戦機はこちらで判断する。口だし無用とのことでございまする」

返答は拒絶であった。

「ええい」

秀家は歯がみをした。

「一門でありながら……秀頼さまを支えるどころか、徳川に尾を振る貴様など秀頼さまの縁者ではない」

松尾山を秀家は睨みつけた。

数で勝りながらも、それを展開できない宇喜多勢は、少数の福島勢と一進一退の攻防を繰り返すしかなかった。

開戦から一刻（約二時間ほど）で、寺沢広高《てらざわひろたか》、織田長益《ながます》らと戦っていた小西行長の陣が崩れた。先陣が支えきれずに退却、逃げ出した兵が本陣を混乱させてしまったため、形をなさなくなったのである。

「次は宇喜多じゃ。食い破れ」

恨み骨随に徹している戸川達安らが、福島と戦っている宇喜多の左から攻撃を加えてきた。

「達安づれが舐めるなよ。防げ」

秀家は第二陣を向かわせた。

騒動で揺らいだ宇喜多を秀家はよく立て直していた。新しく取り立てた将が力を尽くし、兵もよく従っている。

二方からの攻撃にも宇喜多勢は崩れなかった。

数倍の敵を大谷吉継《よしつぐ》が支え、石田三成も黒田長政、細川忠興《ほそかわただおき》らの大軍を押し返していた。しかし、本軍であるはずの毛利、後備の長曾我部《ちょうそかべ》などの軍勢が参加せず、戦況は徐々に秀家らに不利となっていった。

本陣にいた秀家のもとへ、報せが入った。

「松尾山に動きが」

「どっちだ」

秀家が身を乗り出した。

「……大谷さまの陣営のほうへ……」

伝令が悔しげに告げた。

「おのれ、秀秋。その首。吾が……」

激怒した秀家は愛槍を手に取った。

「なりませぬ」

そのまま陣を出て松尾山へ駆けこもうとした秀家を家臣たちが押さえた。

「まだ再起はできまする。大坂城は健在。なにより備前は揺らぎもしておりませぬ」

家臣が秀家をなだめた。

「違う。この負けで、豊臣は滅ぶ」

秀家は床几《しょうぎ》の上に腰を落とした。勝った家康が、関ヶ原に参加した将を許すはずはない。豊臣のために戦った忠節ある武将が滅び、家康に与したか日和見をした者だけが残る。この次は大坂を巡っての戦いになる。そのとき豊臣に味方する将はいない。

秀家には豊臣の最後が見えていた。

「……秀頼さま」

秀家の脳裏で、あどけなく笑っていた幼い秀頼が、血に染まって崩れた。

「殿……」

呆然とした秀家に家臣が、心配そうに声をかけた。

「いいや。太閤殿下が亡くなられたときに終わっていた。家康が天下取りの手を次々と打っていると知りながら、我らは何もせず、ただ太閤の遺児である秀頼さまに縋《すが》っていた」

秀頼さえいれば、大丈夫だと思いこんでいたことに、秀家はようやく気づいた。

「情けないよな。守ると思っていながら、そのじつ重みをかけていただけであったとは。今回でもそうだ。三成を止めるべきだった。戸川たちが家康の家中になったことへの恨みを晴らそうと考え、戦をしないという選択肢を端からなくしていた」

秀家は嘆息した。

五大老、備前の太守という名前も、秀頼、いや豊臣があって初めて成りたつ。豊臣の威光で秀家は生きてこられた。乱世であれば騒動を起こしたときに、隣国から侵略されて滅んでいる。

「太閤殿下が亡くなられたことで、ふたたび乱世になっていた。ただそれは、殺し合う乱世ではなく、陰で蠢《うごめ》く策略の戦国だった。それに気づかなかった。家康は太閤殿下が亡くなられてからの二年を無駄にしなかった。二年準備した相手に対し、こちらは行き当たりばったりで挑んだのだ。勝てるはずはない」

がっくりと秀家は肩を落とした。

「名前にあぐらを掻《か》くのではなく、秀頼さまを擁して、動かなければならなかった。なにもしなくても続くはずなどないのにな。なにが、弟を守るのは兄の役目だ。守るとは、後ろにかばうだけではない。兄ならば、弟の手を引いて戦場を教えてやるべきだった。戦国で生きるということを見せてあげねばならなかった」

秀家はしなければいけないことを忘れたと自嘲した。

「泉下で太閤さまに叱られるな」

さみしげに秀家は馬上の人になった。


「小早川中納言、寝返り」

戦場が一瞬静まり、そして沸いた。

小早川秀秋の裏切りは、秀家以外にも大きく影響した。大軍をかろうじて捌《さば》いていた大谷吉継の軍勢が壊滅した。拮抗していた戦場が崩れた。こうなれば、宇喜多の陣ももたなかった。大坂方の兵が算を乱して逃げ出した。

「申しわけなし、太閤さま。お許しを秀頼さま」

蚊の鳴くような声で秀家は詫《わ》びた。

「殿をお連れせよ」

腑抜けのようになった秀家を数人の家臣が抱きかかえるようにして本陣を後にした。

関ヶ原は半日経たずして、逃げまどう敵を狩るだけの地獄になった。

勝った家康は秀頼を罰しはしなかったが、豊臣家の収入の中心である全国の鉱山を取りあげた。西軍に属した諸将も捕まえられ、石田三成、安国寺恵瓊《あんこくじえけい》らは首を討たれた。なんとか生き延びた大名もいたが、豊臣の忠臣はいなくなった。支えてくれる家臣を失えば、主家は保たない。豊臣は日に日に力を失っていった。

慶長八年（一六〇三）、家康が征夷大将軍となったのを知った秀家は、匿《かくま》っていてくれた島津家を守るために自訴、罪一等を減じられて八丈島《はちじょうじま》へ流罪《るざい》となった。

天下分け目の戦いから十五年、大坂夏の陣で豊臣家が滅んだとき、遠く離れた流刑地で、秀家がどう感じたのかは知るよしもない。

宇喜多を滅ぼした罪滅ぼしだったのか、妻の実家や旧家臣花房家が出す援助で、長寿を保った秀家は明暦《めいれき》元年（一六五五）に永眠した。享年八十三歳。

寝返った小早川秀秋を筆頭に家康方で戦った加藤家、福島家ら多くの大名が滅亡したなか、秀家の子孫は数百年を生き抜き、今に続いている。

天下を定めた大戦での敗者が残り、勝者の血が消えた。

長い歴史のなかで、どちらが勝者なのだろうか。

丸に十文字

矢野隆

一

他所人《ひと》の戦《いくさ》だった。

これほどまでに寒々しい戦場を、島津惟新義弘《しまづいしんよしひろ》は知らない。

総身に満ちていた憤怒は、東の空が白くなるころには消え失せていた。いまは言いようのない虚脱が義弘を支配している。

干戈《かんか》を交える兵どもの猛々しい声も、虚《うつ》ろが満ちる心には何一つ響かない。いつもなら嗅げばかならず心が荒ぶるはずの鼻を刺すような硝煙《しょうえん》の匂いさえいまは煩わしいだけだった。

慶長《けいちょう》五年九月十五日。

美濃《みの》関ヶ原に義弘はいた。

手勢は千五百。

相手は七万を越す大軍勢である。

勝負にならない。

いや……。

戦っているのは義弘ではなかった。

大坂城に籠る反家康《いえやす》の総大将、毛利輝元《もうりてるもと》の名代、毛利秀元《ひでもと》。五大老の最年少、宇喜多秀家《うきたひでいえ》。越前敦賀《えちぜんつるが》城主、大谷吉継《おおたによしつぐ》。肥後宇土《ひごうと》城主、小西行長《こにしゆきなが》。そして、彼らを統制している近江佐和山《おうみさわやま》城主、石田三成《いしだみつなり》。

仮初《かりそめ》の同志たちだ。

手勢はおよそ八万。

七万の敵と懸命に戦っているのは、彼らである。

七万対八万。

数の上では当方が勝っている。

しかしそれは、あくまで数の上だ。

義弘は戦場を東に見る関ヶ原の西の端に位置する小池《こいけ》村に、千五百の同胞たちとともに布陣している。

義弘より北に一丁半ほどにある笹尾山《ささおやま》には石田三成が布陣し、北に伸びる北国《ほっこく》街道を守護する形を取っていた。小池村より南には小西行長、宇喜多秀家、大谷吉継とつづき、関ヶ原を東西に貫く中山道《なかせんどう》をふさぐように布陣している。

笹尾山の三成より南へ連なる諸隊、そして関ヶ原の南西に位置する松尾山《まつおやま》に布陣する小早川秀秋《こばやかわひであき》の一万五千によって、徳川《とくがわ》家康率いる七万は西進を阻《はば》まれるという形であった。

南北に広く布陣した諸隊は、それ自体が巨大な鶴翼《かくよく》の陣の体を成している。西に向かって進もうとしている家康たちを、その大きな翼で包みこむような恰好《かっこう》であった。

その上、家康たち七万の背後には、毛利秀元らの二万五千が布陣している。鶴の翼から逃れようとしても、二万五千の軍勢が退路を断っている。全軍が一糸《いっし》乱れぬ動きをすれば、数の上でも布陣の上でも、我が方が負ける要素はなかった。

しかし、勝つのは難しいと義弘は思っている。

傍観《ぼうかん》する軍勢があまりにも多い。

関ヶ原の地に最初の銃声が轟《とどろ》いてすでに二刻あまり。義弘の周囲では激しい戦が繰り広げられているが、わずかに目を遠方にやれば沈黙を守りつづける軍勢がそこここに点在している。

関ヶ原の東の果てに位置する南宮山《なんぐうさん》に布陣する毛利秀元、安国寺恵瓊《あんこくじえけい》、吉川広家《きっかわひろいえ》、長曾我部《ちょうそかべ》盛親《もりちか》らの二万五千あまり。そして関ヶ原の南西に位置する松尾山に布陣する小早川秀秋の一万五千と赤座直保《あかざなおやす》、小川祐忠《おがわすけただ》、朽木元綱《くつきもとつな》、脇坂安治《わきさかやすはる》ら合わせて四千あまり。

毛利方に与《くみ》する四万四千もの将兵が、戦闘に加わっていないという有様だった。

人のことをとやかく言える立場にないと、義弘は自嘲《じちょう》する。かくいう己も、静観を決めこんでいる一人なのだ。

他者の思惑など知る由《よし》もない。

毛利や小早川が動かぬ理由など、考えたところで詮《せん》なきことだ。敵と内応しているのか、それとも急に怖《お》じ気《け》づいたのか。理由はどうあれ、四万を越す軍勢が動かないのは事実である。

他所人の思惑はどうあれ、義弘が動かない理由ははっきりしていた。

己が戦ではない。

それだけである。

他所人の戦に賭ける命など持ちあわせていない。

だから動かない。

義弘にとっての戦とは激情である。

軍功など二の次。

生死の別さえ、戦となれば思慮の埒外《らちがい》にある。

狂おしいほどの激情が欲する敵でなければ、戦う気になどなれなかった。

その激情が冷めている。最早、この戦場に戦う理由などどこにもなかった。

理由なき戦場で同胞を失うなど、愚行以外の何物でもない。

会津《あいづ》百二十万石、上杉景勝《うえすぎかげかつ》と家康との間に起こった紛争に端を発した今回の戦乱。

義弘の兄であり島津家の当主でもある義久《よしひさ》は、この乱に兵を出すのを拒《こば》んだ。

京大坂から遠く離れた九州の南端に位置する島津家にとって、中央の大名たちの相克《そうこく》など知ったことではなかった。国許にて動かず、じっと動静をうかがい、事収まった後で身の処し方を考えれば良い。それが兄の考えだった。

島津家の当主は兄の義久である。どれだけ秀吉《ひでよし》の覚えが目出度く、中央で名が知られていようと、義弘は当主の弟という存在でしかない。薩摩《さつま》一国の兵を動かすだけの力はなかった。

それでも義弘には、どうしても兵を出さなければならない理由があった。

上杉征伐のため伏見《ふしみ》を出ることになった家康は、わざわざ義弘の元を訪れ頭を下げこういった。

『もしこの家康が京大坂を留守にしている間に天下に弓引く謀反《むほん》人現れし時は、そなたの武勇にて賊《ぞく》を成敗していただきたい』

家康は、義弘に負けず劣らず、幼少のみぎりから戦場を駆け巡ってきた歴戦の勇将である。

義弘にとって、秀吉が天下統一へと乗り出してゆく過程は、すでに戦乱ではないと思っている。本当の戦乱とは、信長が上洛するよりも前、各地の群雄たちが相争っていた頃のことであった。

近頃の大名たちは若く、義弘の思う真の戦乱を知る者が少なくなってきている。その点、家康は戦乱を潜《くぐ》り抜けてきた生粋《きっすい》の武士であった。その家康たっての頼みである。義弘は一も二もなく承服した。

老将の見こみどおり、家康が会津へ向かうとすぐに三成たちが兵を挙げた。会津の上杉は天下の賊にあらず。家康こそが天下を簒奪《さんだつ》しようとする真の賊であるとの檄《げき》を諸大名に発し、三成たちは家康の京の本拠である伏見城を攻めた。

義弘には本国の兵を動員する権限がない。しかし家康との男と男の約束は、どうしても守らなければならない。

意を決した義弘は、己に侍《はべ》るわずかな手勢とともに宇喜多秀家らの手勢が押し掛けんとする伏見城へと駆けた。

それから二月あまり。

戦場は伏見から美濃、伊勢《いせ》へと変じ、義弘の立場は反転した。

伏見へ向かう時に敵だと断じていた者たちはことごとく味方となり、男と男の約束を交わしたはずの家康は、敵となって目の前にある。

本国の薩摩で義弘の挙兵を聞いた侍たちの中、戦う意志を持った者たちがいた。戦を決意した者たちは、思い思いの得物《えもの》を手にし、国を抜け、戦場を求めて走った。彼らの中には、義弘が関ヶ原に陣を張ったのに、なんとか間に合ったという者まであった。

総勢千五百。

いま義弘とともにある者たちは、島津の戦、義弘の戦、己の戦を求めて集《つど》った兵であった。

傷付くことを厭うような者は誰一人いない決死の兵である。

無駄死はさせたくなかった。

家康との約束を守らんと立ち上がった頃の義弘の胸の裡には、たしかに激情の炎が燃え盛っていた。家康との男と男の誓いのために、死のうとさえ思っていた。

伏見城の守勢は、家康子飼いの将、鳥居元忠《とりいもとただ》率いる二千に満たない将兵である。一方、三成の檄によって集い、伏見に迫ろうとしているのは宇喜多秀家を筆頭にした四万もの大軍勢であった。

義弘が率いてきた千に届くかどうかという兵が入城したとしても、勝つ見こみなどない。

だからこそ面白い。

戦って戦って戦い抜いて、城を守りきる。頑強に守っていればそのうち東から反転してきた家康たちの軍勢が後詰に来るはずだ。それまで守り切れば良い。

義弘は勇躍し、伏見に駆けた。

が……。

拒まれた。

城将の鳥居元忠は、徳川家以外の将は誰一人城には入れぬと、義弘の申し入れを頑として聞かない。会津へと向かう前に家康から後事を託されたと、どれだけ義弘が訴えようと聞く耳を持たなかった。

頑《かたく》なな元忠の姿に、なかば諦《あきら》めの境地で義弘は伏見を去ったのである。

死なんとさえ思っていただけに、心が急速に萎《な》えて行くのを止められなかった。このまま兄の意向に沿うように、兵を引かんとさえ考えた。

しかし義弘は考える。

一度振り上げた拳をそのまま下ろすなど、島津の兵にとってこれ以上の恥辱はない。そんな羽目になったのはいったい誰のせいか？

鳥居元忠である。

いや。

家康本人である。

会津へと赴《おもむ》く際、家康は伏見城に寄っている。その時、元忠に義弘のことを告げることはできたはずだ。それをしなかったということは、義弘が死を決意するほど重く考えていた約定は、家康にとっては口約束程度の軽いものだったのであろう。

義弘の男気に後ろ足で砂を掛けた家康の行為には、それなりの代償を払ってもらわなければなるまい。

義弘は振り上げた拳が向かう先を、東に向けた。

伏見城を攻め落とし勢いに乗る毛利輝元を総大将とする連合軍は、美濃、伊勢、北陸方面へと兵を展開してゆく。諸将のまとめ役である三成が美濃大垣《おおがき》城に入ったことを知った義弘は、これに接触。三成の要請で大垣城より東方に位置する美濃墨俣《すのまた》を確保した。

この地にて義弘はまたも心を萎えさせる事態に直面することになる。

輝元、三成らの挙兵を知った家康を旗頭とする諸将が東より反転し、美濃に集結。瞬《また》く間に岐阜城を落とした徳川方諸将は、その勢いを駆って三成が拠る大垣城へと兵をすすめた。その数、四万。この時、美濃付近に展開していた毛利方の将兵は三成、小西行長らの一万あまり。劣勢に慄《おのの》いた三成は、将兵たちの大垣城への撤退を進めた。

この時、西進する徳川方諸将らを牽制《けんせい》するように将兵を展開させていた義弘の甥、豊久《とよひさ》が伝令の手違いで孤立してしまう。

三成は救援のための兵を出すことなく、さっさと大垣城へと籠ってしまった。

豊久と島津の将兵たちは、なんとか自力で大垣城まで戻ってくるという始末であった。

この時、義弘が擁《よう》していた兵は、千をわずかに越すほど。

寡兵である。

三成は軽んじた。

千ほどの兵に何ができる？

危うく甥を見殺しにされそうになった義弘の詰問を前に淡々と謝る三成の眼の奥には、蔑《さげす》みの色がはっきりと滲《にじ》んでいた。

義弘の心はなおも萎える。

関ヶ原に毛利方、徳川方双方の兵が集う前日。三成の腹心の島何某《しまなにがし》という将が、大垣城と徳川諸将が布陣する赤坂《あかさか》のほぼ中間に位置する杭瀬川《くいぜがわ》で敵を散々に打ち負かすという武功を挙げた。

義弘はこの勢いに乗じ、その日のうちに夜襲を仕掛けるようにと三成に迫った。しかし、三成は己が居城である近江佐和山城方面へ家康が進軍するという噂を信じ、兵を関ヶ原方面へと向けたのである。

義弘の策などまったく耳に入らぬといった体《てい》で、三成は諸将に頭ごなしに関ヶ原方面への進軍を告げると、さっさと大垣城を出た。

取るものも取りあえずといった様子で城の広間を出てゆく諸将たちを見送ると、一人残った義弘は怒りをぶつけるように床板を殴った。

家康に謀られ、三成に軽んじられ、そうまでして戦う意味がこの戦にあるのか?

義弘は完全に己の立つ瀬を見失っていた。

床を砕いた拳の痛みが治まって行くのに同調するようにして、義弘の身中にあった激情と怒りの念は、急速に冷えていった。

激しく熱せられた鉄塊が芯まで冷えるとどれだけ激しく鎚《つち》で打っても砕けないように、義弘の心は完全に硬直してしまっている。

流れに身を任せるようにして関ヶ原の地に留まってはいるが、心は波風ひとつ立ちもしない。

他所人の戦だから仕様がなかった。

二

先備《さきぞなえ》の方から軍馬が駆けて来るのを義弘は床几《しょうぎ》に座ったまま泰然と眺めた。

黒毛の駿馬に跨《また》がり、当世具足に身を包んだ荒武者である。

「伯父御殿《おじご》っ」

甥の豊久が鞍《くら》から飛び降りながら叫んだ。

齢《よわい》三十一。

男として脂が乗りはじめた良い時期である。義弘を睨《にら》むようにして見つめる瞳は爛々《らんらん》と輝き、真一文字に結んだ口許には屈強な力が漲《みなぎ》っていた。並の男ならひと睨みされただけで腰が砕けてしまうほどの轟々《ごうごう》たる覇気が、甥の総身からはほとばしっている。

義弘の弟、家久《いえひさ》の忘れ形見。家久は武勇智謀兼備の有能な士であった。義弘は弟の才能に幾度嫉妬《しっと》したことか。

豊久は父の才を十二分に受け継いでいる。朝鮮での戦の折は義弘とともに戦い、多くの首級を挙げた。

鬼島津……。

義弘が諸大名からそう呼ばれる契機となった朝鮮での戦において、片腕として存分に働いてくれたのがこの豊久であった。いわば鬼島津という称号の半分は、豊久のものだと言っても過言ではない。

それほどまでに義弘は、この甥を心底認めている。

豊久は国許で義弘の決起を知ると、同じく伯父である義久の制止を聞かず、大坂へと駆けつけた。

『ともに死にもんそ』

そう言って快活な笑みを浮かべた豊久を前に、義弘は涙をこらえるのに必死であった。

その豊久が焦《じ》れている。

理由はわかっていた。しかし義弘は、なにも言わずに言葉を待つ。不満を言葉にして吐き出すことで心が解きほぐれることもある。それを義弘は期待していた。

「もう戦ははじまっちょっど伯父御」

実直で野太い真っ直ぐな声が、義弘の胸を押す。豊久は陣幕の張られた本陣を大股で歩きながら、黙ったまま床几に座る義弘の前に立った。

「こんまま何もせんで帰るっちゅうこたなかでしょうな」

「さて……」

ため息混じりに義弘は答えた。否定も肯定もない曖昧な答えに、豊久の鼻が大きく膨れる。

「伯父御っ」

「そげん熱うなってん仕様がなか」

豊久の熱に応じるだけの気が義弘の言葉には籠っていない。失望が義弘の声から力を奪っている。

伯父のこれほど頼りない姿を見るのは初めてであろうなどと、義弘は豊久の身になって考え自嘲気味に微笑した。その態度が、血気盛んな甥の怒りをますます焚《た》きつける。

「こげな大戦んなかで一歩も動かんかったっちなれば末代までの恥になりもんそ」

「薩摩んとって義のなか戦で同胞《はらから》の命ば無駄んする方が末代までの恥じゃなかか」

「じゃったら伯父御はどげんしようち思うちょっとか聞かせてたもんせ」

答えることができなかった。

兄の制止を振り切ってまで己を慕ってしたがってきた将兵たちに、義弘は道を示してやることができなかった。

豊久の言うとおり、このまま座して戦の帰趨《きすう》を傍観していれば、どちらが勝とうと島津は腰抜けよ、腑抜けよと嘲られるのは間違いない。だからといっていまさら周囲の戦闘に加わり毛利方のために命を投げ出して戦おうという気もなかった。

つまり進退窮《きわ》まっている。

刀を抜いたは良いが、向かう先を完全に見失っていた。

突然豊久が奇声を上げ、右の拳で天を突いた。誰に向けて良いのかわからぬ怒りが身中にくぐもり、行き場を失い暴発した。そんな様子である。

「先備の将が陣ば離れてどげんすっか」

言った義弘を豊久がきっと睨んだ。

「戦う敵のおらん陣に将は必要なかっど」

駄々っ子のように鼻の穴を膨らませ、豊久が無礼な物言いも構わず言った。

苦笑いを浮かべる義弘の目が、一点を凝視したまま動かなくなる。いきり立つ豊久の背後に、義弘は軍馬の影を見ていた。先陣の方から駆けて来る騎馬武者の背に、大一大万大吉の旗印が翻っていた。

石田三成の伝令だ。

「島津殿ぉっ」

騎乗したまま武者が叫ぶ。

三成の伝令は馬から降りることなく島津の本陣を一気に駆け抜け、豊久と義弘の前で止まった。

「島津惟新入道義弘殿に我が主、石田治部少輔《じぶしょうゆう》三成よりの伝言これありっ」

下馬せぬ伝令を、義弘は床几に座ったまま見上げている。その目に酷薄な光が閃《ひらめ》いていることに、伝令は気づいていない。

義弘の脇に立つ豊久は先刻までの行き場のない怒りを身中に宿したまま伝令を睨んでいる。具足に包まれた豊久の肩が小刻みに震えているのを、義弘は見逃さない。

伝令はみずからに課せられた使命をまっとうすることに必死で、二人の情動に心をくばるような余裕はないようだった。二人を見下ろしたまま、義弘の言葉を待たずに口を開いた。

「我が方は黒田長政《くろだながまさ》、細川忠興《ほそかわただおき》、加藤嘉明《かとうよしあき》、田中吉政《たなかよしまさ》らに攻められ防戦を余儀なくされ候《そうろう》。惟新入道殿には速やかに兵を動かしたまい、攻め手の側面を崩していただきたいと、我が殿の仰せにござる」

義弘は返答に窮した。

他所人の戦に兵を貸すつもりはないなどと素直に答える訳にはいかなかった。とりあえずなにか言おうと力の抜けた唇を動かそうとしたとき、かたわらで鞘《さや》走る刃の音が聞こえた。

豊久だ。

「馬上での物言い、無礼千万っ」

三成の伝令を怒鳴《どな》りつけると、豊久は抜き放った太刀を大上段に構えた。

戦場を往還する伝令は、家中でも武勇優れた者が選ばれる。

豊久の殺気をいち早く気取《けど》った伝令は、すぐに馬首をひるがえす。馬腹を蹴り駆け出すのと、豊久が右足を大きく踏みこみ、大上段から斬り伏せたのは、ほぼ同時であった。数瞬前まで馬の首があった虚空を、豊久の太刀が駆け抜けた時、すでに伝令は走り出していた。

「待たんかぁっ」

豊久の声に背中を押されるようにして、伝令が消えてゆく。

逃げ去る騎馬武者が見えなくなるまで、豊久は眼光するどくその後ろ姿を睨んでいた。

完全に馬影が消えてから、豊久は一度深く息を吸って、ゆっくりと太刀を納めた。

「あげん不作法な者《もん》ば差し向けてから……。あの茶坊主はまだ太閤《たいこう》殿下の威光ば笠に着とるつもりか」

吐き捨てるように豊久が言った。

三成は幼少の頃、寺の小僧であった。秀吉が鷹狩の休息をその寺で取った際、茶を出したのが三成である。この時の茶が秀吉の目に留まり、近侍に取り立てられた。それ故、三成を快《こころよ》く思わない諸将たちの間では、茶坊主と蔑まれている。

豊久も三成を快く思っていない一人だ。

大垣城への退却の際に見殺しにされそうになった一件よりも、遺恨ははるかにさかのぼる。

義弘とともに豊久は朝鮮で戦った。その際、名護屋《なごや》在陣の軍監の任にあったのが、三成である。

朝鮮での戦は義弘にとっても、凄惨《せいさん》極まりないものであった。言葉も通じぬ敵を前に、兵糧さえ尽き、心をすり減らしながら戦った七年であった。その間、三成は幾度か朝鮮に渡ったとはいえ、大半は日本にあり、前線で戦う諸将の苦悩など知りはしない。

秀吉が死に朝鮮から戻った将兵たちに、三成は慰労の茶会を伏見で行うなどとのたまった。蔚山《ウルサン》の地で大軍に包囲され、あわや壊滅という憂き目に遭遇した加藤清正《かとうきよまさ》などは、この三成の安穏とした言葉に激昂《げきこう》し、其処許《そこもと》が茶を振る舞うと申すなら己は朝鮮で喰った冷え粥を馳走しようと怒鳴りつけて、席を立った。

朝鮮在陣の諸将と三成の間の溝は深い。

そしてその溝が、この関ヶ原の戦場でも多大な影響を与えている。

いま三成を躍起になって攻めているのは、いずれも朝鮮で激闘を繰り広げた者たちである。彼らは徳川家と豊臣《とよとみ》家の葛藤などよりも、三成憎しの感情が先にあった。

三成を討つ。

それは徳川に与した諸将に流れるひとつの大きな力だった。

「伯父御」

思惟にふける義弘を豊久が揺り起す。義弘の脇侍のようにして立つ甥の目が、真っ直ぐに幔幕《まんまく》の向こうを見つめている。

豊久の視軸に合わせるようにして、義弘は前方へと目を向けた。

葦毛《あしげ》の馬に跨った鎧《よろい》武者。

最初に義弘の目を奪ったのは男の兜《かぶと》である。額を覆う鉢金が眩しいほどの金色で、その背後に天高く突き出た二本の角もまた金色。兜に植え付けられた黒髪が、馬上で風になびいている。黒糸で威《おど》された当世具足の上に、真っ青な陣羽織を着こんだその姿は、誰あろう石田三成であった。

先刻、下馬の礼を失した伝令が立ち去ってから四半刻経ったかどうかという頃合いである。今度は大将みずから陣を抜け出し、義弘に会いにきた。

これは中々に困窮しておる……。

義弘は心中につぶやきながら、慌てながら下乗する三成の姿を眺めていた。

兜の重さにいささか振りまわされるように頭を小さく揺らしながら、三成が義弘の前に立つ。

豊久は憮然とした様子で、三成を睨んでいる。義弘はそんな甥を無視しつつ、茶坊主上がりの侍の青白い顔を端然と見つめた。

「先刻は失礼仕った」

いきなり三成が頭を下げた。

先刻の失礼とはいつのことだ?

大垣城への撤退の折、甥を見殺しにしようとした時のことか。

赤坂夜襲という策を黙殺した時のことか。

それとも先刻の伝令の不作法か。

問い詰めたくなる衝動を義弘は必死に抑えた。

言っても詮ないことである。

すでに三成の頭には、昨日までの無礼などないのであろう。いや、大垣城の撤退の件も赤坂夜襲の一件も、元より無礼と思っていないのだ。でなければ、これまで一顧《いっこ》だにすることもなかった義弘たちの前にみずから出向いて援軍を乞うような無様な真似はしないはずだ。

どの面下げて……。

言いたくなる。

が、黙っていた。

「我が方は開戦より敵の攻撃を受けつづけ、いささか困窮いたしており申す。島津殿の御力を御貸しいただけませぬか」

殊勝な物言いで三成が懇願している。伏見を攻めた頃にこの殊勝さがあれば、戦の様相は大分違っていたはずだ。

しかしそれももう過ぎたこと。

「我が方もいつ何時襲撃を受けるやも知れず、この地を動く訳には行き申さぬ。各々が持ち場にて存分の力を発揮する。それが当初からの申し合わせであったはず」

義弘の言葉を待たずに豊久が三成に告げる。その冷淡な口調が、義弘には少しおかしかった。

あれほど戦いたがっていた豊久が、三成への加勢となると態度を豹変させ拒絶してみせた。この甥も己が身を他人に捧《ささ》げるような真似はできないと見える。いや、三成のために命を賭ける気など毛頭ないのだ。

豊久の言を受け、三成が義弘に視線を投げた。その目には最早高慢な色は微塵《みじん》もない。哀れな痩せ犬が餌を求めるかのごとき気弱な目付きで、義弘を見つめている。

豊久の言葉に同調するという意志をこめ、義弘は三成から目を逸らした。

「左様でござるか……」

義弘の心中を悟った三成が寂しげにつぶやいた。日頃から生白い顔が、血の気を失い悲壮なほどに真っ青になっている。がっくりと肩を落として去ってゆく真っ青な陣羽織の背に染め抜かれた大一大万大吉の文字が、たまらなく虚《むな》しかった。

三成が去って一刻も経たぬ頃……。

松尾山が動いた。

三

関ヶ原の南西にある松尾山に戦がはじまる前日から布陣していた小早川秀秋が、麓《ふもと》で福島《ふくしま》勢と戦っていた大谷吉継の兵たちの側面めがけて突撃を開始したのは、正午を過ぎたあたりのことだった。

伏見攻めでは宇喜多秀家とともに毛利方に与して戦った秀秋は、豊臣の家に連なる男だ。秀吉の正妻、北政所《きたのまんどころ》の甥であり、秀吉の猶子《ゆうし》であったこともある。

この戦場で最も豊臣家に近い。

豊臣家の権威を簒奪せんとする家康を誅《ちゅう》するという大義名分の下で戦う三成らにとって、秀秋は当然味方であるはずだった。

しかしそれは三成や宇喜多秀家、大谷吉継らの言い分である。

戦国の世において、大義などあってなきがごとし。

もし大義こそがすべてだというのであれば、三成たちが主と慕う秀吉の朝鮮出兵も義に背いた行いだと言わざるをえない。あの戦ほど義のない戦はなかった。それでも戦は起こったではないか。

強き者、勝ちし者こそが正しいのが戦国の世だ。秀秋が何処方《いずかた》に付いても不思議ではないし、不忠と罵られる道理はないと義弘は思っている。故に小早川勢が大挙して大谷の兵に襲い掛かったのを見た時、秀秋の行動に〝見事〟の一語を想った。

これほど劇的で最大の効果を生む裏切りはない。

戦は一進一退とはいえ、毛利方がわずかに押していた。三成、宇喜多、大谷らの奮戦めざましく、家康方の諸将は完全に攻めあぐねている状況だった。三成が義弘に救援を求めては来たが、それでもまだまだ毛利方には潰えるほどの綻《ほころ》びは見えなかった。

それが秀秋の行動で一変したのである。

小早川勢が松尾山を降りるのを受け、麓で静観していた毛利方の脇坂安治、朽木元綱、小川祐忠、赤座直保ら総勢二千人の将兵も大谷隊に突撃。小早川の猛攻を一度は退けた吉継もつづく四人の裏切りに抗しきれず、遂に陣を乱した。

戦場の南西で生まれた衝撃は一気に毛利方諸将に伝播してゆく。大谷勢が壊滅すると、今度は宇喜多勢が福島、藤堂《とうどう》、京極《きょうごく》らの突撃に抗しきれず潰走を始めた。

南から徐々に伝わってゆく混乱は、遂には三成の陣にも波及。それまで必死に抵抗をつづけていた三成も、兵たちの動揺を抑えることができず、黒田、細川、加藤らの兵に追われるようにして北国街道を近江へと逃げ帰った。

それまでなんとか均衡を保っていた戦場は、秀秋の行動ひとつで一気に徳川方へと傾いたのである。

これほど鮮やかに戦局を推移せしめた采配を義弘は知らない。

弱冠十九歳の若き小早川家の当主の変心に、義弘は心から喝采《かっさい》を送っていた。

元々、他所人の戦と心得ている。

我が方が敗北したという悔しさもなかった。

大谷、宇喜多、石田の各隊が次々と崩れてゆく中でも、義弘率いる島津隊は頑として動かなかった。北国街道を逃げようとする石田の将兵たちが混乱の中で島津隊に乱入しようとするのに鉄砲の弾を撃って退ける程度の動きしか見せず、攻めもせず退きもせずただじっと戦場に留まりつづけた。同志と思っていた島津隊からの思わぬ銃撃を受けた石田の将兵たちは、それ以降義弘たちを避けるようにしながら逃げた。

戦場に残っているのは家康に与した諸将の兵ばかり。

すでに勝敗は決している。

「儂《おい》らも早う逃げんと、このまま敵に包囲され殲滅《せんめつ》されもんそ」

三成を追い払ってからも先備に戻らず義弘の傍らにはべっていた豊久が言った。その声にはもう焦りはない。最後まで動かなかった義弘の想いを、すでに理解している。

「さぁ伯父御、撤退の下知ば皆に……」

「豊久よぉ」

おもむろに義弘は床几から立ち上がった。わずかに視線が高くなる。

見渡す限りの敵……。

自然と口元に微笑が浮かぶ。

「こんまんま敵に背中ば見せて逃げるとは悔しかなぁ」

いまさら何を？　と問いたげに豊久が兜の下の眼を大きく開いた。

義弘は口元に微笑を湛えたまま、己の顎《あご》を拳でこんこんと叩く。六十を越えたあたりから急に重くなってきた身体を前に進めるように、のっそりと右足を踏み出した。足の裏で湿った草地を踏みしめると、今度は左足を出す。

追うようにして豊久が歩を進める。

振り返らず敵を見つめたまま義弘は言葉を吐いた。

「儂《おい》らの戦ばひとつもせんまんま薩摩に帰る訳には行かんど」

「じゃっどん戦はもう……」

「終わっとらんど」

義弘は肩越しに豊久を見た。熱を帯びた眼光に、豊久が息を呑む。

「丸に十文字じゃ」

「は？」

「大きか丸ん中の十文字。そのど真ん中ば貫くしか、儂《おい》らの生くる道はなか」

言った義弘の右手が腰の刀を抜いた。

高く上げた切っ先をゆっくりと下ろす。

煌《きら》めく刃の向こうに厭離穢土欣求浄土《おんりえどごんぐじょうど》の旗印がなびいていた。

家康の旗である。

「伯父御……」

「戦は数じゃなか。ここん勝負じゃ」

左の拳で己の胸を叩く。

「なんがあっても敵を倒す。そん心があれば数の多寡なんぞどうにでんなっど」

身中に熱い物が漲ってゆく。

伏見の城将、鳥居元忠に加勢を断られた時から徐々に冷え、この地に陣を構えた頃には凍りついてしまっていた義弘の魂が、燃え上がっていた。

戻って来た……。

己が戦がいま義弘の両手に戻って来た。

「こっから先は儂《おい》と家康の喧嘩《けんか》じゃ」

豊久が駆け、義弘の目の前に立った。

「討っど豊久」

力強くうなずいた豊久の顔から迷いも焦りも消えていた。

豊久は誰よりも色濃く島津の血を受け継いでいる。一度腹を決めると、他のことは一切見えなくなる性分だ。すでに豊久の頭には、家康の首以外はないはずである。

義弘は臍《へそ》の下に気を籠めるようにして、ゆっくりと腹中深く息を吸いこんだ。それを魂の焔《ほのお》と化しつつ、一気に吐き出し言葉を乗せた。

「儂《おい》らはこれより徳川家康の本陣を叩くっ」

覇気に満ちた義弘の声は、天を揺るがし全軍に伝わった。

同胞たちが歓喜の声を上げる。これまでの忍従に、皆の鬱憤《うっぷん》は溜まりに溜まっている。弾けた熱情はもう、誰にも止められなかった。

「馬ば引け」

義弘の言葉を聞くや、すぐに豊久が駆け出した。すでに同胞たちは本陣を打ち捨てる準備に忙しい。

豊久が己が馬を駆りながら、義弘の愛馬を引き連れて来た。義弘を見つめる口取りの目が、いまにも泣き出さんばかりにうるんでいる。

「辛か想いばさせた」

誰にともなくつぶやいた。

国許の兄の制止を振り切り、己のためにと駆けつけた同胞たちである。これまでの鬱屈の日々を堪えてくれたことに、義弘は心の底から感謝した。

もう誰のためでもない。

徳川も豊臣もない。

天下など関係ない。

ただ島津のため。

丸に十文字の旗のため。

義弘たちは戦う。

誰の戦でもない。

「儂《おい》らの戦じゃ」

刀を鞘に納め、赤毛の駿馬に駆けあがる。すかさず従者が槍を捧げた。

漆が塗られた艶《つや》めく柄を握りしめ、ちいさく素振りをする。鎌のない笹の葉の形をした穂先が空を斬り甲高い音を放つ。

義弘の槍には硬い樫の柄の中心をくり貫いて鉄の芯が入っている。並の六十を越えた老体では、持って馬を駆ることすら容易ではない。しかし義弘は、重厚な槍をまるで枯れ枝を振るかのようにして軽々と小脇に抱え、顔色ひとつ変えなかった。

無駄な力が入っていないのだ。

どんな得物を操る際にも言えるが、身体に力が入るのは未熟の証である。得物は、力を抜き身体の動きに合わせるようにして使わなければならない。

無理に力が入ると衝撃が敵に伝わらないのだ。槍で敵の頭を打った際に無駄に力が入っていれば、己が身体で重さや衝撃を支えてしまい、相手に威力が伝わらない。結果、叩き割れるはずの兜が槍を跳ね返し、逆に振った側の腕を痛めてしまう。無駄な力を使わず身体の動きで槍を振ってはじめて威力のすべてが伝わり、敵を両断するのだ。

重厚な得物であればあるほど、熟練の士が使えば凶暴な牙となる。

義弘は幼児一人分ほどもあろうかという重さの槍を軽やかに振り上げ、もう一度虚空を斬り払った。

満足の行く刃筋である。義弘の心に応えるように、切り裂かれた虚空が悲鳴を上げた。

「いつでも行け申す」

両の鼻の穴を大きく膨らませて豊久が言う。槍を脇に抱えた義弘は、顎を大きく上下させた。

「獲物は家康ただ一人っ。邪魔する者《もん》を斬り払いながら、真っ直ぐ進めっ」

同胞たちが雄叫《おたけ》びを上げる。

「では儂《おい》は伯父御ん道ば開く切っ先んなりもんそっ」

叫ぶと豊久は先頭に向かって走り出した。雄々しい甥の姿につられるように、同胞たちの身も前へ前へとのめってゆく。

先備に辿《たど》り着いた。豊久は留まることなく先備を通り過ぎ、そのまま先頭まで躍り出た。止まらない。

豊久が敵に向かって駆けてゆく。

同胞たちが雄叫びを上げ、後につづいた。

「行くどっ」

叫び、馬腹を踵《かかと》で激しく打つ。手綱を緩めると、赤毛の悍馬《かんば》が飛翔するかのように軽やかに地を蹴った。

勝敗の決した戦場の中、義弘の率いる千五百人の薩摩者だけが、いまだ修羅《しゅら》の巷《ちまた》にいる。

四

戦勝の歓喜に沸く福島正則の兵たちが、逃げるようにして義弘を避けてゆく。

福島にとっては勝ち戦である。これ以上、無駄な損耗《そんもう》を受ける必要はないと判断しての正則の指示であろう。

一国を預かる将としては悪くない判断である。が、義弘は気に喰わない。

すでに勝ちが決していると何故わかる？

義弘たちの行動を、退路を断たれた小勢の蛮行だと正則は見た。

だからむざむざと道を開けた。

みずからの敗北につながる道をである。

まさか義弘が家康を狙っているなどと、思ってもいない。

この状況からまさか己が敗軍の将となるなど、考えてもいない。

甘い。

豊臣家中でも加藤清正と並び猛将の呼び声高い正則である。しかし彼らは所詮天下が治まり始めた頃に出てきたぽっと出だ。幼少の頃より戦場にあり、六十六になるいまもって現役の義弘の心など理解できるはずもない。

無駄な損耗など戦にはないのだ。

敵が戦場にあるかぎり、絶対に気を緩めてはならない。

いや……。

勝ったと思った時ほど、心を引き締めるものだ。

仮初の勝ちに酔った末に首を失った愚将など目も当てられない。

「いまにそうなっど」

福島の将兵たちのせせら笑う顔を馬上で見つめながら、義弘はつぶやいた。

太平の猛将とは違い、歴戦の勇将揃いの三河《みかわ》者たちはさすがに義弘の動きを機敏に察したようである。やり過ごす福島勢を横目に見ながら駆け抜けた義弘たちの前に、巨大な壁が立ちはだかった。

井伊直政《いいなおまさ》率いる赤備えである。その隣の三つ葉葵《あおい》の旗は松平忠吉《まつだいらただよし》。忠吉の隣の立葵は三河の荒武者、本多忠勝《ほんだただかつ》の軍勢である。

義弘がざっと見たところ、彼我の兵の差は四倍以上ありそうだ。しかし義弘はおろか島津の誰一人として目の前の敵に臆する者はなかった。

とば口にすぎず。

本当の敵はその背後に控える家康率いる三万なのだ。

臆する訳がない。

義弘が号令せずとも、豊久を先頭にした千五百は一個の鏃《やじり》と化し敵に向かって突き進む。

激突。

敵は井伊の赤備えを中央にして、右に松平忠吉、左に本多忠勝が広がり、義弘たちを押し包むような恰好となった。豊久が突っこんだ中央の備えが一番厚い。突撃の衝撃を柔らかく受け止め、広げた掌《てのひら》をゆっくりと握りしめてゆくように全軍で押し潰すつもりである。

「やらすっかぁっ」

井伊の騎馬武者たちの群れの中から、豊久の声が聞こえた。

先備はすでに戦っている。

「押せぇっ、押さんかぁっ」
義弘は荒ぶる想いを声にして吐いた。
言わずとも同胞たちはすでにわかっている。
包囲せんとする敵などに目をやる者など一人もいない。
前に……。
その想いだけで進む。
豊久の背中を追うようにして愚直なまでに前進をつづける。
敵が完全に包囲した。
義弘の周囲にも敵の姿が現れはじめた。
血が滾《たぎ》る。
「死にたか奴は、どいつじゃ」
目に付いた敵を手当り次第に叩き伏せてゆく。
振りの勢いがすべて乗った強烈な一撃に、馬上の敵も徒歩《かち》も面白いように倒れてゆく。
義弘は一撃をくれるだけ。
昏倒した敵の止めは周囲の同胞に任せる。
一撃必倒。
それが義弘の武技である。
二撃も三撃も存在しない。全身全霊を最初の一振りに賭ける。
敵勢に包囲されながらも、義弘たちはぐいぐいと前進してゆく。

豊久が率いる先備が、突進を阻もうと躍起になる敵勢の一番苛烈《かれつ》な攻めに立ち向かっている。分厚い敵の壁を削るとすぐさま前進し、また新たに小さく削り前進するということを、豊久は愚直なまでに繰り返していた。

決して足を止めないからこそ、全軍が硬直することがない。

生半《なまなか》な心胆でできることではなかった。

戦場で一度立ち止まると、ふたたび動きだすのは容易なことではない。止まるということは敵の勢いとこちらの勢いが拮抗したからである。敵の方に数の分がある以上、拮抗すれば次の刹那《せつな》には後退が待っている。そうなればもうふたたび前に進むことなどできはしない。

押し潰されて全滅である。

豊久が戦う前線は、最も死の気配が濃い場所だ。どれだけ前進しようと思っていても、わずかな恐れが足を止めてしまう。一人一人の小さな恐怖がじわじわと全軍に伝染すれば、果てには拮抗を生む。

わずかな恐れさえ命取りになる修羅の地平である。全軍が命を捨てた死兵と化してこそ初めて、寡兵は前進を許されるのだ。

島津の兵はすでに死を超越している。

この一戦で死するつもりだ。

誰の戦でもない。

島津の戦だからである。

こうなった時の島津の侍は、どこの将兵よりも強いことを義弘は知っていた。

もう止まらない。

「抜くっどぉ伯父御ぉっ」

豊久の声。

乾いた板木に銃弾が炸裂《さくれつ》したかのごとくに、敵の群れが弾け、道が開けた。

「おっしっ」

年甲斐《としがい》もなく義弘は叫んでいた。

千五百の足が一気に速くなる。

依然として敵の襲撃は止まらない。

義弘の槍も止まらない。

必死の形相で槍を突き入れてくる騎馬兵。

やりそうな面構え。

が……。

覚悟が違う。

男の顔には恐れが滲んでいる。

この勝ち戦の最後で死にたくはないという、生への執着が眉間の間、頬の肉の緩みにあらわれていた。

男の想いは槍先に滲む。

一切の迷いが消え去った義弘の剛直な槍が、男の一撃を真正面から払い除け、そのまま恐れを帯びた鼻面を貫いた。

抜く。

すぐさま足元へとすがりつこうとする足軽の頭を砕いた。

「次っ」

舞をまうように義弘は槍を振るいつづける。鼓の音に合わせるかのごとく、小気味良い調子で、周囲の敵がずんずんと倒れてゆく。

「まだやれっど」

六十六。

老い先短い我が身である。

九州を島津の物にと来る日も来る日も戦場を駆けずりまわっていた頃から比べると、身体は鉛を帯びているのかと思うほどに重い。まだ一刻も戦っていないはずなのに、すでに息も荒かった。

並の男なら、義弘の歳になればもう前線で戦うような真似はしない。

ろくに槍も振れず、早駆けも出来ない身体では満足に戦えるはずもないから当たり前といえば当たり前である。

義弘は常人とは違う。

物心付いた頃から島津の武士なのである。

鍛え方も心構えもなにもかも、人の枠などというものからは無縁であった。

己の裡にある人外の力を、義弘はいまさらながらに実感している。

目の前の敵は皆、己よりもひとまわりもふたまわりも年下であった。なのに誰一人として義弘を馬から引きずり下ろせる者がいない。覇気も膂力《りょりょく》も武技もすべて義弘の方が上だった。

「儂《おい》はここにおっどぉっ」

天に向かって吠えた。

喊声《かんせい》を貫いて轟いた義弘の声に、誰もが息を呑んでいる。

すでに前線は敵の群れを抜けていた。再度包囲しようと敵も躍起になって追っているが、豊久たちの猛烈な突進について行けず、ぐいぐいと離されてゆく。

義弘の視界にも敵の裂け目がはっきりと見えた。

その向こう……。

厭離穢土欣求浄土の旗がたなびく。

「家康っ」

穢《けが》れた現世から離れ、清浄なる浄土こそを求める。

家康の旗にはそのような浄土門の教えがこめられている。

甘いと義弘は思う。

衆が浄土を求めるのは良い。しかし武士が戦場に求める物は違う。

浄土を求めることで死を越えんとするのだろうが、それでもまだ辿り着けない境地がある。

浄土を想う時、そこにはまだ己がある。死して後、浄土に安息を求める心には、現世の戦場への恐れがある。その恐れが迷いを生み、切っ先を鈍らせる。

本当の死兵とは、浄土すらも求めない者のことだ。

己を一個の槍と定め、ただひたすらに獲物に向かって突き進む。

果てた後にあるのは無だ。
己の魂と引き換えに敵を討つ。
それこそが真の死兵である。
紅の海を抜けた義弘の前に、今度は漆黒の壁が立ちはだかった。
家康の兵である。
「行くどぉっ伯父御っ」
島津の切っ先が吼えた。
「応っ」
義弘は応える。
返り血に塗れた柄を掌で拭う。
疲れを忘れたように奔《はし》りつづける愛馬の首を力強く叩いた。
灼《や》けるように熱い。
背後からは井伊、本多、松平の将兵たちが追って来ている。
止まれば死。
重々承知。
漆黒の壁にぶつかる。
同胞の動きが鈍くなった。
さすがは家康を守る三万である。易々とは通させてはくれないらしい。
義弘は馬腹を蹴った。

同志たちの脇をすり抜け、前線へと進む。

豊久の背中が見えた。すでに激烈な戦闘の渦中にある。

武勇秀でる甥は、四方を敵に囲まれながらも敢然と立ち向かい、少しずつ進んで行く。その雄姿に負けじとばかりに先備の面々も、死を恐れず懸命に敵の壁を突き崩す。

甥の左側面から突き出た槍を、義弘の剛槍が弾き飛ばした。

大きく仰け反った敵の喉を、豊久の刺突が貫く。

甥は義弘にわずかに視線を投げただけで、すぐに敵へと相対した。その頼もしい姿に満足するように、義弘は隣に並び槍を振るう。

浄土を求める敵が目の前を埋め尽くすが、死をも超えた二匹の猛獣の前では、取るに足らない存在だった。

かかっては蹴散らされ、蹴散らされてはかかるを繰り返しながらも、徐々に壁が薄くなってゆく。

すでに同胞たちは漆黒の大海の中に綺麗に呑みこまれてしまっている。

抜け出す術《すべ》はひとつしかなかった。

正面そして左右の三方から一気に槍が突き入れられる。

小さな呼気をひとつ吐き、横薙ぎに槍を振るった。

枯れ木が宙を舞うかのごとく、敵の槍が飛ぶ。

止めは刺さない。

前に進む。

押し退けると次の敵だ。

すでに甥のことすら忘れている。

義弘の心は目の前の獲物しか捉えていない。

払い、進む。

強固な堰《せき》から一条の清水がこぼれだすように、義弘の目が敵の壁の先に小さな光を見た。

届く……。

視線の先にあるわずかな光芒目掛けて槍先を突き入れる。

それまでの圧が嘘のように景色が一変した。

敵の奔流は背後に過ぎ去り、義弘は無人の荒野に一人立っていた。

獲物はどこだ?

目の前。

家康。

主を守るように左右に広がる敵は、それまで義弘が相対してきた何倍もの数だった。

なおもこれだけの余力を残すか……。

返り血で真紅に染まる義弘の脳裏に、家康が名うての野戦上手であったことがいまさらながらに思い出された。

寡兵を一気に包囲することで視野を奪う。果敢に攻めさせ、壁を抜けたという安息を与える。束の間の安堵で心を緩めた寡兵の前に、今度は絶対的な数の敵を見せつけ抗う心を根こそぎ奪う。幾度立ち向かおうとも、決して己には辿り着けない。前線に敢然と立つ家康の顔に、絶対の自信がみなぎる。

家康の懐の深さに、義弘は自然と笑みがこぼれた。

凡夫ならばそれで良かろう。

激戦を潜り抜け、心はすでに抗う力を失っている。家康の左右に居並ぶ万を数える敵を前にすれば、戦う力など残ってはいまい。

義弘は違う。

馬腹を蹴った。

家康だけを見ている。

背後から豊久の声が聞こえてきた。同志たちも包囲を抜け出しはじめている。

恐れるな……。

すでに我らは死兵。

最後の一兵になるまで戦うのみ。

義弘は駆けた。

家康は微動だにしない。

兜も付けず、床几に座ることもなく、胸を張り、義弘を見つめている。

家康同様、兵たちも動かない。義弘の疾走を冷淡な眼差しで眺めていた。

殺気。

槍を構える。

衝撃。

目の前に巨軀《きょく》の荒武者が立ちはだかっていた。

鹿の角を配した兜。

本多忠勝。

徳川家きっての猛将である。

「退け惟新っ」

名槍蜻蛉切《とんぼぎり》を振り上げ、忠勝が怒鳴った。単騎であるにも拘わらず、これまで相対してきた万を超える敵を凌駕する気迫と圧がある。

忠勝一人に足を止められていた。

背後から豊久たちが近づいてくる。

視線を背に向ける暇《いとま》すらない。

忠勝の繰り出す斬撃を受けるだけで精一杯であった。

「これ以上の争いは無益ぞっ」

忠勝が吼える。

「無益かどうかは儂《おい》が決める」

怒りを声に乗せ義弘も吼える。

「良い加減に槍を納めい惟新っ」

忠勝の背後から声が響く。

家康だ。

聞き流し、槍を繰る。

豊久たちが足を止めたのを気配で感じた。

「なんばしよっとか豊久っ、儂《おい》のことは良かけん、早う家康ば討たんか」

豊久は答えない。

激闘に水を差すように家康の声が降る。

「島津のことは悪い様にはせんっ。大人しゅう槍を引け」

おびただしい銃声。

家康だ。

狙いは義弘ではない。

背後の豊久たちだ。

「もう止めい惟新っ」

「うるさかっ」

家康の声を振り払い、目の前の首筋めがけて渾身《こんしん》の刺突を繰り出した。

忠勝の瞳が輝きを増したのを、義弘は見逃さなかった。

いない。

かわされたと気づいた時には、身をひるがえした忠勝の腕から、槍が伸びていた。

腹に迫る。

逃げきれない。

「こんな所で死ねっかぁ」

なにかが目の前に立ちふさがった。

男の背中だ。

槍が男を貫いた。

「早う伯父御をっ」

甲高い声を口から溢れさせ、豊久が蜻蛉切を抱いた。天に向かって大きく開いた口から、血《ち》飛沫《しぶき》が舞う。

「伯父御は死んじゃならん御人じゃ」

蜻蛉切を抱いたまま、豊久が振り返った。

「伯父御が生きとれば、薩摩はまた戦える。ここは逃げてたもんせ伯父御。退路は儂《おい》らが作りもうす」

豊久は己が槍を落とし、腰の刀を抜いた。そのまま抜き打ちで蜻蛉切の柄を断ちに行く。察した忠勝が、槍を引いた。その勢いで豊久が前のめりに倒れ、馬の首にもたれかかる。

「豊久っ」

駆け寄ろうとした義弘を豊久が目で制す。

「皆早うっ」

豊久の叫びに応えるように、義弘の背後から同胞たちが駆けてきた。騎乗の若者たちに両脇を抱えられるようにして、豊久から引き離される。

「死んでも伯父御を薩摩に届けなつまらんぞ」

馬の首から離れ、豊久が刀を天に突き出す。

家康の左右を固めていた兵たちが動き出した。

背後から井伊らが迫る。

義弘は同胞に両脇を抱えられるようにして馬首を返した。

「豊久っ」

愛する甥の姿が敵の中に消えた。

いきなりのことで動転している義弘を、同胞たちが誘う。

豊久が皆に命じたのか。

やっとのことで抜けた敵の壁の向こうに見た大軍に、豊久はこれ以上の突撃は無謀だと判断したのであろう。家康を討てぬと思った瞬間、すぐに思考を切り替えたのだ。

義弘だけはかならず薩摩に戻す。そう心に決めた豊久は己が身を犠牲にして義弘を守ったのだ。

ふと周囲の同胞たちを見た。

死兵の顔だ。

義弘を生かすためだけに、皆すでに命を捨てている。豊久の遺言を叶えるために、義弘を守りぬく。

死ねぬ……。

失意に沈みそうになる心を奮い立たせる。

豊久のため、同胞たちのため、義弘はまだ死ねぬ。

伊勢路へとつづく隘路《あいろ》に入った。

敵はまだ追ってくる。

同胞たちが銃を構えて地面に座りこんだ。追撃してくる敵兵に向かって一斉に銃が撃ちこまれる。撃った者はすぐさま背後の並ぶ仲間の最後尾に付き、ふたたび銃に弾をこめる。そうして順繰りに銃を撃ちながら、最後の一兵になるまで敵の進行を食い止めてゆく。

捨て奸《がまり》と呼ばれる戦法である。

背後で銃声が轟く。間断なくつづく銃声は、同胞たちの命の咆哮《ほうこう》であった。

まだだ……。

義弘は己の胸に手を当て、心につぶやいた。

薩摩にてもう一戦。

家康を討つまで戦は終わらない。

義弘の胸にはまだ戦の焰が轟々と音をたてて燃え盛っていた。

追撃は関ヶ原の南にある烏頭坂《うとうざか》を越えたあたりで途切れた。伊勢路を越え大坂に着き、薩摩へと戻る船上にあったのは、義弘の他には八十人あまりしか残っていなかった。

関ヶ原の戦いの後、天下は恐ろしいほどの速さで動いていった。

薩摩にてもう一戦と願っていた義弘であったが、急速に権威を増大させた家康の力を恐れた国許の同胞たちの反対にあい、ついに反旗の兵を挙げることは叶わなかった。兄、義久の下に徳川家への恭順を決めた島津家は、義弘を大隅《おおすみ》へと隠居させる。

関ヶ原での戦が義弘にとって最後の戦場となった。

丸に十文字の旗の下に集う侍たちによって徳川幕府が倒されるのは、この戦から二百六十七年後のことである。

真紅の米

冲方丁

一

――狼煙《のろし》だ。

今、一人の若者が、山の巌頭《がんとう》に立ち、天に昇る煙を見つめている。

こたびの合戦の中で、特に重要な意味を持つ狼煙である。

――動け。

若者とその軍勢に、戦闘開始を命じる合図であった。

狼煙を上げさせたのは、西軍の石田三成《いしだみつなり》である。雨がやみ、朝から立ちこめていた霧も晴れた頃合いだった。お陰で山の上から、旗指物《はたさしもの》が激しく入り乱れる様子が見て取れた。狙うは東軍の側背。今、一気呵成《いっきかせい》に山を下りて攻め込めば、東西両軍が入り乱れる乱戦を様変わりさせてやれるだろう。

若者は、このときが来るのを待っていた。ただし、行動を起こすためではない。逆だった。行動を起こさない己《おのれ》が、心に何を思うかに、興味があった。

そんなことを言えば、家老や家来たちも、目付として陣内にいる男どもも、今さら何をと目を剝《む》くだろう。

だが、世に確かなものなど一つとしてない。己の心の動きですら、そのときになってみないとわからない。そのことを、青年は短い人生で、いやというほど学んできた。

誰もかれもが乾坤一擲《けんこんいってき》の世にいる。広大な天地に、ちっぽけな命を投げ出すようにして生きている。歴戦のつわものたちが、準備に準備を重ねるのは、それだけ未知が怖いからだ。将来のある一点で何が起こるか、なんとしてもあらかじめ定めておきたい。僅《わず》かでもいいから勝算を増やすため、血眼《ちまなこ》になって約束を取り付けたり、誓紙《せいし》をばらまいたりする。脅《おど》し、なだめ、甘言を弄《ろう》する。それもこれも、不確実の未来に挑まねばならないからだ。

次に何が起こるかわからないという点では、石田三成も、徳川家康《とくがわいえやす》も、今、山の上から戦いを見下ろしている己自身も、一緒なのだ。

若者は目を閉じた。激しい乱戦ではなく、己の内側を、強い興味とともに、見た。

――米が欲しい。

そんな思いが湧《わ》くのを覚えた。

若者は目を開き、さすがに予想外だった己の思念に、ちょっと驚いた。

まさか、狼煙を見て、米を炊《た》く煙を連想したわけでもあるまい。そう心の中で呟《つぶや》き、思わず笑みをこぼした。この若者に特有の、怜悧《れいり》な自嘲《じちょう》の笑みだった。普段は、そういう顔を人に見せてはならぬとずいぶん己を戒《いまし》めていたものだが、合戦の最中は、どんな戒めも忘れてしまうものだ。

普段は隠している本性が残らず飛び出す。それが合戦であり、若者はそういう場を嫌ってはいなかった。奮迅《ふんじん》として戦い、没我《ぼつが》するときの狂乱たる恍惚《こうこつ》も知っている。己の全本能が覚醒《かくせい》し、ありとあらゆる感情が噴出する。特に今日のような激烈な決戦の場で、本性を眠らせておける人間などいるはずがない。

若者は、その噴出する感情の根幹にあるものが見たくて、わざわざ床几《しょうぎ》を立ち、応じる気のない狼煙をじっと見つめていたのだったが、

——米か。

やがて今しがた連想したものが、すとんと腑《ふ》に落ちた。

それが己の決断の大前提であると、本能が告げていた。

——米が沢山とれる方につく。

また笑みを浮かべた。今回は自嘲の念はなかった。揺るぎない思いが、身体《からだ》のど真ん中に根付くのを覚えた。普段あまり浮かべることのない、清々《すがすが》しい笑顔だった。

若者の名は、小早川《こばやかわ》〝金吾中納言《きんごちゅうなごん》〟秀秋《ひであき》、十九歳。

後世、凡愚《ぼんぐ》の代名詞のように語られることになる秀秋は、一世一代の大勝負を目前としたこのとき、握り飯のことを思っていた。

二

——これはどこから来るのだろう？

秀秋は、子供の頃から、たびたび疑問に思い続けてきた。自分が何もしなくとも、あらゆるも

のが用意される。服も食い物も屋敷も、気づけば自分のために用意されていた。物だけではない。人もそうだった。従者や家臣、娶《めと》るべき妻、義理の父兄。全ていつの間にか用意されていた。

ほどなくして疑問は別の形に変わった。

――おれはどこへ行くのだろう?

沢山の物が自分の前に運ばれてくるように、自分もまたどこかへ運ばれてゆくのだ。ただ運ばれるだけでなく、落ち着いた場所によって自分が何者か決まる。

名前も次々に変わった。最初、自分は木下辰之助《きのしたたつのすけ》だった。

それから義理の叔父の養子になった。四歳のときのことだ。叔父の名は、羽柴秀吉《はしばひでよし》。天下人・豊臣《とよとみ》秀吉である。

秀吉は、底抜けに陽気な顔を見せながら、突如としてぞっとするほど陰気な心を爆発させ、沢山の人間をむごたらしく死なせた男だった。のちに、秀秋は、あの男の手で育てられなくてよかったと心から思ったものだった。秀吉に育てられることは、一つ間違えば死を意味した。

秀吉にとって一族は所有物だったのだろう。身近にあって意に反する物は、片っ端から打ち壊すのが、晩年の秀吉の本性だった。いや、意に反する物だけではない。大事にしようとするあまり、結果的に壊してしまうこともしばしばだった。

幼い秀秋を育てたのは、秀吉の正室・北政所《きたのまんどころ》である。

北政所は、実子がいないせいか、多くの子女に愛情を注《そそ》いだ。一族のみならず、家康から人質に送られた秀忠《ひでただ》なども、実子のごとく慈《いつく》しんだという。

その北政所が、特に、兄の木下家定《いえさだ》の五男である秀秋を、わざわざ秀吉に頼んで養子に迎え、寵愛《ちょうあい》した。理由は、秀秋の肉体の丈夫さと、頭の良さにあったらしい。秀秋は、読み書きの習得の早さなどは群を抜き、

「まあ、本当に賢い子だこと」

と北政所から、ことあるごとに誉《ほ》められた。

とはいえ、北政所は愛情の人であると同時に、実益の人だった。彼女が好んだのは、現実に役立つ賢明さである。だから、秀秋が理屈走って現実にそぐわぬようなことを言うと、逆に厳しくたしなめられ、時には遠ざけられた。

己の理を通そうとして現実を無視すれば嫌われる——それが秀秋に深く影響を与えた。

その北政所のもとで、秀秋は元服《げんぷく》し、辰之助から秀俊《ひでとし》になった。

八歳で丹波亀山《たんばかめやま》城十万石を与えられ、十歳で豊臣姓を賜《たまわ》り、十一歳で従三位《じゅさんみ》たる権《ごんの》中納言兼左衛門督《さえもんのかみ》に叙任され、〝丹波中納言〟となった。

当時、秀秋は、関白《かんぱく》・秀次《ひでつぐ》についで、豊臣家の継承者とみなされていた。だが十二歳のとき、秀頼《ひでより》が生まれた。秀吉にとって悲願の長子誕生である。一族の空気が大きく変わり、もとから進んでいた養子の整理が早まった。秀秋も例外ではなかった。秀頼が生まれてすぐ、秀秋は別の家へ養子に出された。

北政所は、秀秋をしかるべき大名の跡継ぎにさせるよう、黒田《くろだ》〝勘兵衛《かんべえ》〟如水《じょすい》などと相談したという。そして如水が、中国の毛利《もうり》家に跡継ぎがいないことから、秀秋を養子にさせることを考え、その件が毛利家の重臣・小早川隆景《たかかげ》に伝わった。

だがこのとき隆景は、毛利輝元《てるもと》の後継者として穂井田元清《ほいだもときよ》の長男を養子に迎えさせることを内々に進めていた。そのため豊臣家が正式に動き出す前に、自分が秀秋を養子に迎えたいと秀吉に請願したのだった。

隆景は筑前《ちくぜん》三十万石の大名である。秀吉はこの申し出を喜び、秀秋を養子にさせた。そののち、隆景はよき頃合いに、改めて毛利家の養子の件を願い出て秀吉に認めさせたのだった。

隆景もまた、賢明の人だった。主君たる毛利家の血筋を守り、かつ豊臣家への恭順を示すため、筑前三十万石を差し出したのである。その賢明さは、隆景の遺言にもあらわれている。

――毛利が天下を取ることはない。領土を守って失わぬことに努めよ。

主家の力量を見抜き、野心を戒めたのである。また、毛利家の外交を取り仕切っていた安国寺《あんこくじ》恵瓊《えけい》には従うな、さもなくば領国を失うとも忠告していた。没後、隆景の遺言は予言となり、毛利家は領土の多くを喪失することになる。

かくして、あるいは毛利家の跡継ぎになっていたかもしれなかった秀秋は、小早川家の養子として迎えられ、名も秀俊から秀秋に変わった。十三歳のときのことだった。これに伴い、小早川家の家格も上がり、隆景はのちのち権中納言になり、五大老の一角にまで登り詰めている。

豊臣家を継承するはずだった秀次が切腹させられたのは、その翌年のことだった。

義兄・秀次の死ほど、秀秋に衝撃を与えた事件は他にない。

それは秀秋に、現実を見る賢明さをこの上なく重要視させることとなった。と同時に、現実に起こることは全て人智を超え、混沌として摩訶《まか》不思議で、決して先が読めるなどと思ってはいけないことを秀秋に教えた。

なぜ秀次が死んだか。秀吉の側室だった女を自分のものにしたことが原因だったとか、秀吉が秀頼可愛さに継承者である秀次を抹殺《まっさつ》したからだとか、謀反《むほん》の動きがあったからだとか、秀秋はとても信じられない理由をいろいろと聞いた。

だが、要は、秀吉の本性の犠牲になったのだ。そう理解するしかなかった。しかもそれは秀次一人ではなかった。秀次の一族郎党を処刑し、交友があった者を咎《とが》めた。のみならず連座すべき者として、秀秋もまた、領地没収を言い渡された。

目茶苦茶だとわめいたところで始まらないし、下手をすれば自分も殺される。

十四歳の秀秋は、己の死を克明に想像した。切腹させられたり、捨てられてのたれ死にする自分の姿を思い浮かべては、恐怖に震えた。どうすれば死なずに済むか必死に考えた。だが北政所でさえ秀次の死を止められなかったのである。

――自分にはどうしようもない。

秀秋は、途方もない絶望感を味わった。

結局、その秀秋を、義父の隆景が救った。

主君の血筋を守るため、秀秋を引き受けた隆景であったが、秀秋を後継者とみなすことに偽りはなかったのである。

もともと病気を患《わずら》っていた隆景は、この機に隠居した。結果、秀秋は筑前三十万石を受け継いだ。

ただし、隆景個人の意図でそうなったというより、これも秀吉の意に従いつつも家を守るためだった。秀吉はのちのち筑前を太閤蔵入地《たいこうくらいりち》とし、豊臣家の直轄領として手中に収める心づもりだったのである。秀秋への継承は、そのための中継ぎに過ぎなかった。

だがなんであれ、秀秋は秀次連座を免《まぬが》れ、大名としての立場を無事に手に入れた。

小早川家の家臣の多くが隆景につき、秀秋には外様衆《とざましゅう》ばかり仕官したが、そんなことを恨《うら》む気などこれっぽっちもなかった。

ただひたすら、自分の首が無事に残ったことに安堵《あんど》した。

三

秀次の死ののち、十四歳で筑前一国と筑後《ちくご》四郡、さらに肥前《ひぜん》二郡の領国を相続して以来、秀秋は、己を隠すことを習性とするようになった。

利発さを秘し、興味や好奇心がおもてに出ないよう努めた。知ろうとする気持ちをおもてに出せば、何に出くわすかわからないと考えた。

もっぱら、付家老《つけがろう》として秀吉が遣わした山口宗永《やまぐちむねなが》の前で、そう振る舞った。宗永が秀吉に何を報告するかわからないからである。宗永の前で、秀秋は何ごとにも無関心で、凡庸《ぼんよう》な存在となるよう努めた。凡愚であれば叱《しか》られたり侮《あなど》られたりするだけで済む。利発さが仇《あだ》となって二心あるとみなされれば殺される。どう考えても前者の方が生きられる可能性は高い。

そうしながら、ひそかに宗永の行いを観察した。

宗永が秀吉から命じられたことの一つに、検地があった。領内の石高を定めるのである。これが、ただ単に年貢《ねんぐ》を決めるためだけのものではないことを、秀秋は悟った。

豊臣秀吉とその政権にとって、太閤検地こそ天下統一の重要な柱であった。検地の全国施行によって、農村の状態を把握《はあく》し、年貢収納の原理を定める。それによって全ての領主階級の給与体系が築かれ、豊臣政権がこれを統括する。

そうすることで全国の軍役賦課《ふか》の原理が定められ、ひいては国内の合戦のみならず、朝鮮出兵という巨大事業においても勘定の根本原理を得ることができる。

これこそ、〝織田《おだ》がつき、豊臣がこね、徳川が食う〟ことになるもの、国家形成の大基盤たる、〝石高制〟であった。その徹底浸透、それが豊臣政権の最大の課題であり、宗永はまさに豊臣時代の国作りたる検地を、秀秋の目の前で行ったのである。

門前の小僧なんとやらで、秀秋はその事業を、大坂にいるときもしっかり学んだ。

——米はここから来るのか。

秀秋は、長年の疑問が氷解するのを覚えた。米の収穫によって石高が決まる。石高が国の力を示す。と同時に、米以外のものが収穫されたときも、米という価値単位によって、その価値が定められる。

やっと、米の意味がわかった。田畑の意味もわかった。米をもとに決められる、給与の体系も理解できた。それまで漠然《ばくぜん》と眺めていた田畑が、にわかに違う意味を持つようになった。

何が何に支配され、その結果、どのような生活が生み出されるか、つぶさに見た。

——国はここから生まれるのか。

付家老が、少年期の秀秋を監督していたように、秀秋もまた付家老の働きを見ていた。

この時期、秀秋はまだ秀俊の名を称することがほとんどだった。称するというのは、給与決定など、文書発行の際の署名のことである。知行方目録《ちぎょうかたもくろく》など、この時期は秀俊の名ばかりみられ、いずれも秀吉の朱印が添えられている。

要は、宗永の監督のもと、実質的に筑前を統治していたのは天下人・豊臣秀吉であり、秀秋は小早川家当主としてではなく、豊臣一族の秀俊として扱われていたのである。

その秀秋が、単独で文書を発行するようになったのは、十六歳になってからのことだ。

慶長《けいちょう》二年、秀吉は、西国の諸大名へ二度目の渡海を指示した。

渡海——すなわち朝鮮出兵である。

先の文禄《ぶんろく》の役《えき》については、なんとか和議交渉の運びとなっていたものの、日明《にちみん》の和議推進者たちによる工作が破綻したせいだった。

そもそも、戦闘再開を恐れた和議推進者たちが双方の主君を偽り、それぞれ相手国が降伏したことにしていたのである。そのため和議の条件を部分的に、あるいは歪曲《わいきょく》して主君に伝えることになった。追い詰められた者たちによる苦し紛れの偽装であったが、そんな小細工がいつまでも続くわけがない。

結局、明使節が来日して秀吉に謁見《えっけん》した際、明には秀吉が示した和議の条件をまったく呑む気がないことが露見した。

秀吉は憤激し、

「兵を発し、かの国人を皆殺しにして朝鮮を空地とせよ」

と凄まじいまでに現実を無視した、狂乱の命を発することとなった。

かくして慶長の役が開始されたが、なんとこの総大将に選ばれたのが秀秋だった。

本当なら隆景辺りを総大将にしたかったのかもしれない。だがこのとき隆景は病身で、すでに隠退していた。石田三成らは、徳川家や前田《まえだ》家を総大将に推薦したが、秀吉が認めなかったし、家康も利家《としいえ》も、百難あって一利なしの兵役をのらりくらりとかわした。紆余曲折《うよきょくせつ》あって慶長二年二月、十六歳かつ初陣《ういじん》の秀秋に、総大将としての渡海命令が下されたのであった。

隆景が没する僅か四ヵ月前のことである。朝鮮半島での兵役が、一時的とはいえ、名実ともに秀秋を筑前国主にしたのだともいえた。

太閤検地をつぶさに観察していた秀秋にとって、出兵命令自体は意外ではなかった。九州における秀吉の目標は、明と戦うための強固な兵站《へいたん》を築くことである。そのために検地による石高制を浸透させ、石高をもとに軍役を定め、前線に兵を送り込んだ。

筑前はまさにその前線基地となるべき土地であり、いずれ己も出兵させられるかもしれないとは考えていた。

——まさか、総大将とは。

喜びなどかけらもない。あるのは驚愕《きょうがく》と、背を這《は》う冷たい恐怖である。すでに兵役に就いている諸将に比べれば、自分などお飾りの総大将に過ぎない。だがそれだけならまだしも、

——おれに詰め腹を切れとでもいうのか。

という慄然《りつぜん》とした思いに襲われた。

兄の秀次が切腹に追いやられたように、自分も訳の分からない責任を押しつけられた挙《あ》げ句《く》、身に覚えのない罪状を並べ立てられ、始末されるのではないか。

そう疑念を抱きつつも、秀吉の命令に逆らえるわけがない。秀秋は言葉にも顔にも出さず、大坂で命令を恭《うやうや》しく承ると、筑前へ帰り、慌ただしく準備をした。

秀吉からは遅滞を叱責されたが、誰がどう見ても即出兵など無茶だった。秀秋は必死になって、兵の編制や文書の発給を、全て自分の名で行った。そうすることで予想もせぬ感情に出くわした。

激しい喜びである。

――軍勢はこうして生まれるのか。

米が国を作り、国が軍勢を生み出す。その仕組みを理解すればするほど面白くなった。

初陣で、いきなりの総大将。天下泰平を成し遂げた豊臣政権下では、またとない合戦の機会であるのは確かだった。秀秋もまがりなりにも武家の子である。血が沸騰《ふっとう》した。

六月、秀秋は総大将として出陣した。短い準備期間ではあったが、秀秋なりに納得の行く出発だった。

まず釜山《プサン》沖から上陸し、釜山に陣取った。倭城《わ》を普請して守備を固め、宇喜多《うきた》勢や毛利勢の北上を見守るとともに、朝鮮半島の風物や地形、気候について見聞を広めた。城作りを学び、合戦における様々な陣容など、合戦のいろはを可能な限り吸収した。

生まれて初めて自分が何者かになった気持ちであった。事実、この時期に初めて秀秋の名を称するようになっている。秀吉のいる日本を離れ、異国の戦場で、秀秋は己を知った。

知ったからには発揮したくて仕方なくなった。

十二月、交通の要衝たる蔚山《ウルサン》に築いた倭城が、朝・明の大軍に包囲された。

城にいるのは加藤清正《かとうきよまさ》、浅野幸長《あさのよしなが》らである。中でも加藤清正は、築城の名手として、また勇猛の士として朝鮮でも名が知られていた。この清正を、なんとしても討ち取るべく、朝・明の軍勢が大挙して城に群がったのである。その数、四万五千。これが最終的には七万にまで膨《ふく》れあがったという。

城兵はたちまち孤立し、飢《う》えと寒さで疲弊した。朝・明は一挙に陥落させず、この攻城戦を和議の機会とするため、徹底して包囲を続けた。

秀秋は、この救援に向かうこととなった。

と同時に、朝鮮側に与《くみ》する〝降倭《こうわ》〟の日本人武将や、和議に尽力する僧侶や商人ら、さらには明側の人間から、幾通りもの停戦交渉を持ちかけられている。

日本にいる秀吉が不退転の侵攻を厳命している上、すでにひとたび和議が破れているとあって、すぐさま停戦できるわけがない。

だが互いに追撃しないこと、撤退を見逃すことなど、現地における暗黙の諒解《りょうかい》を双方とも得ることができた。

その上での倭城救援であった。秀秋はこの交渉をはじめ、援軍の召集、出撃の命令、さらには敵陣への突撃まで、全て、総大将として参加している。

突撃参加に関しては、秀秋の傅役《もりやく》として秀吉が派遣した山口弘定《ひろさだ》や、目付の太田一吉《おおたかずよし》、また一吉が同行させた僧の慶念《きょうねん》などから止められたし、後日、石田三成らによって、

「総大将としてあるまじき軽率」

と秀吉に報告されることになる。

委細、知ったことではなかった。血気に逸《はや》ったといえばそうだろう。だが機を逸《いっ》する方が重大だった。誰がどう見ても、倭城が敵の手に落ちて清正らが殲滅《せんめつ》されるのを今すぐ防ぐべきだった。

援軍大将として蜂須賀家政《はちすかいえまさ》、黒田長政《ながまさ》らが据えられた。秀秋も自ら槍を手に、朝鮮半島の厳しい冬の寒さの中、馬を疾駆《しっく》させた。

蔚山の倭城包囲の様子は、死骸《しがい》にたかる蟻《あり》の群のごときであった。その包囲へ救援の軍勢が鬨《とき》の声を上げながら突進した。激戦となった。戦いは長く続き、秀秋も他の武将たちを真似て声を限りに吶喊《とっかん》し、血気昂《たか》ぶるままに奮戦した。

やがてどうにか包囲に穴があくや、ただちに城兵たちが続々と撤退を始めた。

ここで、双方の暗黙の諒解が効いた。朝・明の軍は包囲を解いてくれた。日本側の将も追撃せず、互いの被害を最小限に防ぐ動きを見せた。

秀秋は生まれて初めてといっていいほどの満足を覚えた。敵陣に乗り込むことなど怖くも何ともなかった。秀吉の不興を恐れ、明日どこへ行くかもわからず、寄る辺ないまま何者にもなれずに過ごしていた日々を、遠く背後に置き捨て、生まれて初めて自分の力で思う存分、走り抜けることができたのである。

何よりこの地では、日本人は誰もが異邦人だった。小早川家で自分がそうだったように。ここでは日本人であるというだけで、強い結びつきを互いに感じられた。養子に出されて以来、誰がそんな風に自分のことを思ってくれるのか。そう思い続けてきた。

実は、この救援の前後、秀吉から秀秋に帰国の命令が出されていた。総大将として赴任してまだ一年足らずである。背景には、石田三成らによる報告があった。秀秋が総大将の務めを十分に果たしていないという報告である。

当時、石田三成ら文官によって讒言《ざんげん》めいた報告がされていることは、出兵させられた者たちの間に知れ渡っている。現地にいる者からすれば、どれも馬鹿馬鹿しい非現実的な叱責やら報告やらばかりで、

「だったらお前がやってみせろ」

誰もがそういう思いを募らせていた。

秀秋も同じだった。帰国命令が出されてから、ふた月近くも秀秋は当地にとどまった。即刻の帰国など現実的に不可能だったし、怪しい噂や歪曲された情報に満ちた異国の戦地においては、秀吉の名による命令書ですら存在が薄くなっていた。

とはいえ、帰りたくなかったわけではない。釜山に陣取って以来、秀秋は南原《ナムウォン》から全州《チョンジュ》、清州《チョンジュ》、慶州《キョンジュ》、蔚山と巡っており、この合戦の矛盾をいやというほど知ったし、金輪際《こんりんざい》、見たくも知りたくもなかった光景を毎日のように目にしていた。

目付の一吉が同行させた僧の慶念などは、その惨状を全て日記にしたためている。

首の代わりに鼻を削いで送れという秀吉の命に従った兵士たちが、鼻の数をかさ上げするため、討ち取った兵士だけでなく老若男女の鼻を生きながらに切り落とした。

日本人の人買いが軍勢の後をついてきては、荒廃した村々の者たちを捕らえて奴隷《どれい》にし、日本国内をはじめ、長崎で南蛮人に売り飛ばしている。

倭城はほうぼうで孤立し、兵站が十分に築かれず、みな飢《う》えた。

この世の地獄であり、人が畜生道《ちくしょうどう》にもありえぬ行いをしていると慶念は記している。

秀秋もたびたび寒さと空腹に喘《あえ》ぎ、

――米が欲しい。

日々、その念が強まった。

単に糧米《りょうまい》が欲しいというだけではなかった。戦いで荒廃するばかりの光景に空《むな》しさを覚えた。戦って得た土地を耕すこともできず、現地の人々とはろくに言葉も通じない。これでは領土拡大など夢まぼろしである。

いったい何のための合戦かまったくわからない。しかも明相手に戦いを挑んでいるはずなのに、実際には朝鮮半島から先に進むことすらできずにいる。

和解工作が講じられている噂を聞いたが、ちっともそういう風には思えなかった。秀吉の一方的な思い込みで、馬鹿馬鹿しいほど無駄に兵が死んでいった。石田三成ら文官の勝手な報告が、武将たちや兵たちの殺気を増大させ、人心荒廃すること甚《はなは》だしかった。

――豊臣はこの地で米を作れなかった。

やがて秀秋は何ともいえない諦念《ていねん》とともに結論した。

石高制すらまだ全国規模では浸透しきっていない。朝鮮半島を領土化したいなら、まずは当地を懐柔《かいじゅう》し、自軍につかせるべきだった。女子供の鼻など削ぐべきではないといった、誰でもわかるような過ちを次々に犯した。

村を破壊された朝鮮の人々は、怨恨に満ちて死兵と化している。これを殲滅することも、明と戦って勝つことも、夢のまた夢だ。もうじき決定的な敗北にまみれる。

もはや誰にも利発さを隠す必要がない異国の地で、秀秋は、秀吉と豊臣家に対する深い失望を抱いた。このときの幻滅が、のちの秀秋の決断を作ったといっていい。

翌年三月末、秀秋は帰国した。残留の守備兵を残し、交代で城の在番をさせている。総大将としての役目をそつなくこなし、大坂に戻ったつもりだった。

だが待っていたのは秀吉の叱責だった。

秀秋は、淡々とこれを受け入れた。数多くの武将が、朝鮮半島で奮戦し、財力を使い果たし、兵を損耗《そんもう》させられた上、文官どもの報告一つでこうして叱責されてきたのである。自分の番が来たとしか思わなかったし、

――おれも義兄《あに》のように罪に問われるのか。

一年前であれば血も凍る恐怖に襲われたであろうことも、平然と受け入れることができた。かつてなく怜悧で涼しい風が頭の中を吹いているようだった。

とはいえそれは秀秋の主観である。戦場帰りの若者の身体《からだ》からは、おのずと血なまぐさい殺気が漂い出し、そのおもては非人間的な無表情に覆《おお》われている。総大将の務めをねぎらう諸官への受け答えも、ときに吠えるような鋭い語気を伴った。

「中納言殿のご気性は、苛烈《かれつ》で危うい」

などという風評が立ったが、十代で異国の地に渡り地獄を見てきたのである。国内の合戦とも本質的に違う。言葉が通じない者同士の殺戮《さつりく》は、同国人のそれと比べ、格段に人心を荒廃させる。穏やかで繊細な若者のままでいろという方が無茶だった。

石田三成が、帰国した加藤清正をねぎらうため茶席を設けようと伝えたのに対し、

「勝手になされよ。われらは辛酸《しんさん》をなめ尽くして生き長らえて七年余、財も根も気力も尽き果てた。茶席を設ける余力すらなく、できるのは稗粥《ひえがゆ》を炊いて進ぜることのみ」

というのが清正の返答である。まさに唾棄《だき》であった。

これが出兵した者たちの当然の態度なのである。秀秋もそうだったというに過ぎない。

秀吉は、秀秋を叱責はしたが、おおやけに咎めず、

「越前《えちぜん》を任せる」

と転封を命じただけだった。

小早川領はかねて秀吉が考えていた通り、太閤領となり、石田三成や浅野長政《ながまさ》が代官となる。いよいよ九州に朝鮮出兵のための一大前線基地を作る気だった。小早川家の出兵は、その下準備に過ぎなかったのかも知れない。

筑前から一転して越前への転封であり、三十万石から十五万石への大幅な減封だったが、

――首がつながったか。

秀秋はむしろ不敵に安堵し、命に従った。

これで自分の初陣は終わった。単純に生き延びたことを喜びたかったし、減封で多くの家臣に暇を出すことになるのも仕方ないとしか思わなかった。そもそもが自分の家臣ではないのである。他の大名たちに改めて士官できるようはからってやればよかった。

むしろ戦場で学んだことを、しっかり身につけるには、三十万石は大きすぎる。十五万石を万全に経営できるようになるべきだった。日本国内で安心して国作りに挑めるならそれ以上の願いはない。その上、付家老として自分を監視する存在はもういなかった。

総大将を下ろされ、減封されたにもかかわらず、秀秋の心中は伸びやかになっていた。だが翌年、秀秋は再び三十万石を領することとなる。

秀吉が世を去ったからだった。

四

慶長三年八月、天下人・豊臣秀吉が薨去《こうきょ》した。

秀秋は、何ともいえない気分で、五大老連署による筑前名島《なじま》三十万石の旧領復帰の知行宛行《ちぎょうあてがい》状《じょう》を受け取った。

秀次は何のために死んだのだろうと思った。むろん、秀吉の死後、秀頼が豊臣家のあるじとなったので、そのためといえばそうかもしれない。

だが、老境の秀吉という凶君が消えた今、秀秋は豊臣家の現状を改めて見て、薄ら寒い思いを味わった。養子に出されて豊臣家を外側から見るようになっていたせいで、兄弟姉妹たちよりずっとよく一族の異様さがわかった。

みな、ことごとく若い。病で亡くなった者もいるが、ほぼ秀吉のせいだった。秀次一家を殺戮したことで、一族を支えるべき連枝《れんし》が、まさに族長たる秀吉によってバサバサに刈り取られたのだ。

いったいなぜ秀吉は、一族の力を半減させるような真似をしたのか。死人の仲間入りをした秀吉に問うても詮無いこととはいえ、胸中で問わずにはいられなかった。

それともそれは必ずしも秀吉の意思ではなかったのだろうか。そんな風にも思った。

秀吉に、なかなか跡継ぎができなかったのも、天意だったとしたら。貴種でない血族が統治者として地に殖えてはならぬと目に見えぬ何かが命じたのなら。京都・大坂といった地にはそのような恐ろしい意思が働いているのなら——。

この自分をふくめ、豊臣一族郎党、いずれ滅びの道を進まされるのではないか。

そんな嫌な気分を振り払うように、秀秋は旧領の国作りに努めた。とはいえ、この当時はまず作る前に元に戻すことに尽力せねばならなかった。

朝鮮出兵で厳しい賦課を強《し》いられた村々を復興させねばならなかったのである。そのために秀秋は、年貢の減免策を打ち出した。ただ年貢を減らすのではなく、石高制をもとに厳密に勘案させ、免率を低く押さえさせたのだった。

そうすることで、かえって秀吉が目指した統治体制への疑念が深まった。

石高制は、朝鮮出兵という巨大事業があったからこそ光彩を放っていた。出兵が水泡に帰した今、この統治体制は何を目指すべきなのか。

本来、豊臣家は天下に平安をもたらしたという点に全国統治の大義名分がある。

だがいきなり合戦がなくなったことで、別の問題が生まれつつあった。恩賞によって成り立っていた主従関係の固定化と、戦争による大量消費の停止である。

要は、合戦で生計を立てていた者たちが軒並み失職することになるのだ。

武家は商家にはなれない。多数の家来がいても、彼らが商家の奉公人のように稼いでくれるわけではなかった。むしろ武家の財産が逼迫《ひっぱく》する要因になる。

――このままでは幾ら村々から搾《しぼ》り取っても足らなくなる。

朝鮮出兵は口減らしだったのではないか。ついそう思ってしまうほど、泰平の世における武家のありようが見えてこなかった。見えない限り、再び海を渡って兵を送り込むほかない。だが無謀な派兵が生むのは疲弊であって正常な消費ではない。

この後、何を原理として統治を行えばいいのか。幾ら考えても答えは得られなかった。秀吉という巨大な存在が消えた後、新たな世の原理を導き出せる者はいるのだろうか。いるとしたら、その者が次の天下人になるのかもしれない。

秀吉がいる頃はそんなことは考えもしなかったし、考えたとしてもおもてには出さなかった。秀吉亡き後も、内心を隠す癖がすっかり身についていたし、統治の原理について話せる相手など限られていた。

その限られた相手の一人が、内府《ないふ》殿こと徳川家康であった。

家康は五大老の一員である。秀秋の旧領復帰にも関わっているし、何かと豊臣一族と顔を合わせている。秀次の一族郎党が刑死した一件ののち、家康は連座を免れた大名に接近しており、秀秋もその一人だった。

とはいえ、このときはまだ秀秋も、家康に対し、さして恩義を抱いてはいない。旧領に復したことにもさして感謝していなかった。五大老連署による領地決定は、ひとえに朝鮮出兵の緊急停止と、外様大名の不満を宥《なだ》めるための、現実的な判断によった。

太閤検地も太閤領の設定も、外様大名からすれば内政干渉である。秀吉亡き後、これを推進すれば激しい対立を招きかねなかった。その緩和の一環として、太閤領として召し上げられた領地が戻されただけのことである。

秀秋は五大老に対し、それぞれ型通りの御礼をしただけで済ませている。

だがそんな中で家康と特に親しくなっていったのは、太閤領の解除を推進したのがもっぱら家康であったこともあるが、秀秋の方でも深く共感するところがあったからだろう。

その一つが学問だった。家康という男が求めた学問は、実学と蓄財が中心である。公家社会に同化しようとして、あるいは対抗しようとして雅なものを学ぼうとする諸将と違い、家康は新たな社会を創造するための学問を欲した。そしてその成果は、もっぱら江戸という巨大な開拓都市で着々と活かされつつあった。

秀秋も、北政所や義父の隆景の影響できわめて現実志向が強い。豊臣家をはじめ、木下家の実の兄弟や、毛利家の一族とも違った性向を有するようになっていた。

そういう秀秋にとって、家康は単純に話すと面白い人物だった。家康が幼い頃に人質生活を送っていたことも、養子に出された秀秋と通ずるものがあった。

家康の実子・秀忠も、人質として秀吉に預けられ、北政所のもとで他の子らと分け隔てなく育てられている。秀秋はこの秀忠とも、当然、面識があるし、互いの性格もなんとなくわかっていた。

豊臣恩顧の武将たちが、日に日に石田三成らとの対立を深めていく中、家康が適切な距離を保っていることにも秀秋は感心した。虎視眈々《こしたんたん》と天下を狙っているのだろうが、そんなことはおくびにも出さない。

——怖い男だ。

秀秋はそう直感した。秀秋が知る老境の秀吉が、無差別にいつ炸裂するかわからぬ爆裂弾だったとすれば、家康は目的のために研《と》ぎ澄《す》まされた刃だった。その思想や信念を垣間見るたび、その強靱《きょうじん》さと鋭さに、どきどきした。

他方、秀吉の死によって豊臣の長となった幼い秀頼を見るにつけ、憐《あわ》れみすら覚えた。

——あの場所にいなくてよかった。

つくづくそう思うほど、秀頼は四方を壁に塞《ふさ》がれたような生活を送っていた。秀頼本人も周囲の者もそう思っていないところが、また哀れだし、ぞっとした。

秀頼は利発だった。利発さを隠さぬ無邪気さとともに育ったのだ。誉められることが嬉しくて自分の考えを何でも口にする。相手の心を覗《のぞ》き込んで利用しようとする者たちに対し、最もしてはならぬことだというのに。

やがて秀秋は、秀頼の顔を見るたび、胸を衝《つ》かれる思いがするようになった。

——この心はどこからきているのか？

自問するでもなく自問したが、答えはわかりきっていた。豊臣家に対する失望と幻滅が、悲痛となって胸中を騒がせるのである。

その悲痛は、秀秋が漠然と予想していたよりも遥《はる》かに早く、しかも怒濤《どとう》の勢いで現実のものとなっていった。秀吉の死後、戦功によって名をなした武断派と、秀吉の政権運営によって取り立てられた文治派の対立は、にわかに深刻化し、激しく顕在化した。

起こった争いごとを数え上げればきりがないが、そのことごとくを有利に運んだのは、家康だった。

五奉行の一人・石田三成は武断派に襲撃されかかって佐和山《さわやま》に蟄居《ちっきょ》。五奉行の筆頭・浅野長政が、家康暗殺の疑いで隠居。首謀者とされた前田利長《としなが》の征伐《せいばつ》の号令が下され、利長は母を人質に差し出し、弁明に努めた。

秀吉が死の前に整えた五大老と五奉行は有名無実化し、家康は、北政所こと高台院《こうだいいん》が退去してのちの大坂城西の丸に居座り、立て続けに諸大名の加増や転封を実行した。

来るべき決戦に向けて、一人でも多く自軍に参加させるための工作だと知れた。

敢然と異を唱えたのは上杉《うえすぎ》家で、家康の上洛要請を拒み、事態は合戦へと雪崩《なだ》れた。

そして上杉討伐のため江戸へ下った家康の背後を突くべく、石田三成が立った。家康が不在の大坂城西の丸に入って檄文を発したのである。

何もかも目まぐるしく動き、しかも何一つ豊臣家による制御が利かぬ有様であった。

何もしなければこの激流に呑まれるばかりである。秀秋もまた、復興半ばの領地を抱えたまま動かざるを得なかった。

毛利輝元が三成側の西軍総大将として担《かつ》ぎ上げられ、各地で家康側の東軍につこうとする者たちの足止め工作が行われた。大谷吉継《おおたによしつぐ》、長宗我部盛親《ちょうそかべもりちか》、鍋島勝茂《なべしまかつしげ》などが西軍につかざるを得なくなり、秀秋もこの工作を受けた。そもそも小早川家は毛利家の家臣の立場である。輝元が総大将にされた時点で少なからず動きを封じられた。

この間、秀秋は、実の父兄と進退を議論したが、埒《らち》が明かなかった。

実父の木下家定は大坂城の留守居役で西軍、姫路《ひめじ》城には三男の延俊《のぶとし》がいて傍観、次男の利房《としふさ》は若狭高浜城にいて傍観気味の西軍、伏見城には長男の勝俊《かっとし》がいて東軍——一族分断もいいところで、意見もてんでばらばら、一族結束にはほど遠かった。

時流はどちらか。西軍か東軍か。こうまで二分されてはどちらつかずが最も怖い。決着がついたときに勝者から何をされるかわからない。

――家康。

秀秋の心は東軍に傾いている。これまでの家康の動きとその評価からして当然である。西軍に与せざるをえなかった大谷や長宗我部や鍋島といった者たちも、本当なら東軍につきたいはずだった。

石田三成も馬鹿ではない。そうした空気を察している。特に秀秋に対しては、誓書を作って届けさせることまでしていた。

いわく、秀頼が十五歳になるまで秀秋を関白にする。いわく、筑前に加え播磨《はりま》一国を領地とする。いわく、黄金三百枚を贈る。

話にならなかった。関白だった秀次が、どんな無惨な目にあったか忘れたとでも思っているのか。他ならぬ豊臣家が、関白職を地に落としたではないか。

だが秀秋の現実感覚が、今は西軍につくしかないことを告げていた。

ならば、やるべきことは一つである。今から家康に対する和議の工作を行わねばならない。家老の稲葉《いなば》〝佐渡守《さどのかみ》〟正成《まさなり》や、平岡《ひらおか》〝石見守《いわみのかみ》〟頼勝《よりかつ》からも、同じ提案をされている。

平岡の正室の従兄弟に黒田長政がいた。秀秋の養子縁組を思案した黒田〝勘兵衛〟如水の子である。黒田長政は東軍側におり、稲葉と平岡は黒田家と通じ、家康側との工作に尽力した。

そうする間にも喫緊《きっきん》の事態が出来《しゅったい》した。石田三成らが、秀秋を東北面攻撃総大将に据えたのである。その上で、家康の背後の守りである伏見城を攻めさせようというのだった。

城を守るのは鳥居元忠《とりいもとただ》。同じ城に秀秋の兄の勝俊がいる。家康の臣下もろとも実の兄を討つなど意に反すること甚《はなは》だしい。

秀秋はとにかくこの攻城戦を回避しようとした。さもなくば自分も伏見城に籠《こ》もって戦おうとまで考えた。

三成方の評定でも、城の堅牢さから、まずは説得して城を明け渡させるべしとなった。即座の総攻撃にはならない。秀秋はほっとなった。そしてこの間、兄の勝俊は素早く城を脱出してくれていた。どう考えても戦えば落城するしかない情勢である。無血開城が実現するのではと希望を抱いた。

だが鳥居元忠は死ぬつもりだった。家康のための捨て城とされたことに誇りすら抱いていた。当然、あらゆる説得が突っぱねられた。

このままでは開戦になる。秀秋は家老たちと相談した。改めて城に人質を送るのはどうかと提案したのは稲葉だった。

「北政所様とお父君の木下家定様に、本丸にお入りいただき、殿も城の守備につかれるのです。その上で、こたびの和議を工作するのはいかがか。このまま三成方の良いように扱われては、どのみち進退窮まりましょう」

理屈と現実がめちゃくちゃに入り交じったような提案だったが、秀秋はその通りの書状を鳥居元忠に送った。

そうしながら、もし秀次が生きていたらという空しい思いに襲われた。こういう家臣同士の内紛を未然に防ぐため、秀吉は秀次に関白職を譲ったのではなかったのか。なのになぜ殺したのか。今さらながら亡き秀吉を恨む思いでいっぱいになった。

鳥居からは、即お断りのむねが使者を通して伝えられた。その伝言がまたふるっている。

「幾ら考えても、そちらの提案の意味が分からない。お断りするとしか言いようがない」

とのことであった。

意味が分からないのはこの事態そのものだと叫びたかったが、どうしようもなかった。

慶長五年七月、伏見城への攻撃が開始された。大坂方すなわち三成方は、毛利、宇喜多、島《しま》津《づ》、長束《なつか》、小早川などで、四万を超える兵力であったという。

伏見城は何日か持ちこたえた。だがそれだけだった。城は落ち、鳥居元忠は切腹した。

この最中、秀秋は平岡を通して、黒田長政と書状をやり取りしている。

秀秋からは家康宛ての詫《わ》び状を送り、こたびの城攻めは本意にあらず、仕方なくやったことであり、いずれかの戦いでは必ず東軍につく――と約束した。

黒田長政からは北政所こと高台院への忠節をだしに、内応の言質《げんち》を取る書状が来ている。また、秀秋の兵一万五千が味方をしてくれるなら、上方二国を与えるとのことだった。これまた出来すぎた恩賞だったが、三成の約束に比べればずっと現実感がある。

秀秋は家康を信じた。

またこのとき黒田長政とは、互いに人を遣わして状況を知らせ合い、秀秋側の家臣の縁者を人質として送ることにも合意している。この後の決戦で、双方の陣に人を送る算段を整えたのである。

伏見攻略ののち、大坂方は伊勢路《いせじ》と美濃路《みのじ》にわかれ、尾張路《おわりじ》で合流することになった。

秀秋はこれに応じず、ひたすら仮病を使った。鈴鹿《すずか》に行き、近江に戻って高宮《たかみや》に行き、病気養生と主張してひたすら時間を稼いだ。

そうするうちに東軍が西進を始め、先鋒が清洲《きよす》城に集結した。家康は東北を警戒して江戸を動かず、東軍諸将が先に美濃を攻略した。

西軍では軍議に顔を出さない者たちへの不信感が募っていた。特に秀秋はその動向が怪《あや》しまれ、宇喜多と大谷から佐和山城に出頭するよう要請された。これは、そのまま佐和山城に秀秋を幽閉《ゆうへい》せんとする策だったという。だが秀秋は敏感に察し、応じなかった。

宇喜多はさらに手込めにしてでも秀秋を連れてくるよう命じ、いざとなれば秀秋刺殺もよしとした。これも秀秋は病を盾《たて》にしてかわした。

秀秋は家老たちと相談し、さすがにこのままでは逆心を疑われて滅ぼされるだけだと判断した。数日後、兵を率いて出立し、西軍の本拠地である大垣《おおがき》城に使者を送った。

「長患《ながわずら》いのためあらぬ疑いがかけられているようだ。病については深くお詫びするが、二心あると思われるのは納得がいかない。御不審が解けないのであれば、大垣城の外に陣取り、東軍と一戦交えた上で宇喜多殿、石田殿にお目にかからせていただく」

というのが秀秋の言い分である。

石田も宇喜多もひとまずこれを信じて秀秋の軍を陣容に加えた。

秀秋は、関ヶ原に集結した諸軍に合流すると、松尾山《まつおやま》に登った。そこにいたのが伊藤盛正《いとうもりまさ》とその兵だった。

伊藤盛正は大垣城の城主である。だが石田三成に要請され、渋々城を明け渡し、美濃の今村城《いまむら》に退去させられていた。決戦に際し松尾山に陣取ったが、秀秋は家老たちとともにあれこれ言い分を述べ立て、彼らをどかし、自分たちが山を独占した。

それから改めて諸将へ挨拶し、三成からは具体的な手はずを告げられた。天満山《てんまやま》からの狼煙を合図として、一気呵成に東軍を攻めてくれというのである。秀秋は快諾した。

この秀秋を信じていなかったのは大谷吉継である。もともと大谷も家康と戦うことには反対だった。だが三成は聞き入れず、大谷も三成に恩義があり、結局、死地に身を投じることを覚悟して西軍方についていた。

病で目も見えず立てもせず、鎧《よろい》もなく覆面《ふくめん》をし、白衣をまとい、板の輿《こし》に座って担がせている。そのような状態だが頭脳は今も明晰《めいせき》で、西軍方の中でも指揮手腕は随一だった。

その大谷が、秀秋は危ういと見た。裏切りに備えて伏兵を配し、西軍方の側背を守りながら戦う構えを見せた。大谷の指揮下には六人の小大名がおり、総勢でも秀秋の軍勢の半数ほどだが、十分な盾となるはずだった。

秀秋は松尾山のてっぺんから関ヶ原を見た。西進してくる東軍にとっては不利な地形である。だがそれすら家康の策であることはわかっていた。優位と思わねば三成は出てこない。必勝の思いでいる三成を迅速に叩く。短期決戦でことを終える。さもなくば東北勢から攻め込まれる。その覚悟で進軍してきているのである。

あえて敵に挟まれながら、天下へ向かってまっしぐらに進んでくる。

――さすがだ。

秀秋は感心し、また安心もした。どこまで人事を尽くしても所詮は天命を待つのが人間である。身を投じてみねば結果は分からない。秀秋もそうだし、家康もそうだった。

——おれはどこへ行くのだろう？

幼少のときに抱いた疑問が、ふいに湧き起こった。だが昔に抱いたときとは違い、心細さも不安もなかった。超然とした気分で、そのとき自分が抱くであろう心を待った。

五

——やっぱり、おれは米が欲しいな。

眼下に激烈な乱戦を見ながら、やはり家康だと思った。家康は米がどこからくるか知っている。沢山の米がとれる国を作ることができる。作った国を疲弊させず、戦乱のない泰平を創造することができる。

家康の世でなら、自分も新しい国が作れる。そう期待しているのは自分だけではない。上方の学者たちの多くが家康を応援していた。武将たちからすれば学者どもの動向などどうでもいいことだろう。だが秀秋にとっては、それこそ世の変わり目を告げる一大事だった。学者たちは家康に新たな世を見ていた。田畑に新たな意味を与える徳川の世を。

「殿——」

家老の平岡が急ぎ足で近づいてきた。目がぎらぎらしている。決断すべきときが刻々《こくこく》と迫っていることを全身で訴えていた。

「いずれが勝っておる」

秀秋は振り返って訊いた。内心では、とっくに決断している。だがあえて心定まらぬふりをした。この期《ご》に及んで内心をひた隠すことが己の本能であることを改めて知った。

「むろん、お味方にござる」

平岡が真顔で言った。朝から伝令が東軍劣勢を報せているが、いささかも表情には出さない。

秀秋はまたあえて訊いた。

「いずれが、我が味方ぞ」

平岡の目が見開かれた。本当は大声で怒鳴《どな》りたいのだろうが、声を抑え、鋭く答えた。

「今このときに何をおおせある。お味方は、内府の御陣営でござろう」

そう答えるしかない。

「確かに勝つか」

「勝ちます」

「ならば今少し様子を見よ。おれは腹が減った」

秀秋はそう言って仮屋へ向かい、実際に弁当を持ってくるよう近習《きんじゅ》に言いつけた。

平岡はその主君の背を見送り、それから戦場を見た。

(旗色が悪いか)

東軍劣勢である。だが家康は自ら陣を進め、死地のさらに死地へと身を置き、兵を鼓舞《こぶ》している。さすが歴戦のつわものだった。東軍の戦意を、身一つで燃え上がらせている。

一方、西軍の一部は明らかに動いていない。島津や毛利をはじめ、ほうぼうに動かぬ者たちがいた。あれらが兵の温存ならば東軍の負け、内通しているなら東軍の勝ちだろう。

内通しているに決まっている。そうは思うが不安だった。他家のことなど知るよしもない。ましてや島津がなぜ動かないか、わかりようがなかった。秀秋が本陣で聞いてきたところでは、三成の失言で島津が機嫌を損ねたらしいという。だがそんなことで、この決戦の場にあって傍観を決め込めるものなのか。

他にも考えればきりがなかった。考えるほどに不安が芽生《めば》える。

（西軍につくこともあるか？）

己自身の変心の兆《きざ》しに平岡は内心うろたえた。よもや秀秋は家康を討つ気なのか。急に関白の座が欲しくなったか。

秀秋の欠点は、こういうとき、臣下を安心させてやらないということだろう。次々に顔も名も知らぬ臣を与えられてきたこと、義父に忠誠を尽くす者ばかりで自分にだけ仕える者が少なかったことが原因かもしれない。

なんであれ戸惑《とまど》う平岡のもとへ、焦った様子で走り寄る者がいた。

家康が目付として寄越した奥平《おくだいら》〝藤兵衛《とうべえ》〟貞治《さだはる》である。旗本であり、歴戦の古兵《ふるつわもの》だった。

「中納言殿は、まだ裏切りをなされぬのか」

「機を見計らっているところだ」

平岡は咄嗟《とっさ》に内心を隠して言った。藤兵衛の鋭い視線が突き刺さるようだった。

「機は今じゃとお伝え下され。そもそも、中納言殿はいずこへ？」

「仮屋で腹ごしらえをされておる」

藤兵衛が呆気《あっけ》に取られた様子で目をまん丸にした。

「かような火急のときに飯を？」

それを剛胆《ごうたん》と評すべきか、愚昧《ぐまい》とみなすべきか、この老兵にもわからなかったらしい。

「内府殿とのお約束は必ずや果たしましょう」

平岡はそう言って、藤兵衛がぽかんとなっている隙にさっさと立ち去った。

そこへ今度は別の者が平岡の歩みを止めさせた。呼び掛けたのではなく、いきなり現れて平岡の鎧の草摺《くさずり》をつかんだ。

黒田方の目付・大久保猪之助《おおくぼいのすけ》である。空いた方の手を脇差《わきざし》にかけて平岡に迫った。

「戦《いくさ》が始まってからこれほど刻《とき》が経ったにもかかわらず、まだ裏切りせぬとは不審である。もし我が主人との約束が偽りであったならば必ずや刺し違え申さん」

「ご懸念もっとも。なれど先鋒を進める潮時は我らにお任せあれ」

平岡は平然と返し、猪之助の手をやんわり払って陣幕に戻り、秀秋の下知《げち》を待った。

どう考えても秀秋が西軍につくとは思えない。戦況を見ればかえって惑乱する。だから秀秋も引っ込んだのだろうと考えた。今はじっと待つべきだと己に言い聞かせた。

ややあって秀秋も戻ってきた。だが床几の方を見ようともしない。目を爛々《らんらん》と輝かせて平岡ら家臣へ訊いた。

「誰か鉄砲の音を聞いたか？」

平岡をはじめみな首を傾《かし》げた。山麓《さんろく》は乱戦の様相である。銃声も叫喚《きょうかん》も一緒くたになって判別できない。

「兵どもが言うには、内府殿は我が陣営に向けて、撃ちかけさせたらしいぞ」

平岡たちが唖然となるのをよそに、この若殿は興奮していた。家康じきじきに、ここが機だと告げているのだ。

家康が焦ってやったのか、計算してやったのかはわからない。なんであれ西軍の中には、東軍が松尾山の兵とも戦いを始めたと見る者もいるだろう。こちらの尻に火を付け、眼前の敵に陽動を仕掛ける。あの混沌とした戦場で、よくそういうことを咄嗟に思いつくものだと感心した。戦場の興奮によって感心は感激となってあらわれ、強烈な戦意による武者震いに襲われた。

「なぜ内府が――」

完全に一拍遅れて誰かが訊こうとした。

「知るか」

秀秋はそれを遮《さえぎ》り、ますます家臣を唖然とさせつつ吠えた。

「みな、早うせい」

平岡が近寄り、先ほどとは逆に、あえてこの主君に訊いた。

「裏切りでござるか」

「知れたことぞ。采配せよ。覚悟せよ。全軍に知らせよ」

ただちに平岡が伝令を集め、

「仔細あって裏切る。今より山を駆け下り、大谷刑部《ぎょうぶ》吉継の陣を攻める」

というむねを自軍に伝えさせた。

秀秋と平岡たち側近が一斉に行動を開始し、藤兵衛や猪之助も大急ぎで続いた。

かくして一万五千の軍勢が旗指物をはためかせて一挙に下山した。この裏切りをよしとせず、戦闘に参加しなかった旧臣もいたが、一部に過ぎなかった。秀秋の兵はほぼ全てが雪崩のごとく大谷の陣へ攻め寄せた。

これあるを予期していた大谷の伏兵がただちに迎え撃った。銃撃を浴びせて小早川勢の先鋒を退かせるも、全軍を押しとどめるには至らず、たちまち激戦となった。

大谷指揮下の兵は大いに奮戦し、本陣の盾となるかに見えたが、ここでさらなる裏切りが起こった。大谷の配下にあった六名の小大名のうち四名までもが小早川勢の裏切りに呼応し、大谷の陣を攻め始めたのである。

さらには東軍からも援軍が掛け寄せた。家康の指示である。ここが勝機と見て、藤堂《とうどう》、京極《きょうごく》らの兵力を殺到させた。

秀秋は自らも山を下りて突撃を命じながら、大谷の陣が激流に呑まれるがごとく崩れゆくのを見た。戦国の世に名を成した者を討つ。若者にとってはこたえられぬ歓喜である。攻めに攻めさせた。さすがに朝鮮出兵のときのように大将自ら先駆けることはなかったが、側近が慌てるほど前へ前へ進んでいった。

大谷勢は最後まで死に物狂いで戦ったが、怖いとは思わなかった。渡海で経験した戦闘の方がよっぽど怖かった。朝鮮兵のように子々孫々にわたり、どろどろとした怨恨を誓うような兵たちではない。もっと、からっとした戦意でしかなかった。

西軍が押していたはずの戦いが、小早川勢の裏切りで一瞬にして東軍優位に変貌した。そしてその優位は覆ることなく、西軍は総崩れとなって潰走《かいそう》を始めた。

小早川勢は、呼応した西軍兵とともに大谷隊を撃破するやそのまま小西《こにし》勢へ攻め寄せた。あっという間に小西勢が崩れ、その隣の宇喜多勢までもが総崩れとなった。

小西行長《ゆきなが》も宇喜多秀家《ひでいえ》も、当然、この秀秋の裏切りに憤激したが、なすすべとてなく伊吹山《いぶきやま》山中へ逃げるしかなかった。

石田勢は必死に応戦したが、最後は孤立無援となり、西軍の中核たる三成もまた、やがて数名の臣とともに伊吹山へと落ち延びていった。

ここに来てようやく動いたのが島津勢であり、敵陣突破による脱出という途方もないことをしでかした。三成らが逃げた方角とは逆で、おびただしい死者を出しながら、家康の本陣をかすめるようにして逃げ去ったという。

秀秋が見ることができたのは、潰走する西軍とは逆の方へ進撃し始めた島津勢で、ちょうど目の前を左から右へ移動していくさまだった。

秀秋には、島津勢の動きの意味は皆目わからなかったが、なぜか痛快な気分になった。古い世のしがらみが破れ、新たな何かが脱皮し、血を噴《ふ》きながら躍り出るように思われた。

木下家も豊臣家も毛利家も、今や秀秋の心の中で抜け殻《がら》と化した。

今こそあらゆる殻を打ち捨て、真に飛び立つときだった。

六

かくして東軍の勝利で戦は決した。

いったん晴れた空が再び曇り、地の血泥《けっでい》を洗い落とそうというように雨が降り始めた。

家康は雨を避けるため兜《かぶと》をかぶって移動した。大谷の陣にあった狭苦しい小屋を改めて己の陣所とした。

そこへ、ほうぼうから戦勝を祝う諸将が家康のもとへ集まってきた。みな口々に祝賀を述べ、家康はその一人一人に応じ、参戦に感謝した。

最後まで現れなかったのは秀秋である。

こたびの勝利はひとえに秀秋の裏切りのお陰だった。その場にいる全員がそれを知っている。なのに秀秋は何を遠慮したのか松尾山に戻ったまま降りてこない。

家康もさすがにそのまま放置するわけにもいかず、迎えをやった。

東軍でわざわざ家康が迎えを出したのは秀秋一人である。完全に計算だった。最も年若い者が、軍勢の中でひときわ派手派手しい豊臣家の甲冑《かっちゅう》をまとい、最も遅れて現れたのである。

秀秋が案内されて到着したとき、黒田長政が幔幕《まんまく》をあげて道まで出迎えた。

そうして秀秋が家康の前に出た際、まず家康の方が床几から降りた。作法からいっても従三位中納言たる秀秋に対し、そうせざるをえない。また、家康の方から兜をとり、率先して相手を敬する態度を示し、丁重に礼を述べた。

秀秋からすれば、諸将の前でそれだけのことをしてくれただけで十分である。いわば家康への貸しを周囲に見せつけることができたわけだ。さらに秀秋はそつなく、こちらが借りている分を全て返したことを示すべく詫びを述べた。

「不肖、先の伏見の一件あり、こたびあり、内府殿に背くこと多く、ひらにご容赦願いたてまつります」

当然、家康もこの小芝居《こしばい》ともいうべき詫びに合わせて言った。

「許すどころか、大いに感謝いたす。中納言殿の戦功、まことに甚大にござった」

この僅かな会話だけで、小早川家は西軍にあって戦後ほとんどゆいいつ無条件に許され、かつ破格の恩賞を受けることになった。この秀秋を軽侮する者は、それこそ憎し悔しの念で嘲《あざけ》っているに過ぎない。決戦を左右したのが結局のところ豊臣一族の、しかも十九の若者だったのである。まともな武将なら腹立たしくなって当然だった。それでもこの若者を称えないわけにはいかない。のちに秀秋に対する陰口が噴出するのも道理であろう。

だがさらに秀秋には取るべき言質があった。

「過分のお言葉ありがたきことにござりまする。ついては佐和山攻めにつきましても、ぜひそれがし、大将を仰せつかまつりたく存じます」

一瞬、家康が即答をしかねた。さすがにここで秀秋の方から要求するとは思っていなかったのだろう。

勝敗を決した軍功に加え、さらなる功績を求めるというのである。しかも三成が落ちていったため、幾ら堅牢な佐和山城とはいえ、もはや敵勢は瀕死《ひんし》の体《てい》に決まっている。無血開城の可能性すらあった。

――この若造、どこまで貪欲か。

諸将の中にそんな驚きと嫌悪が渦巻《うずま》いた。だが秀秋は平然としたもので、あくまで家康に詫びる体で先鋒を頂戴しようとしている。

このとき秀秋にとって佐和山城に籠もる連中などどうでもよかった。軍功も十二分に得ていた。重要なのは、和議の場に参加できるようにすることだった。できれば和議そのものを担《にな》いたかった。自分は東軍についたものの、親族ことごとく西軍にいるのである。

木下家も、毛利家も、豊臣家も、家としては抜け殻の感があったが、北政所をはじめとする親族の存在はまた別だった。できれば彼らを、自分が手にするであろう、新たな世に導いてやりたかった。

家康は、秀秋の先鋒願いもまた受けざるを得なかった。だがさすがに和議を担わせるわけにはいかない。

秀秋はともに寝返った者たちとともに、その夜のうちに出発し、佐和山城へ向かった。目付として同行したのは井伊直政《いいなおまさ》である。二万を超える軍勢が、兵数三千にも満たない佐和山城を包囲した。城兵は奮戦し、いったんは秀秋らの攻めを退けた。とはいえ秀秋らにしても全力で殲滅するのが目的ではない。ほどよく格好を付けるだけでよかった。

果たして井伊直政の説得により、三成の兄、石田正澄《まさずみ》の方から降伏の交渉が持ちかけられた。結果、正澄の自刃と開城を条件に、城兵と婦女子を助命することとなった。

だが降伏がまとまったはずのその日、城を守っていたはずの長谷川守知《はせがわもりとも》が東軍に寝返って兵を城内に入れ、さらに地理に詳しい東軍の田中吉政《たなかよしまさ》が天守に攻め込んでしまった。

正澄らは自刃。一族ことごとく滅んだ。

正澄側の使者であった家康の旧臣・津田清幽《つだせいゆう》は、降伏した直後の全滅について家康を責めただし、結果的に三成の子孫を助命させることとなった。

秀秋は、佐和山城の無惨な陥落に、苦汁《くじゅう》を飲む思いがした。西軍諸将は生き残りに必死になり、東軍諸将は功に逸る。長谷川のように東軍への寝返りを示すため、降伏を反古《ほご》にさせてまで味方を殺したがる者たちが出るだろう。あるいは籠城を主張する一派を殺戮し、開城しようとする者たちが出るだろう。

いったいどれほどの命が救えるか。暗澹《あんたん》たる気持ちになった。

一方、家康は関ヶ原の合戦に勝利したことで、よほど安堵したのだろう。

佐和山城の降伏が決まったその日に、秀秋の家老・稲葉正成に宛てて手紙をしたためている。

〝中納言殿忠節の儀〟と、その裏切りを助言した稲葉の〝才覚〟を誉め、感謝を述べるものであった。

七

戦が終わってのち、秀秋は岡山《おかやま》にいた。

恩賞によって、宇喜多秀家の領地であった備前《びぜん》・美作《みまさか》五十五万石に、加増・移封されたのである。なおこのとき秀家は辛くも捕縛を避け、薩摩《さつま》へ逃亡していた。

――米が欲しい。

その思いが日に日に強まっていった。関ヶ原の戦いののち、助命できなかったおびただしい者たち、あるいは西軍参加の咎を受けた者たちの存在が、秀秋を国作りへ邁進《まいしん》させた。

裏切りの汚名は、むしろ遥か後世の問題である。このときは勝ち戦に乗った者こそ正義で、秀秋はその中でも群を抜いた。陰口も怨嗟《えんさ》も、あるいは西軍についていた親族たちの罵倒《ばとう》も、強権を獲得したことの証しだった。

むしろ大坂方は今後、大いに秀秋を頼ることになる。家康もまた引き続き大坂方の勢力削減に苦慮することになるはずだった。大坂城に秀頼らとともにいた毛利輝元を即座に攻めることができず、懐柔策を弄したのがその証拠である。豊臣恩顧の諸将はなお健在で、彼らを制する上でも、秀秋は家康にとって決して無視できない存在となる。

ことに岡山は秀秋にとって良い土地だった。東に京・阪、南に四国、西に慣れ親しんだ筑前。九州も四国も家康にとっては不安を抱く情勢にある。家康の島津攻めやその後の交渉もしっかり見届けることができた。

まだまだ世は不穏だった。だからこそ自分の国作りが世に映えるであろうことも予感していた。

秀秋は思いのままに藩政を行った。城を普請するだけでなく、本来の外堀のさらに外側に、倍の幅の堀を築かせた。城の領域が倍増したのだが、これを僅か二十日間で完成させたことから、「二十日堀」と呼ばれることとなった。

また、領内で総検地を実施し、寺社領を整備するなど、たちまち治績を重ねていった。

これらの事業を、秀秋は新たな名で行った。小早川秀詮《ひであき》である。養子時代の自分と決別し、新たな己になった証したる名だった。

秀秋の邁進ぶりに、家老の稲葉と平岡の二人は面白いほど正反対の態度を示した。

稲葉正成は、秀秋の急進な変革についていけなかった。また西軍への裏切りを示唆《しさ》したのは自分であるという自負もあって秀秋とぶつかるようになった。結果、稲葉は出奔《しゅっぽん》し、美濃に蟄居。このとき同じ家老の杉原重政《すぎはらしげまさ》が秀秋と衝突し、村山越中《むらやまえっちゅう》の手で上意討ちにされている。

一方で平岡は、備前に二万石の領地を得て、最後まで秀秋に忠実に仕えた。家臣の中では最も秀秋に近しく、引き続き黒田家とのつながりを保ち、秀秋が次々に打ち出す統治策の実現を助けた。

そして慶長七年、冬——秀秋は寒日にもかかわらず己の春を迎えた気持ちで、脳髄《のうずい》から溢れ出る新たな統治策を、真新しい紙に次々に記していった。

その紙が、突如、深紅に染まった。

己の口から飛び出した血であることに遅れて気づいた。筆を落とし、服の上から胃の辺りをつかんだ。

どっと背から倒れて初めて、近習たちが異変を察し、騒然となった。

急激に朦朧《もうろう》となる意識で、秀秋は己の異変の原因を探り出そうとした。

——毒か？

確証はない。だが咄嗟にそうとしか考えられなかった。何か毒味もせず食ったものがあったか。ほうぼうから贈られてくる祝いの品を一つ一つ思い出そうとした。

——米。

ふとそれがよぎった。疑いなく自分が口にするもの。限られた者としか話せない国作りのこと。米への思いを知る数少ない相手。

——毒米か。

だとすれば自分のことを知り抜いている人物が仕掛けたものに相違なかった。

秀秋は必死に吐こうとしたが早くも息が途切れ、胸にも腹にも力が入らなくなっている。薄れゆく意識の中、兜を脱いで感謝する男の笑顔が思い浮かんだ。怖い男だった。これから邪魔になるであろう者全てを制圧し、排除する意思に満ちた男だ。

もし、その男が早くもこうして自分を殺《あや》めようとしたのであれば、それは、この自分こそがいずれ男の最大の障害になるとみなされたということだろう。

そう考えると気分が良かった。ずっと誰とも分かち合えなかった思いを理解してもらった気さえした。

——あんたが作る米を見たかった。あんたの作る国を。

死の間際にあって、秀秋はさらさらと風に揺れる稲穂を見ていた。それはこののちの泰平の世を象徴するように豊かに実り、笑うように揺れていた。

八

秀秋の死後、岡山藩は徳川政権において初の無嗣《むし》改易《かいえき》となった。

稲葉や平岡など秀秋の家老たちは、浪人となった。関ヶ原での裏切りゆえに仕官先などないに違いないなどと陰口が叩かれたが、それもまた得られざる者たちの痛憤《つうふん》ゆえに過ぎない。実際は、二人とも家康によって改めて召し上げられ、大名となっている。

なお関ヶ原の戦いののち、小早川の旧領は黒田家が受け継ぐこととなった。

黒田長政は筑前に入り、秀秋時代に行われた石高制の実情を詳しく調べており、そのときの記録を、代々にわたって大切に守らせている。

時代の変化とともに価値が失せていったはずのその記録が、末永く保持され続けた理由は、ひとえに歴史的な価値があったからだとしか思えない。

すなわち秀秋の統治が、その後の筑前における国作りの礎《いしずえ》となったのである。

参考文献

『九州史学　小早川秀秋の筑前支配と石高制』九州史学研究会　本多博之

『安田女子大学紀要　小早川秀秋発給文書に関する一考察』安田女子大学　本多博之

『新・歴史群像シリーズ①　関ヶ原の戦い』学習研究社

孤狼なり

葉室麟

一

昨夜からの雨が降り続いていた。

慶長《けいちょう》五年（一六〇〇）九月十五日未明、石田三成《いしだみつなり》は暗夜の中を進軍して軍勢を率いて関ヶ原に到着すると、笹尾山《ささおやま》に布陣した。

続いて宇喜多《うきた》勢が南天満山《みなみてんまやま》に布陣した。すでに関ヶ原には毛利秀元《もうりひでもと》、吉川広家《きっかわひろいえ》ら毛利勢や長宗我部盛親《ちょうそかべもりちか》、長束正家《なつかまさいえ》ら率いる三万余の軍勢が入っており、松尾山《まつおやま》城に小早川秀秋《こばやかわひであき》も一万五千の兵を率いて籠っていた。

三成らの軍勢を合わせて九万にのぼる西軍が関ヶ原に布陣したことになる。笹尾山に陣を構えた三成は盟友である越前敦賀《えちぜんつるが》城主大谷吉継《おおたによしつぐ》と軍議を開いた。

三成の陣営に高々と掲げられた白地に〈大一大吉大万〉の旗は雨に濡れてしおたれ、床几《しょうぎ》に腰かけた三成の陣羽織《じんばおり》から、しずくが滴《したた》り落ちている。病を持つ吉継は白い頭巾をかぶり、顔も白い布で覆《おお》って目だけを出している。

三成は吉継に労《いた》わるように声をかけた。

「大事ないか。雨で体が冷えたであろう」

「案じるな。それよりも松尾山の小早川の動きはどうなのだ。わしはもはや、病で陣の様子は見えぬ」

吉継は不安げに言った。三成は落ち着いて答える。

「秀秋めは山頂近くまで上って布陣しておる。あれでは戦《いくさ》に間に合うまい」

「戦に間に合わぬだけならよいが、徳川《とくがわ》方に寝返られたら、たまったものではないぞ」

小早川秀秋は秀吉《ひでよし》の正室北政所《きたのまんどころ》の甥で秀吉の猶子《ゆうし》となった。わずか八歳で丹波亀山《たんばかめやま》十万石を与えられ、十一歳のときには権中納言《ごんのちゅうなごん》に任じられ、世に、

――金吾《きんご》中納言
などと呼ばれた。

秀吉には秀秋を毛利輝元《てるもと》の養嗣子にしようという思惑があったが、これを察した輝元の叔父、小早川隆景《たかかげ》が毛利本家を秀吉の縁者に奪われることを避けようと、先手を打って自らの小早川家の養嗣子に迎え入れた。

武功などはなく、秀吉との縁だけで大名となった幸運児だった。

その秀秋は徳川家康《いえやす》と石田三成ら大坂方との対立が深まり、いよいよ決戦に及ぼうとするとき、北政所から、「徳川殿につくように」と命じられた。

北政所は秀吉の子である秀頼《ひでより》を産み、豊臣《とよとみ》家に君臨するようになった淀《よど》の方を憎み、家康によって世が鎮《しず》まることを望んだと言われるが真意はさだかではない。

しかし秀秋が北政所の意を受けて徳川方に通じていることは、すでに西軍の大名にも知れ渡っていた。

三成が黙っていると、吉継はさらに言葉を重ねた。

「小早川だけならまだよい。毛利の吉川広家も家康に寝返るのではないかという噂がある。此度《こたび》の徳川との一戦の総大将は毛利輝元殿ではないか。それなのに、かつて〈毛利の両川《りょうせん》〉と言われた小早川と吉川が敵に通じていると言われるのは、どうしたことだ」

吉継の言葉を三成は黙って聞いていたが、しばらくして膝に手を置き、吉継には見えないのを承知で頭を下げた。

「すまぬ。お主には何も言わず、ここまで引っ張ってきてしまった。此度の戦はすべて徳川をおびき寄せる罠なのだ」

「罠だと？」

吉継は驚きの声をあげた。三成は深沈とした表情でうなずいた。

「そうだ。わたしは罠を承知であの男の策にのった」

三成は雨中ながらもしだいに白み始めた空を見上げ、南宮山《なんぐうさん》の方角に目を向けた。

関ヶ原の東南に位置する南宮山には毛利秀元、吉川広家の毛利勢が布陣し、そのまわりに長束正家、長宗我部盛親らがいる。あの男も毛利秀元の側近くに布陣しているはずだ。

三成は目をこらしつつ来し方を振り返った。

雨が止むと、朝霧が立ち込め始めた。

三成があの男を初めて見たのは、豊臣秀吉が明智光秀《あけちみつひで》を討ち亡ぼし、天下取りの道を歩み出した時期、拠点としていた山崎城《やまざき》だった。

天正《てんしょう》十年（一五八二）七月十七日——

男は秀吉が中国戦線で激しく戦ってきた毛利氏の使者だった。いや、正確には使僧（外交僧）である。男の名は、

恵瓊《えけい》

という。安芸国安国寺《あきあんこくじ》の住持であったことから、安国寺恵瓊と呼ばれる。安芸国の守護家の銀山城主武田信重《かなやまたけだのぶしげ》の子として生まれ、幼名を竹若丸《たけわかまる》といった。

安芸武田氏は清和源氏《せいわげんじ》の流れを汲む名門だったが、天文《てんぶん》十年（一五四一）、毛利元就《もとなり》によって滅ぼされた。

恵瓊は落城後、逃れて安国寺に入った。安国寺は京都五山のひとつである臨済宗東福寺《りんざいしゅうとうふくじ》の末寺で僧侶となり禅の修行に励んだころの恵瓊について、その容貌は、

——清高

であり、人柄は、

——俊邁《しゅんまい》

であったとされる。清雅な顔立ちをして、人柄は衆に優れているというのだ。

恵瓊に転機が訪れたのは、天文二十二年、十六歳のときだった。

都でも禅宗の名僧として知られていた竺雲恵心《じくうんえしん》がたまたま安国寺を訪れ、恵瓊の才を見抜き、法弟にしてくれたのだ。

恵心は毛利氏と尼子《あまご》氏や大友《おおとも》氏との交渉に奔走する使僧でもあった。このため恵心の薫陶《くんとう》を受けた恵瓊も使僧として活躍するようになった。

使僧として天正元年（一五七三）に将軍足利義昭《あしかがよしあき》と織田信長《おだのぶなが》の間を調停するために上洛した際、織田の武将のひとりだった木下《きのした》（豊臣）秀吉と会った。この交渉経過について毛利氏に報告する際、

信長之代五年三年者可被持候、明年辺者公家なとに可被成候かと見及申候、左候て後、高ころひにあをのけにころはれ候すると見え申候

と織田信長がいずれ失脚することを予見し、さらに、

藤吉郎《とうきちろう》さりとてハの者ニて候

として秀吉が頭角を現すことを見抜いていた。まさに、神のごとき、卓見《たっけん》だった。

恵瓊は秀吉が信長の命により中国攻めを行うと、毛利氏の使僧として秀吉側と接触した。このとき、秀吉の外交を担当していた黒田官兵衛《くろだかんべえ》とは、しばしば密談した。〈本能寺《ほんのうじ》の変〉が起きたときには、官兵衛と阿吽《あうん》の呼吸で毛利氏と秀吉の講和を成立させた。これによって秀吉は〈中国大返し〉を行い、明智光秀を討って、天下を狙うことになったのである。

言うなれば〈中国大返し〉の功の半分は黒田官兵衛にあり、残り半分は恵瓊にあると言えるかもしれない。それだけに山崎城を訪れた恵瓊を秀吉は三成を接待役として手厚く歓待した。

恵瓊は頭の鉢《はち》が大きい。このため、毛利家中で恵瓊を嫌う者は、

――鉢ひらきのようなる小僧
などと悪口した。

三成が初めて恵瓊に会ったときにも、まず目がいったのは、大きな頭だった。理知的なととのった顔立ちやよく光る目とあいまって、いかにも知恵が詰まっていそうだった。この年、四十五歳である。

まだ、二十三歳の三成からみれば、いかにも老成しているように見えた。

毛利輝元の書状を秀吉に届けた恵瓊は、明智光秀を討った秀吉の功績を大仰に讃《たた》え、

「もはや、天下人におわします」

と諂《へつら》った。このころ、秀吉は織田家の跡目相続を決める清洲《きよす》会議で主導権を握り、天下を動かそうとしていたが、織田家の宿老《しゅくろう》で秀吉嫌いの柴田勝家《しばたかついえ》が立ちはだかっており、油断できなかった。

阿《おもね》る言葉も用心して聞かねばならないが、秀吉は恵瓊の外交能力を買っているだけに気をよくして、持ち前の大声で笑った。挨拶《あいさつ》を終えた恵瓊が下がると秀吉は傍《かたわ》らに控えていた三成に接待役を命じるとともに、

「できれば恵瓊をわが家臣に加えたい」

と漏《も》らした。三成は心得顔にうなずいてから、恵瓊の宿舎に赴《おもむ》いた。三成は恵瓊の長旅の労を

ねぎらってから、

「ご酒《しゅ》は召し上がられますか」

と訊いた。墨染《すみぞ》めの衣の恵瓊はにこりとして、

「頂戴《ちょうだい》いたしたい」

と渋い声で答えた。

「お酒の相手に女子《おなご》を呼びまするか」

三成はさりげなく訊いた。

秀吉が山城と摂津《せっつ》の間に城を築くと、どこからともなく遊び女《め》たちが、集まってきた。城の近くに小屋掛けをした女たちは、酒や食べ物も出して客をとった。兵たちはひそかに夜な夜な、遊び女のもとに通うようになっている。

秀吉は自身が女好きだけに、いずれの戦場でも陣所近くに遊び女が来ることを咎《とが》めなかった。時には側近を引き連れ自ら客となって、遊ぶことすらあった。

それだけに恵瓊の酒の相手を遊び女にさせることは難しくない。とはいえ、僧である恵瓊が毛利氏の使者として訪れた城で遊び女を寄せるだろうか、とは思ったが、念のためだと思って三成は訊いたのだ。

しかし、恵瓊の答えは意外なものだった。恵瓊はゆったりとした微笑を浮かべて手を振り、

「女子はいりませぬ。ただし、稚児《ちご》めいた小姓《こしょう》衆にでもお相手していただければ、随分と旅の疲れが取れると存じます」

と平然として言った。三成は眉をひそめた。

——衆道《しゅどう》か

恵瓊が発していた毛利氏の使僧としての威厳が、たちまちかき消えたような気がした。秀吉の主君織田信長は衆道を好み、織田家の武将で武勇の誉れ高い前田利家《まえだとしいえ》もかつて少年のころ信長の寵愛《ちょうあい》を受けたという。

戦陣には女子を伴わないだけに、小姓を相手とする武将は多かった。武田信玄《しんげん》や上杉謙信《うえすぎけんしん》、徳川家康にすらそんな話はある。だが、秀吉は農民からの成り上がりゆえか、衆道にふけったことがなかった。

それだけに、三成には衆道を疎《うと》んじるところがあった。だが、毛利の使僧であり、秀吉が家臣にしたいと望んでいる恵瓊の望みは叶《かな》えねばならないだろう。

「かしこまった。お相手いたす者を遣わします」

三成が頭を下げて宿舎を出て行こうとすると、恵瓊が粘りつくような声をかけてきた。

「もし、よい小姓衆がおらねば、石田殿にお相手願えるのであれば、拙僧は嬉しく存じますぞ」

三成は背筋がぞっとするのを感じて振り向かずに出た。宿舎からは、恵瓊の笑う声が響いてきた。

「あのような妖僧には二度と会いたくない」

ひとに対する好悪の情が強い三成は吐き捨てるようにつぶやいた。

三成がふたたび、恵瓊と接触したのは、五年後の天正十五年、秀吉が九州の島津《しまづ》氏を攻めたときだった。

秀吉は賤ヶ岳《しずがたけ》で柴田勝家を破り、小牧長久手《こまきながくて》の戦いで徳川家康に一敗を喫したものの、政略で抱き込んで家康を上洛させ臣従を誓わせていた。

さらに四国を攻めて土佐《とさ》の梟雄《きょうゆう》長宗我部元親《もとちか》を屈服させており、天下人としての地位を固めていた。九州攻めには二十五万の大軍を率い、豪勇をもって鳴る島津氏を屈服させた。

このころ恵瓊は伊予《いよ》で二万三千石を与えられ、豊臣家の直臣《じきしん》となっていた。

九州攻めにあたっては黒田官兵衛とともに軍監の役目を与えられた。毛利氏に対してすら、秀吉の威光を背景に上から物が言える地位になったのだ。

しかし、三成はそんな恵瓊にひややかな目を向け、あえて関わろうとはしていなかった。近頃、秀吉はかつて重く用いていた黒田官兵衛すら遠ざけ、三成を側近としていた。もはや、恵瓊に気を遣う必要はなかったのだ。

それを察するのか、恵瓊は三成に対して、常にへりくだった物言いをするようになっていた。

島津を降伏させた秀吉は博多《はかた》に戻り、戦火に焼かれた博多の復興を三成に命じた。

三成は博多の十町四方を区画し、縦横に街路をつける〈町割り〉を行った。博多から離散した町民が戻るように地子《じし》、諸役を免じ、さらに武士が町内に家を持つことを禁じるなど町人の町として復活させた。

この手腕を見た恵瓊は、博多の崇福寺《そうふくじ》で千利休《せんのりきゅう》の点前《てまえ》による茶会が開かれたおり、隣に座った三成に対して、

「石田殿はさりとてはの者にございますな」

と囁《ささや》いた。このころには、恵瓊が織田家の武将だった秀吉の将来性を見抜いていたという話は

諸将の間に広がっており、恵瓊に認められることを喜ぶ大名もいた。だが、三成は、「さりとてはの者」と言われても喜ばなかった。

「さほどのことはござらん」

三成の木で鼻をくくったような返事にも恵瓊は臆せず、言葉を継いだ。

「いやいや、拙僧の目には将来が見えます。豊臣家の行く末を安寧《あんねい》たらしめるのは石田様に他なりませぬ」

豊臣家を守るのは自分の役目だと三成が思っていることを察するかのように恵瓊は言った。

「さようでござるか。しかし、豊臣家の安泰を願うのは皆、同じと存ずるが、恵瓊殿は違うのですかな」

ひややかに三成が言うと、恵瓊はわずかに目を鋭くした。

「だからこそ、かように申しております。石田様にとって、拙僧は頼りがいのある味方かと思いますぞ」

恵瓊は、ふふっと含み笑いをした。

「そうであれば、何よりのこと。殿下も喜ばれましょう」

三成が素っ気なく答えて口を引き結ぶと、恵瓊はにこやかな表情で、

「石田殿はお若い」

とつぶやくように言った。三成はじろりと恵瓊の横顔を見た。五十歳を越えた恵瓊の顔には経験を経た狐《きつね》のような老獪《ろうかい》さがあった。

「若うござるか」

「さよう。石田殿はひとの好き嫌いが顔に出る。たとえば拙僧をお嫌いであることがよくわかります。ゆえにお若い――」

「自らを偽れぬ性分でござれば」

かつて山崎城で酒の相手に稚児を所望した恵瓊の顔が三成の脳裏に浮かんでいた。力のある者に媚びる恵瓊を三成は、表裏者と蔑《さげす》んだ。

能吏《のうり》としか見られない三成だが、性格は激しく、剛直ですらあった。そのため、主君におべっかを使う者を嫌った。

三成の目から見れば恵瓊の外交上手は相手に諂う巧みさに過ぎないように思えた。かつての〈中国大返し〉で秀吉を補佐して大功をあげながら、いまでは疎んじられ始めた官兵衛同様に恵瓊も過去のひとだと三成は思っていた。

「ひとの世は恐いものです。蔑んだり、憎んだ相手に頼らねば生きていかれぬことがございます」

恵瓊はさりげなく言った。

「さて、そのようなことがありましょうか」

「拙僧にはありましたな。拙僧の父武田信重は毛利元就公によって亡ぼされました。毛利によって落とされた銀山城から家臣に守られ命からがら逃げのびた拙僧が毛利のために働いて参ったのです」

恵瓊は皮肉な笑みを浮かべた。

「憎む相手のために働くなどということがあってよいのですか」

三成が嫌悪の表情を見せると恵瓊はさらにおかしげに笑った。

その様を見て、この男は仕える主君さえ信じてはいないのだ、と思った三成は顔をそむけた。

(わたしは恵瓊のような生き方はせぬ。仕える方への忠節を貫く)

三成は自分に言い聞かせた。

二

十一年後、慶長三年(一五九八)八月、秀吉が没すると、徳川家康が台頭し、秀吉側近として権勢を振るっていた三成は失脚した。

秀吉の無謀な朝鮮出兵の最中、豊臣家中には武将たちと吏僚の対立が生まれた。ついには、加藤清正《きよまさ》や黒田長政《ながまさ》、細川忠興《ほそかわただおき》、加藤嘉明《かとうよしあき》、浅野幸長《あさのよしなが》ら七人の武将が、このとき病床の前田利家を見舞っていた三成を襲撃しようとした。

これを察知した三成は前田屋敷から逃げ出し、宇喜多秀家《ひでいえ》の屋敷に匿《かくま》われるなどしたが、進退窮《きわ》まった。やむなく家康を頼り、仲裁によって佐和山《さわやま》城に引退したのだ。

秀吉没後、専横の振舞いをしていた家康を糾弾《きゅうだん》した三成がいなくなったことで、世人は家康を、

――天下様
と呼ぶようになった。一方、窮地に陥った三成のもとを恵瓊がしばしば訪れるようになっていた。毛利氏の威光を背景にした恵瓊はかつての、

——妖僧

に戻っていた。

慶長五年六月十八日——

徳川家康は豊臣家五大老のひとりである会津《あいづ》の上杉景勝《かげかつ》が無断で戦備を進めているのは謀反を企んでいるからだとして、これを討つため諸将とともに十二万の大軍を率いて東下した。

同じ日、三成の居城である近江《おうみ》の佐和山城に僧衣の男が現れた。

恵瓊である。

城中深くの奥座敷に通された恵瓊は三成と会うなり、

「いかがでございます。決心はつきましたかな」

と低い声で訊いた。

「徳川を討つ決心ならばとうについておる」

「ならば、何を迷われますか。徳川様が会津へ向かわれた以上、石田様が兵を挙げるのを妨げる者はおりますまい」

「わたしがこの城に籠って兵を挙げたとて、誰もともに立ち上がりはせぬ。皆、徳川を恐れているのだ」

「さようでございましょうな。されど、石田殿が立たれたならば、毛利は動きますぞ」

恵瓊は力を込めて言った。

「ならば、まず毛利が立たれよ。五大老のうち、すでに前田家は家康に屈服し、人質まで差し出して居る。さらに、会津の上杉が討伐されたならば、残るは毛利と宇喜多だけだ。家康が会津討伐の次に狙っておるのは毛利攻めであることは明らかだ」

三成は厳しい口調で言った。

「いかにもさようでございます。ならばこそ、毛利輝元様を大坂に呼び寄せることができるのは石田殿だけだということはおわかりのはずだ」

恵瓊は三成の自負心に訴えるかのような言い方をした。

「わたしが立てば毛利は間違いなく動くのか」

「毛利様はすぐさま兵を率いて大坂に入られます。そして会津の上杉と大坂の毛利で徳川を挟み撃ちにいたす。これにて天下のことは成ったも同然でございます」

恵瓊はにこやかに言った。

「そうであろうかな。徳川を討ち果たしたとしても、毛利の天下になるだけではないのか」

「さて、ご存じでございましょう。毛利家には元就公の御遺言により、天下を目指さぬことを家訓となしております」

信じられぬな、とつぶやいて、三成はしばらく目を閉じた。ゆっくりと瞼《まぶた》を上げた三成はひややかな声で言った。

「わたしはかつて書物で読んだのだが、唐土《もろこし》の兵法に、恵瓊殿の話に似た策があるのをご存じか」

「どのような策でござろうか」

笑みを絶やさずに恵瓊は訊いた。

「されば、〈駆虎呑狼《くことんろう》〉の策と申すそうだな」

三成が口にしたのは、中国の三国志《さんごくし》の時代の逸話だった。

魏《ぎ》に仕える謀臣の荀彧《じゅんいく》が主君の曹操《そうそう》に提言したと言われる策だ。当時、曹操にとって目障りな敵は南陽《なんよう》の袁術《えんじゅつ》と徐州《じょしゅう》の劉備《りゅうび》だった。

荀彧は袁術と劉備を戦わせ、その間に劉備の根拠地である徐州をかつて朝廷随一の実力者だった董卓《とうたく》に仕えながら、いまは流浪の身である大豪の呂布《りょふ》に奪わせるという策を立てたのだ。

このころ曹操は後漢《ごかん》の天子を擁《よう》して権勢を振るっていたが、天下を掌握《しょうあく》するには、まだまだ敵が多かった。

荀彧の策によれば、袁術と劉備を戦わせてともに弱らせ、さらに呂布が奪った徐州を取り上げれば、労せずして劉備の領土が手に入る。策を聞いた曹操は、

「面白い」

と即決し、袁術に、

「劉備が南陽を攻め取りたいと言っている」

と伝えた。さらに、劉備のもとには後漢の朝廷の命令として、

「袁術は朝廷の命に従わぬ謀反人である。早々に討て」

と命じた。劉備は勅命を奉じて南陽に向い、袁術と戦端を開いた。

劉備が出兵している間、徐州は張飛《ちょうひ》が守った。ところが豪傑ではあっても酒好きな張飛は油断して酒を飲んで酔いつぶれた隙を突かれて、あっさり呂布に徐州を奪われた。荀彧の思惑通りになったのだ。

荀彧はこの策について、「豹《ひょう》に虎《とら》をけしかけ、虎の穴が留守になったところを狼《おおかみ》に襲わせる」

と述べたという。このため、

――駆虎呑狼
の策として後の世に伝わった。

「毛利にとって同じ豊臣家大老でありながら、天下の権を握ろうとしている家康は大敵でござる。それゆえ、家康が上杉討伐で大坂を離れたのを好機にわたしを決起させて家康と争わせ、その間に大坂城を握り、毛利が天下を取ろうという策ではござらぬか」

三成はじろりと恵瓊を睨んだ。恵瓊は、はは、と大きく口を開けて笑った。

「さすがに石田殿は学問がおありじゃ。さようかもしれませんな。拙僧にとっては、太閤《たいこう》殿下の〈中国大返し〉以来の大勝負でございます」

「そうであれば、わたしが決起して家康に勝ったとしても、いずれは毛利が豊臣家を乗っ取る邪魔になって、誅殺《ちゅうさつ》されるだけのことだ」

三成は恵瓊の目を見て吐き捨てるように言った。しかし、恵瓊には怯《ひる》む様子はまったく無かった。

「たしかに石田殿の見た通りかもしれませんが、毛利が天下にさほど野心がないのはまことのことでございます。有体に申せば、上杉を討った徳川に再び上方へ戻ってもらいたくないというのが毛利の本音でござる。言わば、天下を分け取りにいたし、東国は徳川、西国は毛利が手にするという天下二分の策でございます」

恵瓊はしたたかな表情で三成を見つめた。

「なるほど徳川と毛利で天下を分け取りにするというおつもりか、それで豊臣家はどうなるのだ。わたしは豊臣家を守ると亡き太閤殿下に誓い申した。その誓いは命を賭けて守らねばならぬ」

三成がなおも言うと、恵瓊はようやく顔を引き締めた。

「あまり未練を申されては見苦しゅうございますぞ。このまま家康が上杉を討つのを見過ごせば、上杉を亡ぼして上方に戻った家康は石田殿を誅されましょう。先のことはともかくいまを生きのびたければ毛利と手を組むしかございますまい」

恵瓊に決めつけられて三成は押し黙った。しばらくして三成は苦しげな表情で言葉を発した。

「仰せ、たしかに承った」

妖僧にしてやられるのか、と三成は無念の思いで目を閉じた。


東下した家康は七月二日、江戸城に入った。

このころ越前敦賀から会津攻めに参加するため北国《ほっこく》街道を通り、美濃《みの》に出てきた大谷吉継は三成からの使者の求めに応じて近江の佐和山城に赴いた。三成は永年の友である吉継に家康討伐の兵を挙げることを打ち明けた。

吉継は三成の挙兵を無謀であるとして諫《いさ》めたが、毛利輝元が兵を率いて大坂城に入り、企ての盟主となると言われると、ようやく賛同した。

七月十二日――

三成は吉継や五奉行のひとりで大和《やまと》郡山《こおりやま》二十万石の増田長盛《ましたながもり》とともに協議を行った。この席には恵瓊も加わり、

「毛利様が出てこられるというのは間違いないのか」

と吉継から念を押された。

「間違いございません」

恵瓊は口辺に笑みを浮かべ、頼もしく答えた。

三成はこの日のうちに、増田長盛のほか、前田玄以《げんい》、長束正家ら奉行を加えて、毛利輝元に大坂城に入るよう求めた連署状を送った。

この要請を受けて輝元は十五日には一万の兵を率いて広島《ひろしま》城を出陣すると瀬戸内海を船で進み、十六日夜には大坂城下の毛利屋敷に入った。

さらに翌十七日には大坂城に入った。

三成が挙兵を明らかにしてからわずか五日後である。

出陣の支度に日数がかかることを思えば、輝元があらかじめ準備をととのえており、毛利側から三成に働きかけて挙兵をうながしたのは明らかだった。

三

「すべては毛利の狙い通りであったか」

大谷吉継は笹尾山の陣所でつぶやいた。

「毛利輝元はいまも大坂城に居座って動こうとはせぬ。毛利秀元が率いる毛利勢はわれらと徳川が血で血を洗う戦いをするのを南宮山で高みの見物をするつもりだ。さらに毛利の吉川広家は徳川に通じておるという噂だ。輝元は恵瓊と広家を使って徳川とわれら双方を動かそうという腹であろう」

三成がひややかに言う。

「戦の決着がついたところで徳川かわれらのいずれかを討つつもりだな」

吉継は自らを嘲《あざけ》るように笑った。三成はうなずいた。

「恵瓊は天下二分の策などと言っておるが、隙を見て天下を狙い、〈漁夫《ぎょふ》の利〉を得る魂胆だろう」

「それだけわかっておって、なぜ恵瓊の誘いにのったのだ」

吉継は首をかしげた。

「わたしは隠居に追い込まれた身だ。恵瓊の言う通り、これ以外に毛利を動かす策はなかった。毛利が動かねば家康を相手の戦などできぬ」

三成は口惜《くや》しげにつぶやいた。

「なるほどな。苦肉の策ではあろうが。徳川と毛利のいずれかが天下を取ることにかわりはないぞ。豊臣家はつぶれる。それはお主にとって本意ではあるまい」

三成の忠節を知る吉継は同情するように言った。三成は吉継に真剣な眼差《まなざ》しを向けた。

「それで、お主に頼みたいのだ」

「何をだ」

吉継はうかがうように顔をかしげた。

「豊臣家の御為《おんため》に死んでくれい」

吉継は、はは、と笑った。

「わしは、この通り、病で永くは生きられぬ身だ。太閤様のご恩に報いるために死ぬのはいとやすいことだ。何をすればよいのだ」

三成は目に涙をためてから吉継にあることを告げた。黙して聞いていた吉継はやがて大きなため息をついた。

「さほどまでにせねばならぬか。忠義とは辛いものだな」

三成は唇を真一文字に引き結んで何も言わない。

朝霧がしだいに晴れてきていた。

戦端が開かれたのは辰《たつ》ノ刻《こく》（午前八時）だった。

徳川四天王のひとりと言われる井伊直政《いいなおまさ》が家康の四男松平忠吉《まつだいらただよし》を後見して前線へ出ると、対峙する西軍の宇喜多勢にいきなり鉄砲を放った。

東西両軍の戦いの火ぶたを徳川の家臣が切ることに意味があった。直政はすぐに退き、かわって東軍先鋒の福島正則《ふくしままさのり》が宇喜多勢に猛攻を加えた。さらに黒田長政も陣所から狼煙《のろし》をあげて戦の開始を告げた。

西軍でも三成や小西行長《こにしゆきなが》の陣所で相次いで狼煙が上がった。東西両軍はいっせいに激突し、関ヶ原に鉄砲の轟音と兵たちの喚声が響き渡った。

西軍は東軍を待ち受けて布陣しており、福島正則や黒田長政ら豊臣恩顧ながら三成と敵対する大名が攻めるという構図になった。

しかし、西軍八万余の軍勢のうち、懸命に戦うのは、石田、宇喜多、小西、大谷の三万五千ぐらいだった。一方、東軍も家康の嫡男秀忠《ひでただ》が率いる三万八千の軍勢が信州《しんしゅう》上田《うえだ》城で真田昌幸《さなだまさゆき》、信繁《のぶしげ》父子の足止めにあって、関ヶ原に到着していない。

両軍とも必死の攻防が続く中、西軍は奮戦して東軍の猛攻をしのぐかに見えた。激闘はおよそ一刻にわたって続いたが、形勢は五分のままだった。

頃はよし、と見た三成は総攻撃をうながす狼煙を笹尾山の陣所から上げた。

軍議ではこの狼煙を合図に松尾山の小早川秀秋、南宮山の毛利秀元、吉川広家の軍勢が東軍に襲いかかるはずだった。

だが、小早川勢と毛利勢は動かない。

三成は笹尾山の陣所でつめたく笑った。

「やはりな」

松尾山の小早川秀秋が動こうとしないことに焦ったのは、家康だった。家康は苛立ったときの癖で指を噛みながら、

――せがれめに計られた

と悔しがったという。家康は内応しているとはいっても、秀秋が本当に寝返るかどうか確信は持てずにいたのだ。家康は秀秋の陣に向けて寝返りをうながすため、鉄砲を撃たせた。

正午を過ぎたころ、小早川勢はようやく松尾山を下り始め、山麓《さんろく》に布陣していた大谷吉継の陣

に襲いかかった。

小早川勢が裏切ったという報せに、吉継は、

「来たか」

とうなずいただけで驚きは見せなかった。六百の軍勢で果敢に戦い、一度は小早川勢を松尾山まで押し返した。

だが、その後も小早川勢が攻め、さらにまわりに東軍が満ちてくると、大谷勢は壊滅し、吉継も自刃して果てた。しかし、寝返った小早川勢に対して一歩も退かずに激闘し大半が討ち死にした大谷勢の凄《すさ》まじさは両軍の目に焼き付いた。

さらに病で目も不自由でありながら盟友である石田三成との義を守り、戦い抜いた吉継の姿はあたかも軍神を見るかのようだと敵味方に讃嘆《さんたん》されたのである。

それでも小早川勢の裏切りと吉継の自刃は西軍を意気阻喪《そそう》させた。

小西行長が敗走したのに続き、それまで激闘を続けていた宇喜多秀家の軍勢も崩れ立ち、秀家も落ち延びた。

その中で石田勢は黒田長政、細川忠興勢を引き受けて、なおも戦場に踏みとどまっていたが、西軍の潰走により、勢いを増した東軍が攻め寄せると、支えきれなかった。

三成は、もはや、これまでだ、と兵に撤退を命じるとともに、自らも戦場を脱した。

このとき、西軍が総崩れとなる中、戦場に残っていたのは、島津義弘《よしひろ》率いる島津勢千五百だけだった。

島津勢は戦場で孤立すると、果敢にも東軍の陣営めがけて突進し、東軍が怯んだ隙に伊勢《いせ》街道

へ向かい、追いすがる東軍を打ち払いつつ、落ち延びていった。

島津勢が戦場から姿を消したとき、およそ八時間にわたって続いた関ヶ原の戦いは終った。

家康は天満山の西南に本陣を移すと、東軍の諸大名を引見してねぎらった。

黒田長政、福島正則らの武功が賞された。だが、裏切りによって東軍を勝利に導いた小早川秀秋が姿を見せたのは、諸大名の引見が終わった後だった。

秀秋が現れると家康は作り笑いを浮かべた。しかし、自らの勝利に裏切りという黒い染みをつけた秀秋を見る家康の目はつめたかった。

四

戦場を脱した三成は北近江の伊吹山《いぶきやま》に逃れた。供する三人の家臣も途中で言い含めて去らせ、ひとりだけで山路を越えて伊香郡古橋村《いかぐんふるはしむら》の寺に隠れた。

やがて三成がひそむことが村民に知られると、寺を抜け出し、近くの山中にある岩窟《がんくつ》に潜《ひそ》んだ。

かつて情けをかけたことがある百姓が三成に食事を届け、数日が過ぎたが追手が迫っていることを聞いた三成は観念して百姓に東軍の田中吉政《たなかよしまさ》に訴え出させた。

吉政はすぐに兵を派遣して三成を捕えた。

関ヶ原の戦いから六日後、九月二十一日のことだった。

三成は下痢をして病身だったため、捕えられた村で三日間、療養した後、九月二十五日、大津《おおつ》に陣をかまえていた家康に引き合わされた。

この間、三成は大名としての威厳を保ち、軽々しいことは口にしなかった。ただ、家康の陣に着いて門外でしばし待たされたとき、縄を打たれ、地面に座った三成を通りすがりに見かけた福島正則が、馬上から、

「三成、その様はどうした」

と大声で嘲ると、

「一歩間違えば、お前がこうなっていたのだ」

と罵《のの》り返して気力が衰えていないところを見せた。この様子を見た黒田長政は三成を怒らせては恥をかかされるだけだ、と察したのか、馬から下りて自分の着ていた陣羽織を三成に与えてねんごろな言葉をかけて通り過ぎた。

三成は黙して何も言わなかった。その三成が再び声を発したのは、小早川秀秋が通りかかったときである。

三成の前を通り過ぎようとした秀秋に向って三成は、

「太閤の恩を忘れ、義を捨てて約に違い、裏切りをした汝《なんじ》は恥を知れ」

と罵倒した。三成の甲高い声は響き渡り、秀秋は耳を押さえて逃げるように通りすぎていった。秀秋に向って発せられた言葉ではあったが、

――太閤の恩を忘れたか

という誹《そし》りは家康の陣中にいた豊臣恩顧の武将たちの胸を刺した。

間もなく三成は家康の前に引き出された。

家康は三成が門前で秀秋に向って悪罵《あくば》を投げかけ、その声が陣営に轟《とどろ》いたことを知っている。つくづく三成の顔を見据えた家康は、穏やかな声音で問うた。

「お主、此度の戦は何が狙いであったのだ。よもや、わしにかなうとは思っておるまい」

三成は薄い笑みを浮かべた。

「いかにもさようでござる。まさに強き者に刃向う蟷螂《とうろう》の斧のごときものであったと存じております。されど、果たせたこともあろうかと思いまする」

「何を果たしたというのだ。豊臣家への忠義か――」

家康が畳みかけて訊くと、三成はゆっくりと頭を横に振った。

「いずれおわかりになられましょう」

三成が口をつぐむと、とたんに家康は不機嫌な表情になった。

「こやつ、戦に負けても、なお我を張りおるか」

家康が手を振ると、三成は引き立てられた。その際、三成は振り向いて、

「大坂城の毛利輝元様をいかがなさいますか」

「間もなく、あの世へ行くその方は知らずともよいことだ」

家康が苦々しげに言うと、三成はくっくっと笑った。


家康は二十六日に大津を発って大坂に赴き、大坂城二の丸に入った。

毛利輝元は関ヶ原の戦いの後、なおも大坂城にいた。だが、吉川広家が、本領を安堵するという徳川氏の誓詞を持ってくると、あっさりと城を出ていた。

三成は大坂で恵瓊と再会した。

恵瓊は関ヶ原では毛利秀元と行を共にして兵を動かさなかった。このため東軍から追及されることもないと思っていたのか、京の建仁寺《けんにんじ》にいたところを捕えられたのだ。小西行長も捕えられ、三成や恵瓊とともに獄舎に入れられた。

キリシタンでもある行長は死を覚悟したらしく、穏やかに振舞っていた。これに比べ、恵瓊は、時折り、

「関ヶ原で兵を動かさなかったわしがなぜ、咎められるのだ」

と不満げにつぶやいた。

三成は素知らぬ顔で聞いていたが、不意に、ははっ、と笑った。恵瓊は鋭い目で三成を見つめた。

「何がおかしい。斬られる怖さで頭がおかしくなったのか」

「いや、そんなことはない。恵瓊殿が何もわかっておらぬのがおかしいゆえ、笑ったのだ」

「わかっておらぬとは何のことだ」

恵瓊は訝《いぶか》しげに言った。

「恵瓊殿が捕えられたのは〈駆虎呑狼〉の策が破れたゆえだ」

三成は落ち着いた口調で言った。

「どういうことだ」

恵瓊は目を怒らせた。

「〈駆虎呑狼〉の策は二頭の虎と狼が争っておれば、策を仕掛けた者の勝ちだ。しかし上杉は徳

川と戦わず、徳川の前に立ちはだかったわたしはあっけなく敗れた。それゆえ、徳川はまだ敵を求めておる。狙われるのは毛利だ」

「自らが負けたことを誇るとは愚かな奴だ」

「負けたのではない。自ら負けてやったのだ」

三成はさりげなく答えた。

「世迷言《よまいごと》を言うな。自ら負けるような奴がこの世におるか――」

言いかけた恵瓊ははっとして三成を見つめた。

「まさか、貴様――」

「そうだ。小早川秀秋が寝返るように、北政所様を動かしたのはわたしだ。わたしは淀の方様と親しんでいると世間では思われているが長浜《ながはま》城で小姓をしていたころは北政所様にお世話になったゆえ、話はできる。豊臣家のためと理を述べて話したらおわかりくだされ、秀秋に徳川につくよう命じられたのだ」

三成は淡々と言ってのけた。

「馬鹿な、なぜそんなことを」

恵瓊は唖然《あぜん》として口を開けた。

「関ヶ原の戦は長引けば長引くほど毛利が〈漁夫の利〉を得るだけだった。たとえ、西軍が勝ってももはや戦う力は残っておらず、毛利の前に膝を屈するしかない。それゆえ、秀秋が東軍に寝返るよう仕向けてあっさりと決着をつけたのだ。関ヶ原での勝ちは秀秋のおかげだと思えば、家康は毛利が内応していたことも有り難くは思わぬ。却《かえ》って毛利の腹の内を見抜いて勢力を削《そ》ぎにかかる。天下二分など夢のまた夢だ」

三成の話を恵瓊は目をぎらつかせて聞いた。

「さらに、徳川にしても秀忠の本軍が来る前に、福島正則や黒田長政、細川忠興ら豊臣恩顧の武将の力で勝ったゆえ、これらの大名に恩賞を手厚くせねばならぬ。秀秋の裏切りを醜いと思った大名たちは、豊臣家をたやすくは裏切れまい。わが友の大谷吉継が武将として見事な美しき戦をしたゆえ、秀秋の醜悪さが目立ったからな。豊臣恩顧の大名がひしめく西国に家康は勢力を築けぬ。太閤にならって大坂城で天下を制しようという家康の夢も潰《つい》えたのだ」

「それが狙いだったというのか」

「関ヶ原の戦はわたしだけでなく、徳川も毛利も負けた。勝った者などいない戦だった」

三成が笑うと、恵瓊は体を震わせ、獄舎の床に突っ伏した。

「貴様は何ということを」

「わたしは恵瓊殿の策に操られる一匹狼だったが、孤狼には、孤狼の戦い方があったということだ」

三成は静かに言って目を閉じた。


十月一日――

三成と恵瓊、行長は京に送られると車に乗せられて一条《いちじょう》の辻から室町《むろまち》通、寺町《てらまち》へと入り、洛中を引き廻されたうえ、六条河原の刑場で斬首された。

このとき、遊行《ゆぎょう》上人が念仏を唱え、安心させようとしたが、三成はこれを断り、普段と変わらぬ様子で従容《しょうよう》として死についたという。

大坂城に入った家康は毛利輝元が西軍の諸将にあてた花押《かおう》入りの書状が見つかったとして態度を変え、本領安堵の約束を反古《ほご》にした。

家康は毛利の所領をすべて没収したうえで、あらためて周防《すおう》、長門《ながと》二ヵ国三十六万九千石を与えた。輝元はそれまでの八ヵ国百二十万五千石から一気に八十三万六千石を失ったことになる。

一方、家康は関ヶ原の戦いの後、征夷大将軍《せいいたいしょうぐん》の宣下は受けたものの、幕府は基盤である東国の江戸で開くしかなかった。

大坂冬の陣、夏の陣で豊臣家をほろぼし、名実ともに徳川の天下としたのは、慶長二十年（一六一五）、関ヶ原の戦いから実に十五年後のことだった。

◉略歴

伊東潤
（いとう・じゅん）

1960年神奈川県横浜市生まれ。早稲田大学卒業。2013年、『国を蹴った男』で第34回吉川英治文学新人賞、『義烈千秋　天狗党西へ』で第2回歴史時代作家クラブ賞作品賞、『巨鯨の海』で第4回山田風太郎賞および第1回高校生直木賞（2014年）、2014年、『峠越え』で第20回中山義秀文学賞を受賞。他の著書に『武田家滅亡』、『戦国鬼譚　惨』、『黒南風の海　加藤清正「文禄・慶長の役」異聞』（第1回本屋が選ぶ時代小説大賞受賞）、『城を噛ませた男』、『叛鬼』、『王になろうとした男』、『黎明に起つ』、『天地雷動』、『野望の憑依者』、『池田屋乱刃』など多数。

吉川永青
（よしかわ・ながはる）

1968年東京都生まれ。横浜国立大学経営学部卒業。2010年「我が糸は誰を操る」で第5回小説現代長編新人賞奨励賞を受賞。同作は、『戯史三國志　我が糸は誰を操る』と改題し、2011年に刊行。三国志ファンのみならず、幅広い評価を得る。同年には第2弾『戯史三國志　我が槍は覇道の翼』を刊行、2012年、第33回吉川英治文学新人賞候補となり、大きな話題を呼ぶ。他の著書に『戯史三國志　我が土は何を育む』、『時限の幻』、『義仲これにあり』、『義経いづこにありや』、『誉れの赤』、『天下、なんぼや。』がある。

天野純希
（あまの・すみき）

1979年愛知県生まれ。愛知大学文学部史学科卒業。2007年、「桃山ビート・トライブ」で第20回小説すばる新人賞を受賞し、デビュー。2013年、『破天の剣』で第19回中山義秀文学賞を受賞。他の著書に、『青嵐の譜』、『南海の翼　長宗我部元親正伝』、『サムライ・ダイアリー　鸚鵡籠中記異聞』、『風吹く谷の守人』、『戊辰繚乱』、『信長　暁の魔王』、『覇道の槍』などがある。

上田秀人（うえだ・ひでと）

１９５９年大阪府生まれ。大阪歯科大学卒業。１９９７年小説ＣＬＵＢ新人賞佳作。「奥右筆秘帳」シリーズ（全十二巻）は、「この時代小説がすごい！」で２００９年版、２０１４年版と二度にわたり文庫シリーズ第一位に輝き、第3回歴史時代作家クラブ賞シリーズ賞も受賞。２０１０年、『孤闘　立花宗茂』で第16回中山義秀文学賞を受賞する。他の著書に、「お髷番承り候」「御広敷用人　大奥記録」「百万石の留守居役」などの各シリーズ、『天主信長』、『梟の系譜　宇喜多四代』、『鳳雛の夢』など多数。

矢野隆（やの・たかし）

１９７６年福岡県久留米市生まれ。２００８年『蛇衆』で第21回小説すばる新人賞を受賞。その後、『無頼無頼ッ！』、『兇』、『勝負《ガチ》！』など、ネオ時代小説と呼ばれる作品を手がける。また、『戦国ＢＡＳＡＲＡ３　伊達政宗の章』、『鉄拳 the dark history of mishima』といったゲームノベライズ作品も執筆している。他の著書に、『武士喰らい』、『西海の虎　清正を破った男』、『将門』、『退魔士』、『乱』などがある。

冲方丁（うぶかた・とう）

１９７７年岐阜県生まれ。早稲田大学在学中の１９９６年に『黒い季節』で第1回スニーカー大賞金賞を受賞してデビュー。２００３年、第24回日本ＳＦ大賞を受賞した『マルドゥック・スクランブル』などの作品を経て、２０１０年、『天地明察』で第31回吉川英治文学新人賞、第7回本屋大賞を受賞。２０１２年、『光圀伝』で第3回山田風太郎賞を受賞する。他の著書に「マルドゥック」シリーズ、「シュピーゲル」シリーズ、『はなとゆめ』など多数。

葉室麟（はむろ・りん）

１９５１年福岡県北九州市小倉生まれ。西南学院大学卒業後、地方紙記者などを経て、２００５年、『乾山晩愁』で第29回歴史文学賞を受賞し、作家デビュー。２００７年、『銀漢の賦』で第14回松本清張賞を受賞。２０１２年『蜩ノ記』で第１４６回直木賞を受賞。同作は２０１４年に映画化され話題となった。他の著書に『陽炎の門』、『潮鳴り』、『山桜記』、『紫匂う』、『天の光』、『緋の天空』、『風花帖』など多数。

本書は書き下ろしですが、「真紅の米」のみ
「小説現代」二〇一四年十一月号にて、先行公開しました。

ISBN978-4-06-219251-4
N.D.C.913　302p　19cm

決戦《けっせん》！　関ヶ原《せきがはら》

第一刷発行　二〇一四年十一月十八日
第四刷発行　二〇一五年　一月　七日

著　者　伊東《いとう》潤《じゅん》／吉川永青《よしかわながはる》／天野純希《あまのすみき》
上田秀人《うえだひでと》／矢野《やの》隆《たかし》／冲方《うぶかた》丁《とう》／葉室《はむろ》麟《りん》

発行者　鈴木　哲
発行所　株式会社講談社
東京都文京区音羽二―一二―二一　〒一一二―八〇〇一
電話　出版部　〇三―五三九五―三五〇五
販売部　〇三―五三九五―三六二二
業務部　〇三―五三九五―三六一五

印刷所　豊国印刷株式会社
製本所　大口製本印刷株式会社

定価はカバーに表示してあります。

決戦！関ヶ原